Als sie sich weigert, sich auch nur einen Millimeter fortzubewegen, kommt ihr Leben in Fahrt: Eigentlich ist Sabine Rosenbrot nur auf dem Weg von Kassel nach Berlin. Doch in Wolfsburg fliegt sie wegen Schaffnerbeleidigung aus dem ICE. Kurz entschlossen marschiert sie los. Raus aus ihrem alten Leben, rein ins Ungeplante. Ein Aufbruchs-Roman voller Murmeln, Smarties, Schneebälle und vieler anderer runder Dinger.

Martina Brandl, Komikerin und Sängerin, trat zunächst als musikalischer Gast auf Lesebühnen auf und schrieb dann selbst Kurzgeschichten. Ihre Romane ›Halbnackte Bauarbeiter‹, ›Glatte runde Dinger‹ und ›Schwarze Orangen‹ sind Bestseller. Seit 1995 tourt sie mit ihren Programmen in ganz Deutschland, tritt im Fernsehen auf und spricht die Kanzlerinnen-Soap ›Angie und die Westerwelle‹. Martina Brandl wurde für ihr Werk mehrfach ausgezeichnet. Nach zwanzig Jahren Berlin lebt sie jetzt wieder in Schwaben.
www.martina-brandl.de

Weitere Informationen, auch zu E-Book-Ausgaben, finden Sie bei www.fischerverlage.de

Martina Brandl

Glatte runde Dinger

Roman

Fischer Taschenbuch Verlag

Veröffentlicht im Fischer Taschenbuch Verlag,
einem Unternehmen der S. Fischer Verlag GmbH,
Frankfurt am Main, Januar 2012

© S. Fischer Verlag GmbH, Frankfurt am Main 2008
Satz: CPI – Ebner & Spiegel, Ulm
Druck und Bindung: GGP Media GmbH, Pößneck
Printed in Germany
ISBN 978-3-596-17743-1

Für den G., wo immer er sein mag

Dies ist die Geschichte einer Frau, die auszog, ihre Angst zu überwinden, und dabei Erstaunliches erfahren hat. Ich bin diese Frau, und ich bin gescheitert. Logischerweise. Wenn man wie ich seine Ängste jahrzehntelang gehegt und gepflegt hat, sie hat heranwachsen sehen von winzigen Sporen des Bedenkens über giftige kleine Sorgenpflänzchen bis hin zu ausgewachsenen Furchtstauden, dann setzt man sich nicht einfach in den Traktor der Vernunft und walzt seinen schönen Neurosengarten platt. Ehrlich: Ich hänge an meinen Macken. Wie andere Leute glatt lackierte Porzellanfigürchen in der Glasvitrine betrachte ich sie durch die Scheibe: Flugangst, Panik beim Gemüseschneiden, die Horrorvorstellung, sämtliche Öffnungen meines Pullovers würden sich, gleich nachdem ich hineingeschlüpft wäre, fest zuziehen, und ich müsste ersticken. Versteht mich nicht falsch: Ich laufe nicht nackt durch die Gegend oder beschränke mich auf Knöpfware; ich ziehe mir tapfer die engsten Sachen über den Kopf, aber im Hintergrund läuft dabei immer der Film mit der Pullikrake ab. Ich kann keinen Kaffee bis zur Neige trinken, weil ich von der Idee besessen bin, dass am Grunde der Tasse eine daumengroße, hämisch grinsende Kakerlake auf mich lauert, die berlinert: ›Hättste mal lieber Tee jetrunken, der is durchsichtich.‹ Jedes Mal, wenn ich Abfall in einen öffentlichen Mülleimer werfe, durchzuckt mich der Gedanke, es könnte sich zwischen dem, was ich zerknüllt in der Hand hielt, doch etwas Wertvolles befunden haben. ›Warum erzählt sie uns das?‹, werdet ihr euch fragen, ›und wieso duzt sie uns dabei?‹ Ganz einfach: Erstens gehe ich davon aus, ihr seid, genau wie ich, in dem Alter, in dem man sich wieder freut, wenn man geduzt wird, und zweitens finde ich, nachdem ich euch schon in den ersten fünf Sätzen mehr erzählt habe als meinem Lebensgefährten, klänge das »Sie«, als befänden wir uns in einer Therapiesitzung. Hauptsächlich erzähle ich es euch, weil's Spaß macht. Gebt es zu: Es ist behaglich, sich in seinem Kuschelsessel zurückzulehnen, in ein Buch aufzubrechen und dabei zu denken: ›Pah, gegen die bin ich mit meiner Schamhaarphobie ja noch harmlos!‹

Ich persönlich finde meine Ängste nicht unnormal, ich kann sie alle begründen. Trotzdem fasste ich am Tag meines Aufbruchs den Entschluss, mich von ihnen zu trennen. Sollten sie sich gefälligst jemand anderem anschließen. Ich hatte mich lange genug um sie gekümmert. Einmal wollte ich etwas nur für mich tun und begab mich auf die Reise. Eine Reise, die mich an die zauberhaftesten Orte führen sollte und an die tiefsten Abgründe, mit Gelegenheiten wie Aussichtsplätze.

Natürlich fühle ich noch heute so etwas wie schlechtes Gewissen deswegen. Wie eine Mutter, die sich, wenn sie nachts um halb eins in der Dorfdisco auf ihre Armbanduhr schaut, fragt, ob es richtig war, die Kinder allein zu lassen, auch wenn sie schon elf und dreizehn sind. Aber das ist völliger Blödsinn: Ich habe keine Kinder. Außerdem waren meine Ängste nicht von mir abhängig, sondern umgekehrt. Das weiß ich heute, und mich schaudert bei dem Gedanken, wie leichtfertig ich damals alles aufgab, um loszuziehen. Mit nichts bewaffnet als dem Plan, mein selbstgeschnürtes Korsett zu sprengen und fortan das Leben einer Abenteurerin zu führen.

I

Paradoxerweise ging alles los, als ich mich weigerte, mich fortzubewegen.

»Aber keinen Millimeter!«, hatte ich der Frau ins Gesicht gebellt. Seit einer sekundenlangen Ewigkeit stand die spindeldürre, dynamische Mittvierzigerin vor mir im ICE-Großraumwaggon, neben sich einen absurd großen, knallroten Ziehkoffer, und keifte in meine Richtung. »Sie gehen jetzt sofort rückwärts oder ich hole den Kontrolleur!«

»Nur über meine Fahrkarte!«, rief ich siegesgewiss, und der prompt hinter mir aufgetauchte Bundesbahnbeamte mit der Lizenz zum Knipsen schaffnerte: »Na, dann zeigense mal her, junge Frau.«

Ich zeigte, aber er wollte mehr: nämlich meine Bahncard. Und zwar die neue.

»Die is ja auch nich mehr ganz taufrisch«, meinte er süffisant und verpasste mir nebenbei einen blitzschnellen Ganzkörperscan.

Mir fiel ein, wie ich die noch nicht gültige Bahncard vor drei Wochen in die Schreibtischschublade gelegt hatte, weil ich meine arme alte Bahncard nicht mit ihrer Nachfolgerin zusammen in ein dunkles Fach sperren wollte. Dafür hätte ich mir jetzt von der resoluten Kofferschubserin das Bundesbahn-Logo in den Hintern beißen lassen können. Stattdessen beschloss ich den Gegenangriff und weigerte mich entschieden, den Differenzbetrag zu zahlen.

»Ich hab doch eine gültige Bahncard! Meine Firma gibt viel Geld dafür aus, dass ihre Mitarbeiter umweltschonend zur Arbeit fahren. Das muss sich doch per Computer überprüfen lassen! Wie kann das sein, dass man online eine Fahrkarte kaufen, aber ein paar einfache Daten nicht abholen kann? Die Nummer steht doch hier drauf! Soll ich sie Ihnen vielleicht vorlesen?« Und so weiter und so fort. Das volle Rumpelstilzchen.

Vielleicht wenn ich nicht ganz so nah am Gesicht des Schaffners mit der Fahrkarte rumgewedelt und ihm dabei nicht im Übereifer mit dem Karton über die Nasenspitze geratscht hätte, wer weiß, vielleicht hätte er mich dann nicht gezwungen auszusteigen, bevor der Zug den Bahnhof verließ. Das lässt sich heute nicht mehr mit Gewissheit feststellen.

Vielleicht war es ja mein Schicksal, mit einem fürs Wochenende in Berlin gepackten Rucksack in Wolfsburg auf dem Bahnhof zu stehen. Zu trotzig, um mir eine neue Fahrkarte zu kaufen, und zu aufgeputscht, um mich erst mal ins Café zu setzen und durchzuatmen. Ich war unterwegs und wollte das auch bleiben. Es war mir schwer genug gefallen, mein gemütliches Zuhause in Kassel zu verlassen. Mir, die ich zum Thema Verreisen meistens nur nöle: ›Wozu verreisen? Ich hab an der Wand 'n Kaffeefleck in der Form von Australien. Das reicht mir.‹ Mein Zuhause umfasste hundertzwanzig Quadratmeter mit Blick auf die Wilhelmshöhe nur für mich und Ralf. Trotzdem war ich aufgebrochen, zu diesem Freundinnentreffen mit Petra und Moni in Berlin. Ich hatte meine Tasche gepackt, obwohl ich Packen hasse, das weiß jeder, da muss man nur meinen Vater fragen. Drei Wochen lang trug ich im Urlaub am Lago Maggiore dasselbe T-Shirt und ein Bikinihöschen, weil ich mich geweigert hatte, mich zu entscheiden, welche Sachen ich mit in die Ferien nehme. Meine Mutter hatte tagelang

Druck gemacht und schließlich gesagt: »Wenn du stur bleiben willst, werde ich eben sturer sein. Du wirst schon sehen, wer den längeren Atem hat.« Das war dann ich gewesen. Da war ich gerade acht. Am Morgen der Abfahrt hatte ich mich im Bikinihöschen und dem T-Shirt, das ich schon drei Tage anhatte, ins Auto gesetzt und verkündet: »Mehr brauch ich nicht.« Dabei flatterte mein kleines Kinderherz wie ein Kolibri vor Aufregung! Drei Wochen lang von zu Hause weg zu sein mit nichts als dem, was man am Leib trägt! Natürlich jagte mir das Angst ein. Ich war acht! Aber das war nichts im Vergleich zu der Panik, die mich damals schon ansprang, wenn man von mir verlangte auszuwählen. Die richtigen Sachen einzupacken und die falschen dazulassen. Drei Wochen waren eine absolut unüberschaubare Zeit, und ich würde an einem mir unbekannten Ort sein. Es würde anders riechen, die Leute sprächen »italisch«, und ich würde die ganze Nacht unter einem fremden Himmel schlafen müssen. Wie konnte ich wissen, was ich dort brauchte?

Damals beschloss ich, nie mehr länger als übers Wochenende zu verreisen, und dafür hatte ich an diesem ersten Freitag im November meine Tasche gepackt, mir eine Fahrkarte gekauft und war losgefahren. Okay, der Schaffner hatte mich aus dem Zug geworfen, aber ich war immer noch unterwegs, und daran konnte auch eine ungültige Bahncard nichts ändern. Ich raste vor Ungeduld. Den plötzlichen Stillstand auf diesem leergefegten Bahnhof konnte ich nicht ertragen und marschierte los. Einfach weiter. Die Treppe vom Bahnsteig runter und auf der anderen Seite der Schienen wieder hoch, durch die Halle auf den Bahnhofsvorplatz.

Als das Taxi in weitem Bogen und mit einem Affenzahn über den Schotter bretterte, erschien es mir vollkommen logisch, dass es genau vor mir und meiner violetten Samtreisetasche hielt. Es war sonst weit und breit niemand zu sehen. Der Fahrer sprang heraus und ging um den Wagen herum: »Tut mir leid! Man könnte meinen, die Geschäfte wären nur samstags auf! In der Stadt ist die Hölle los, warten Sie schon lange?«

»Nein«, antwortete ich wahrheitsgemäß und hielt mich an meinem Gepäck fest, nach dem der Taxifahrer jetzt die Hand ausstreckte. Er öffnete die Tür zur Rückbank. Einen Moment lang, in dem ich zu erkennen glaubte, dass der Chauffeur wolfsgelbe Augen hatte, zögerte ich, dachte dann aber: ›Der hier abgeholt werden sollte, ist offensichtlich nicht gekommen. Mir ist kalt, und wer weiß, wann in dem Kaff das nächste Taxi auftaucht.‹ Ich stieg ein und schwang mein monströses Reiseutensil auf den Schoß.

Der Taxifahrer legte den ersten Gang ein und fuhr los, ohne mich nach dem Fahrtziel zu fragen. Im Rückspiegel versuchte ich, einen Blick in seine Augen zu erhaschen, um zu sehen, ob er ein Wolf war, aber er griff sofort auf die Ablage und setzte sich eine verspiegelte Sonnenbrille auf. Eigentlich hätte ich die Tasche jetzt auf die Rückbank neben mich stellen sollen. Sie drückte mir ganz schön auf die Schenkel. Aber ich war zu verkrampft, um sie loszulassen. Wie eine rüstige Dutt-Omi saß ich in meinem bodenlangen schwarzen Mantel kerzengerade da und umklammerte die rundgebogenen Henkel aus Bambus. Hätte ich mit der Linken noch einen akkurat gewickelten schwarzen Herrenschirm mit dem spitzen Ende in den Taxiboden gerammt, man hätte mich für eine patente Person halten können. Mit einem Mal kam ich mir total altmodisch vor. Die lila Samttasche sah aus wie ein überdimensionaler Geldbeutel: länglich, rund, und zum Öffnen musste man zwei metallene Nippel aufknipsen, die in der Mitte zweier langer, messingfarbener Metallstangen befestigt waren. Die Tasche war ein Geschenk von Ute, die mit mir in Korbach zur Schule gegangen war. Sie war gleich nach dem Abitur nach Berlin gezogen, wie fast die Hälfte der Schulabgänger meines Jahrgangs. Wer cool und welterobernd sein wollte, verließ die Provinz so schnell er konnte Richtung Abenteuerinsel oder Tor zur Welt, also Berlin oder Hamburg. Ich hab in Kassel studiert, und auf eine trotzige Art und Weise hielt ich das insgeheim für mutiger. Zuhausebleiben war in den späten 80ern eher die Ausnahme. Auch das Kleeblatt Petra, Moni und Sabine fiel auseinander. Wir nahmen uns damals vor, einmal im Jahr ein Wochenende miteinander zu verbringen, und das hatten wir die letzten dreiundzwanzig Jahre auch durchgehalten. Morgen wäre das erste Treffen, das eine von uns absagte.

Diese Ute hatte ich, seit sie mir bei einem ihrer Heimatbesuche die Tasche geschenkt hatte, nicht wiedergesehen. Eigentlich kannten wir uns nicht besonders gut. Sie ging nicht mal in meine Klasse. Während der Schulzeit hatten wir bis auf gelegentliches gemeinsames Rumstehen in der Raucherecke keinen Kontakt. Ich ging an jenem Weihnachtsabend wie jedes Jahr nach den familiären Pflichtfeiern in die Kneipe, in der sich die Korbacher Jugend traf, und als ich mir am Tresen ein Bier holte, stand sie plötzlich neben mir. »Was machst du denn hier?« – »Wie gefällt's dir in Berlin?« – »Ja, ich bin immer noch hier.« – »Ist doch okay.« Es war eines dieser zähen Gespräche, die man mit Leuten führt, die man zu gut kennt, um sie zu ignorieren, und zu wenig, als dass man mehr als drei Sätze mit ihnen wechseln könnte. Wenn ich mich recht erinnere, hat dann Utes Mutter meinen Vater und mich zu sich nach Hause zum Kaffee eingeladen. Offenbar nahm sie an, wir säßen einsam und mutterlos um den Festtagsbraten und bekämen vor Trauer keinen Bissen herunter. Dabei war das erste Weihnachtsfest nach dem Tod meiner Mutter auch das erste ohne Stress und Schreierei. Wir sind trotzdem hingegangen, und während mein Vater sich von Utes Mutter mit Cognac abfüllen ließ, kuckte ich Ute dabei zu, wie sie die zurückgelassenen Sachen in ihrem ehemaligen Kinderzimmer sortierte, weil ihre Mutter dort ein Bügelzimmer einrichten wollte. »Schöne Tasche«, sagte ich arglos, als mein Blick auf den lila Samtstoff fiel. »Kannste haben«, gab sie zurück, ohne aufzusehen. Ute war ein merkwürdiges Mädchen. Man hatte den Eindruck, sie wusste über jeden Quadratmillimeter im Raum Bescheid. Ich weiß noch, wie sie auf meine Frage, was sie an der Tasche störe, antwortete, sie sei »zu unübersichtlich, zu planlos«, und wie ich aufgekratzt meinte: »Mir kann's nicht chaotisch genug sein!« Nach diesem inszenierten Treffen riss der Kontakt zwischen uns ab. Hin und wieder hörte ich über ihre Mutter von ihr oder sah sie an irgendwelchen Feiertagen in Korbach über die Straße gehen, aber wir haben uns nie wieder unterhalten. Es war gerade so, als ob unser einmaliges Treffen nur stattgefunden hatte, damit die Tasche die Besitzerin wechseln konnte. Die Tasche war immer noch dieselbe, aber ich war zu einer geworden, die eine ungeplante Taxifahrt durch Wolfsburg für ein kribbelndes Abenteuer hielt.

Ich schüttelte unwillig den Kopf und sah aus dem Autofenster. Auf einer Strecke von vielleicht zweihundert Metern war die Straßenbeleuchtung ausgefallen. Es sah aus, als hätte gerade jemand den Laden dichtgemacht.

Wir hielten vor einem weiß getünchten 60er-Jahre-Zweckbau mit einer bescheidenen Auffahrt und einem beleuchteten halbrunden Vordach. *Hotel Konsul* stand darauf in Silberbuchstaben, und der Taxifahrer sagte: »So, Frau Sends, das wären sechs fünfzig bitte.« Während ich das Geld aus dem Portemonnaie kramte, fügte er schelmisch hinzu: »Dann wünsche ich Ihnen noch einen schönen Abend und viel Erfolg!«

»Danke«, murmelte ich, gab ihm zehn Euro, sagte »Stimmt so«

und schälte mich aus dem Taxi. Vielleicht waren drei fünfzig Trinkgeld ein bisschen übertrieben, aber ich wollte dieser Frau Sends keine Schande machen. Womöglich fuhr sie jeden Freitagabend um sieben in dieses Hotel. Sie und ihr Mann versuchten seit Jahren, ein Baby zu bekommen, und eines Tages hatte sie in so einer Frauenzeitschrift den Tipp bekommen, sie sollten einmal Sex in einer ungewohnten Umgebung machen. Je mehr Nervenkitzel dabei sei, umso mehr rege das die Spermaproduktion ihres Mannes an. Daher ging sie jeden Freitag, kurz bevor er von der Arbeit kam, aus dem Haus und ließ sich, damit die Nachbarn keinen Verdacht schöpften, am Bahnhof vom Taxi abholen. Jedes Mal unter einem anderen Namen, aber der Taxibetrieb kannte das Ritual schon, und als der Neue heute zum ersten Mal die Tour übernahm, beglückwünschten ihn die anderen Fahrer feixend zu seiner »Entjungferungsfahrt«. Auf keinen Fall sollte er noch mehr Gelegenheit zum Spott über die arme Frau bekommen. Ich griff meine Tasche etwas fester und betrat das Hotel.

Auf dem Weg von der automatischen Glasschiebetür bis zur Rezeption fuhr mein Rückenmark die Fluchtantennen aus, aber der Portier hatte mich schon entdeckt und empfing mich mit einem strahlenden Lächeln: »Guten Abend! Wie ist der Name?«

»Sends.« Erstaunt stellte ich fest, dass ich mich bereits an den Namen gewöhnt hatte.

Er tippte mit zwei Fingern auf der Computertastatur herum und machte ein ratloses Gesicht. »Haben Sie vielleicht unter einem anderen Namen reserviert?«

»Ich pflege eigentlich nicht unter fremdem Namen in Hotels abzusteigen.« Na, nun wurde ich ja keck.

Er lachte lautlos über meinen Gag und begann hektisch in einer Karteikartenbox zu blättern.

»Sends, Michaela?« Er sah mit schräg gelegtem Kopf auf eines der Kärtchen.

»Genau.« Ich freute mich.

»Der Kollege hat das schon für den Nachtportier einsortiert, weil auf der Reservierung eine späte Anreise vermerkt ist.«

Ich lächelte gütig.

Mit routinierten Handgriffen steckte er ein Plastikkärtchen in eine Papphülle und legte es vor mir auf den Tresen. »Dann haben wir für Sie ein Einzelzimmer mit der Nummer 16. Frühstück ist morgen von sechs bis zehn, der Aufzug befindet sich gleich hier rechts. Ich wünsche Ihnen einen schönen Aufenthalt und viel Erfolg heute Abend!«

Das Wort »Zimmerausweis« jagte mir Respekt ein. Was, wenn im Aufzug ein Herr im Trenchcoat und karierten Hut auf mich lauerte: ›Schönen guten Abend: Hotelpolizei, kann ich mal bitte Ihren Zimmerausweis sehen?‹ Ich konnte jetzt aber auch nicht auf dem Absatz kehrtmachen. Wo sollte ich denn hin ohne Taxi? Also nickte ich dankend und verschwand mit dem Kärtchen in Richtung Aufzug.

In den paar Sekunden, die ich alleine in diesem Metallquader verbrachte, passierte gar nichts. Kein einziger Gedanke erschien in meinem Kopf. Solange man in einem Aufzug fährt, hat man ein Ziel und eine Legitimation. Man hat einen Knopf gedrückt, und nun muss man nur warten, bis die gewünschte Zahl auf dem Display über der Tür erscheint. Das hat etwas sehr Beruhigendes.

Sobald ich dem Normalitätsbehälter entstiegen war, setzte die Unruhe wieder ein. Angstvoll hastete ich den Flur entlang: Nummer 8, Nummer 9, Nummer 11, 13, 14, endlich die 16, Schlüssel passt. Und dann rannte ich in dieses Hotelzimmer, steuerte direkt aufs Bett zu, grapschte mir die in blaues Stanniol eingepackte Schokokugel, wickelte sie aus und steckte sie mir in den Mund.

Hektisch tat ich das. So als wäre es seit meiner Abreise aus Kassel die ganze Zeit meine Absicht gewesen, in dieses Hotelzimmer zu kommen und die Praline zu vertilgen. Als fürchtete ich, es könnte vorher noch jemand durchs Fenster witschen und sie mir aus der Hand schlagen. ›Tu's nicht!‹, würde derjenige rufen. Mein Vater vielleicht, Ralf oder ein Wildfremder, der mich beim Einchecken beobachtet hatte und ahnte, dass ich gleich eine Dummheit beginge: ›Was du dir einmal in den Mund geschoben hast, kriegst du da nie wieder raus. Atme erst tief durch! Überleg in Ruhe! Es gibt immer eine andere Möglichkeit!‹

Aber ich wollte keine andere Möglichkeit. Ich wollte einmal etwas tun, ohne zu überlegen. Bisher hatte ich mein Leben damit verbracht, Dinge zu vermeiden, und jetzt wollte ich wissen, ob ich etwas verpasst hatte. Durch meine umsichtige Art zu leben. Ich suchte nach etwas, das ich vermissen müsste. Und auf dem Weg dahin wollte ich mir alles einverleiben, was sich mir geistig, kulinarisch oder körperlich bot.

Während die schwarze Kugel an meinem Gaumen zu schmelzen begann, formulierte ich zwischen Zucker und Fett die Frage, wie es wäre, wenn ich nie mehr nach Hause zurückginge. Wenn ich einfach weiterzöge. Die Bilder vom Freundinnen-Treffen morgen sah ich jetzt schon nur noch in Pastelltönen. Den Gedanken an Ralf blendete ich erst mal aus. Und dann den Gedanken an den Termin mit der Bank in zwei Wochen wegen der Eigentumswohnung. Wie ein Hausmeister ging ich von oben nach unten durch sämtliche Etagen und knipste Stockwerk für Stockwerk die Lichter aus: mein vierzigster Geburtstag Ende des Monats – die wöchentliche Bürobesprechung am Montag – der Sauerbraten, den ich für nächste Woche eingelegt hatte – ein Aufwachen unter falschem Namen in einem fremden Hotelbett in Wolfsburg. Alles verschwand unter dem sündigen schwarzen Tuch der Unvernunft.

Nur ganz weit hinten glühten ein paar von Ferne angestrahlte, orange Schlierenwolken. Sie brannten sich durch die Ränder meiner Gedanken und fraßen sich in mein Bewusstsein. Quatsch. Als ich die halb gesenkten Lider weiter öffnete, sah ich es besser: Das war ein orangefarbener Flyer mit dem örtlichen Kulturprogramm. Ich nahm ihn vom Schreibtisch und las:

> *2. November*
> **Vier Raumschiffe, die dich von mir fortbringen.**
> *Lesung mit Michaela Sends.*

Aha, ich war also in einem Schriftstellerinnenzimmer. Was war das denn für ein merkwürdiger Buchtitel? Hörte sich an wie eine Mischung aus 50er-Jahre-Science-Fiction und Rosamunde Pilcher. Und wieso gleich vier Raumschiffe? War der Angeschmachtete so fettleibig? Ich dachte an Ralf und den Bierbauch, den er sich in den zwölf Jahren unserer Beziehung angefressen hatte. Auch wenn der nicht vom Biertrinken kam. Es war eher ein »Ich-belohne-mich-mit-Essen«-Bauch. Bevor ich mit Ralf zusammen war, hab ich nicht mal eine ganze Pizza geschafft. Aber in den frühen 90ern entdeckte er seine Leidenschaft für Tomaten mit Mozzarella. Bald war ich es leid, immer mit dem Essen warten zu müssen, bis er seine Vorspeise weghatte, und fing an, von seinem Teller zu naschen. Als er begann, sich zu beschweren, bestellte ich mir selbst eine Portion. Genauso lief es mit dem Nachtisch. Mein Magen brauchte ungefähr ein dreiviertel Jahr, um sich von einer halben Pizza auf Caprese, eine große Prosciutto und eine Portion Tiramisu zu dehnen. Ich sah in den Spiegel über dem Schreibtisch: Ich hätte mich nicht als schwer übergewichtig eingestuft, vielleicht war ich zehn, zwölf Kilo über der Norm. Mein Problem war, dass ich zu ordentlich gefüllten D-Körbchen und recht schmalen

Schultern einfach keine adäquate Taille hatte. Ich hatte keine Mitte. Aber das war auch keine Kunst, bei eins zweiundfünfzig Körpergröße. Seit ich vierzehn bin, trage ich die Haare kurz, weil ich finde, lange Haare machen mich noch stumpiger. Es reichte mir schon, dass sie mir in der Schule ›Zwerg Nase‹ hinterherriefen.

Meine Eltern sagten mir damals, ich solle mir nichts daraus machen, ich sei eben »klein, aber fein«. Die hatten gut reden. Sie waren beide über eins achtzig. Niemand in meiner Familie war klein, und ich entwickelte früh die Vorstellung, nicht dazuzugehören. Falsch zu sein. Wenn mir langweilig war, spielte ich »Aufzug«. Dazu stieg ich in meinen Kleiderschrank, hielt von innen beide Türen zu und stellte mir vor, er brächte mich an einen anderen Ort. Ich wusste nie, wie lange der Kleiderschrankaufzug fahren würde und in welche Familie er mich brächte, wenn ich die Türen wieder aufmachte. Mir wurde aber schnell klar, dass das Spiel in eine Sackgasse führte. Ich konnte ja meine Eltern nicht austauschen. Sie sahen immer noch genauso aus wie vorher. Also änderte ich die Rahmenhandlung ab. Nun stellte ich mir vor, ich sei diejenige, die ausgetauscht worden war. Jemand anderes hatte meine Gestalt angenommen, schlich nun durch die Wohnung und belauschte diese fremde Familie. Dabei durfte ich nichts falsch machen. Schließlich konnte ich jederzeit auffliegen. Vorsichtig lugte ich um Ecken, imitierte Bewegungen und ahmte Sprechweisen nach. Es hat nie jemand etwas gemerkt. Nach ein paar Wochen gab ich das Spiel auf und fand mich damit ab, als unentdecktes Alien unter Fremden zu leben. Zurück blieb das Gefühl, nicht reinzupassen.

Ich sah in mein für meine Schultern zu großes Gesicht mit den platinblond gefärbten Haaren und den armreifgroßen goldenen Kreolen. Die hatte Ralf mir zum Geburtstag geschenkt, weil ich mir »ein Paar Ringe« gewünscht hatte. Ralf ist kein guter Schenker. Die Ohrringe waren furchtbar. Zu auffällig und aufgesetzt. Und ich in diesem Hotelzimmer sah aus wie ein fleischgewordener Modeschmuckunfall. Hier passte ich offensichtlich auch nicht. Das war ein Schriftstellerinnenhotelzimmer, ein Ort für Reisende. Für jemanden wie Michaela Sends. Für Leute, die morgens aufstehen und Sätze ins Handy sagen: ›Heute kann ich nicht. Ich bin unterwegs nach Wolfsburg zu einer Lesung.‹ Heute schreib ich, morgen les ich, übermorgen hol ich dem Literaturnobel seinen Preis. »Komm, reiß dich zusammen«, flüsterte ich mir zu. *Nicht verbittern!* stand auf einem Zettel, den ich seit Jahren in meinem Geldbeutel mit mir herumtrug. Allerdings habe ich ihn mir nie wieder angesehen, seit Moni ihn mir bei einem unserer Wochenenden gegeben hatte »als Beistand vor der drohenden Großen Vier«. Jede hatte so ein Ding bekommen: in geschwungener, goldener Schönschrift auf hellblauem Papier, liebevoll in Plastik eingeschweißt. Ich habe mitgegiggelt und mit Prosecco auf unseren neuen Wahlspruch angestoßen, weil ich nicht sagen konnte: ›Das ist ja furchtbar, wenn man so was als Ziel in der Mitte seines Lebens formulieren muss! Was habt ihr denn? Geht ihr nicht beide anspruchsvollen und gut bezahlten Berufen nach? Wohnt ihr nicht in großzügigen Altbauwohnungen und kauft im Bioladen ein? Seid ihr wirklich die ärmsten Schweine auf der Welt?‹ Ich konnte das nicht sagen, weil ich wusste, sie würden antworten: ›Sei froh, dass du deinen Ralf hast.‹

Und das war ich auch. Ich hatte objektiv überhaupt keinen Grund zu klagen: Ralf war ein wunderbarer Partner. Meine beiden Schulfreundinnen Moni und Petra führten ihr Großstadtsingleleben mit nachlassender Begeisterung. Ihre wilden Jahre lagen schon ein Weilchen zurück, und so verbrachten sie den größten Teil ihrer Freizeit alleine in ihren Wohnungen. Sie beneideten mich darum, dass ich Weihnachten, Silvester und Geburtstage nicht mit anderen einsamen Menschen verbringen und so tun musste, als wären mir solche Feiertage egal. Petra war das Jahr zuvor mit neununddreißig schwanger geworden, und keine von uns glaubte dabei an einen Unfall. Als sie das Kind im fünften Monat verlor, habe ich mit ihr viele Tage lang geweint, und Moni sagte am Telefon: »Vielleicht ist es ja besser so.« Aber es ist nie besser, wenn einem ein Kind im Bauch stirbt.

Moni ist eine große Zweiflerin, die mit chronischen Rückenschmerzen durch die Gegend läuft, in einem nervenaufreibenden Job als Eventmanagerin arbeitet und schon viermal die Firma gewechselt hat.

Bei mir lief immer alles ruhig. Mein Ralf, meine Arbeit, mein Kassel – nichts, wovor man Angst haben müsste. Da ging ich auf Nummer sicher. Ich lebte beschützt.

In den letzten Jahren hatte ich meinen Aktionsradius immer mehr eingeschränkt, bis ich mich schließlich nur noch auf vertrauten Pfaden bewegte. Ralf hatte immer Verständnis für meine Phobien: Er hackte Gemüse für mich klein, weil ich einen cholerischen Anfall bekam, wenn am Schluss meiner auf den Millimeter getakteten Zucchinischeibenschneiderei ein unaufteilbares Ende übrig blieb. Wenn ich mich im Urlaub weigerte, einen einzigen Schritt vom im Reiseführer angegebenen Wanderweg abzuweichen, obwohl das eine erhebliche Abkürzung bedeutet hätte, sagte er: »Dann gehen wir eben den gleichen Weg zurück, den wir gekommen sind.« Am Ende sind wir dann gar nicht mehr in Urlaub gefahren, weil ich Angst vor Flugzeugen, Schiffen und Autobahnen hatte und es nicht ertragen konnte, das zuzugeben.

Heute glaube ich, die Flucht aus meinem alten Leben war einfach ein Versuch, mir die Welt wiederzuerobern. Und anscheinend musste ich das alleine tun.

Als Erstes sollte ich wohl dieses nicht für mich bestimmte Hotelzimmer verlassen. Aber vorher nahm ich einen Ring vom Duschvorhang ab und hängte meine Ohrringe an die leere Öse. Jemand sollte wissen, dass ich hier gewesen war. Den Vorhangring legte ich in meine Samtreisetasche und verließ das Zimmer.

An der Rezeption fragte ich den Portier, wie ich am besten zum Kulturzentrum käme, denn das erschien mir der einzig logische Ort, an den ich gehen konnte. Es sei nur ein kurzer Fußweg, sagte er, und zeichnete mir mit Kuli die Route auf einen kleinen Innenstadtplan. Ich bedankte mich höflich, und als ich ihm den Rücken kehrte, hoffte ich, er fände es nicht merkwürdig, dass ich mit meinem gesamten Gepäck zur Lesung ging. Um weniger verdächtig zu erscheinen, schwang ich mir die runden Bambusbügel etwas umständlich über die rechte Schulter. Es sollte so aussehen, als ob sich etwas Gewichtigeres als Unterhosen in meiner Tasche befand.

Die frische Luft tat mir gut und hatte eine ernüchternde Wirkung. Ein Blick auf die Uhr machte mir klar, dass ich in einer guten Stunde in Berlin von Moni am Bahnhof erwartet wurde. Ich kramte das Handy aus der Manteltasche und schrieb ihr eine SMS: *Mir ist was dazwischengekommen. Ich kann leider nicht kommen. Gruß, Sabine.* Zu mehr war ich im Moment nicht fähig. Ralf würde mich nicht vor Sonntagabend erwarten. Das verschaffte mir zwei Tage. Zwei Tage, in denen ich mich aus meinem Leben stehlen konnte. Unversehens stand ich vor dem Kulturzentrum und stockte. Die Lesung sollte in einer halben Stunde beginnen. Die Chance, dieser Frau Sends über den Weg zu laufen, war groß. Was, wenn sie mir an der Nasenspitze ansah, dass ich in ihrem Hotelzimmer gewesen war? Vielleicht würde sie ganz nah an mich herantreten, an meinem Gesicht schnüffeln und mit glasigen Augen ausstoßen: ›Du hast meine Schokokugel gegessen!‹

Hinter mir näherten sich zwei Frauen, die auf die Eingangstür zusteuerten, vor der ich unschlüssig stand. Um nicht aufzufallen, ging ich hinein. Im Foyer war ein Büchertisch aufgebaut, und dahinter hing ein Plakat. Eine lachende Frau, die so viel Optimismus ausstrahlte, dass es schon widerlich war. Das Gesicht von fröhlichen roten Ringellöckchen umkränzt und in der Mitte eine bis zu den Ohren hin entblößte, makellose Zahnreihe. Ich war froh, dass ich ihr die Schokolade weggefressen hatte.

»Sie dürfen gerne mal reinschauen«, sagte die Dame hinter dem Büchertisch, die ich überhaupt nicht wahrgenommen hatte.

Nun fühlte ich mich genötigt, nahm ein Buch von einem der Stapel, blätterte darin herum und tat, als würde ich lesen. Das ging nicht lange gut. Ich wollte nicht als Romanschnorrerin dastehen. Also klappte ich das Buch bedächtig zu. Die Verkäuferin lächelte mich aufmunternd an. Es war genauso wie damals in der Bäckerei, die auf meinem Schulweg lag. Jeden dritten Tag musste ich statt eines Nusshörnchens eine Streuselschnecke essen, weil ich mich auf die Aufforderung »Nusshörnchen sind alle, wie wär's mit einer Schnecke?« nicht traute zu antworten: ›Ich mag keine Streusel‹, um die Verkäuferin nicht zu kränken.

Ich legte zwanzig Euro hin und behielt das Buch.

»Sie kommen dann einfach nach der Lesung zum Signieren nochmal wieder«, wies mich die Buchhändlerin an, und nun wurde es mir zu viel: »Ich mag keine signierten Bücher«, sagte ich bestimmt. Dafür erntete ich einen entgeisterten Blick und wortlos Wechselgeld.

Triumphierend steckte ich es ein und verließ das Gebäude. Ich würde keine Streuselschnecken mehr runterwürgen. Hier und jetzt würde ich Schwung holen und meine Hemmschuhe weit in die Dunkelheit kicken, auch wenn darunter Hasenfüße zum Vorschein kämen. Ich würde sie rasieren, sie in Sieben-Meilen-Stiefel stecken und mich einen Dreck um meine Ängste scheren. Wolfsburg war noch nicht das Ende, und etwas Besseres als Streuselschnecken fände ich schließlich überall!

Auf dem Stadtplan, den mir der Hotelportier gegeben hatte, suchte ich den Weg zum Bahnhof und stapfte los.

2

Dann eben Hannover. Von Wolfsburg aus fährt alle Nase lang ein Zug nach Hannover, und ich machte es dort genauso wie in Wolfsburg. Ich verließ das Bahnhofsgebäude durch die Haupthalle und ging zum Taxistand. Wieder kam ein Fahrer auf mich zu und griff nach meiner Reisetasche, die ich ihm diesmal ohne Weiteres überließ. Es war so ein Kleinbusgroßraumtaxi, und ich hatte etwas Mühe, auf den Rücksitz zu klettern. In dem kurzen Moment, in dem der Taxler die Tasche im Kofferraum verstaute und ich ganz alleine im Innenraum saß, wurde mir klar, dass er mich gleich fragen würde: »Wohin?« Da die Zeit zum Überlegen schon einen Türschlag später vorbei war, hörte ich mich antworten: »Ins Hotel.« Und er fuhr los! Ich lächelte. So einfach war das? Musste man, wenn man nicht mehr weiterwusste, sich nur in ein Taxi setzen, und das brachte einen dann wieder drei Felder weiter? Ich stellte mir vor, wie wir auf einem Viereck aus Punkten und Fragezeichen hielten, wo mir ein quaderförmiges Männchen eine zwei Mal ein Meter große Ereigniskarte überreichte. Hoffentlich stand darauf nicht: ›Gehe zurück nach der Badstraße.‹ Zwar gab es in Kassel keine Badstraße, aber »zurück« war in jedem Fall die falsche Richtung.

Zurück zu dem, was ich schon kannte. Zurück zu dem, was sich nicht mehr ändern würde: aufstehen, zur Arbeit fahren und auf dem Rückweg einkaufen. Ich brutzel mir in der Küche was, und

Ralf isst Würstchen aus dem Glas mit sauren Gurken. Am Wochenende mal in die Pizzeria oder ins Kino: ich mit Bier und schokolierten Erdnüssen und er mit einer großen gesalzenen Popcorn, einem Alcopop, einer Jackie-Cola-Dose, Eiskonfekt, Lakritze und Tortilla-Chips mit Käse.

Alles nicht Grund genug, um sich aufzuregen, aber Grund genug, um sich zu langweilen. Ralf war in Ordnung. Wir waren glücklicher als manch anderes Paar, über das wir lästerten. Es ging nicht um Ralf. Es ging darum, das alles aufzugeben: Sicherheit, Geborgenheit, Beständigkeit, Zweisamkeit. Wie weit würde ich kommen ohne ihn? Manchmal kam ich mir vor wie ein Huhn in einer Legebatterie. Gut aufgeräumt. Ich wollte sehen, ob ich alleine stehen kann, wenn man mich da rausnimmt und mit meinem stallgewohnten Arsch zum ersten Mal auf eine grüne Wiese setzt.

Das Taxi brachte mich zum »Ghotel«. Das Prinzip, dass man sein Fahrtziel deutlich ausspricht und einen der Taxifahrer trotzdem nicht versteht, war also genauso gut umkehrbar. An der Rezeption wollte man diesmal meine Kreditkarte als Sicherheit, also meldete ich mich mit meinem eigenen Namen an: Sabine Rosenbrot. Ja, ich weiß, was ihr jetzt denkt: was für ein bescheuerter Name. Das denkt jeder, der ihn zum ersten Mal hört. Auch der Hotelportier zeigte die mir hinlänglich bekannte Reaktion: Er hob den Kopf, seine Mundwinkel holten aus zu einem Lächeln, seine Zunge wollte sagen: ›Was für ein schöner Name!‹, aber im selben Augenblick ließ sein Hirn den Adamsapfel von der Leine und pfiff die ganze Aktion ab. Er schluckte, das angefangene Lächeln blieb im Gesicht stecken, und er senkte wortlos den Blick. Natürlich würde er, gleich nachdem ich im Aufzug verschwunden wäre, nach hinten zu seiner Kollegin gehen und ihr von dem koboldhaften Pummelchen mit dem lustigen Nachnamen erzählen. Ich kannte das schon. Immerhin hatte er von der Kreditkarte abgelesen, sodass mir diesmal erspart blieb, dreimal zu wiederholen: ›Brot! Nicht Rot! RO-SEN-BROT! Brot, wie Brötchen.‹ Wenn ich schlecht drauf war, schnodderte ich auch schon mal: ›Rosenbrot wie Elisabeth von Thüringen!‹

Es gab auch lustigere Reaktionen von weniger gehemmten Personen, die fragten: ›Was waren denn Ihre Vorfahren? Jüdische Bäcker?‹ Das wäre mir ehrlich gesagt auch lieber gewesen. Ein echter jüdischer Name: Rosenthal, Rosenberg, von mir aus auch Rosengarten. Vater hat das mal recherchieren lassen. Es hat sich herausgestellt, dass der Name auf einen Schreibfehler zurückgeht. Im vierzehnten Jahrhundert hießen wir noch Reesenbrod: ein zusammengesetzter Name aus dem Ortsnamen Reesen und dem sorbischen Wort »Broda«, was nichts anderes als Bart bedeutet. Das heißt also, unser Familiengründer war ein bärtiger Typ aus Reesen. Und dafür hat mein Vater achthundert Mark bezahlt. Deswegen und weil ich meines Vaters letzte Hoffnung auf einen Stammhalter war, hatte ich mir vorgenommen, falls ich Ralf je heiraten würde, meinen Mädchennamen zu behalten. Und weil Ralf mit Nachnamen Klein heißt.

In der Schule hat man mir alles Mögliche hinterhergerufen: Dosenbrot, Zwerg Nase, Rosenzwerg. Eine Zeit lang habe ich mir insgeheim gewünscht, tatsächlich kleinwüchsig zu sein. Nur um etwas Amtliches vorweisen zu können, etwas Besonderes zu sein oder vielleicht auch, um irgendwo dazuzugehören. Aber für »außergewöhnlich« hat es bei mir nie gereicht. Ich war einfach nur recht klein. Es reichte aus, um übersehen zu werden, aber nicht, um aufzufallen. Das musste ich auch nicht. Ich lebte immer zufrieden in meiner Welt, fuhr mit dem Schrankaufzug in der Gegend herum und schob mir Rundes in den Mund. Andere Kinder rempelten sich auf dem Pausenhof an und leerten sich gegenseitig die Schulranzen aus. Ich drehte Glasmurmeln auf der Handfläche.

In dem Hotelzimmer in Hannover blieb ich nur eine Nacht. Statt mir im Fernsehen den einmillionsten Aufguss einer dieser Listensendungen à la »Die zehn nervigsten Fernsehnasen Deutschlands« anzusehen, in denen kamerageile Prominente, die kein Schwein kennt, ihre hirnamputierten Kommentare über einander abgeben, griff ich mir das Buch von dieser Michaela Sends. »Vier Raumschiffe, die dich von mir fortbringen« hieß eine der fünfzehn Kurzgeschichten, die in diesem quietschgelben Taschenbuch versammelt waren. Das Cover zierte eine kindlich-krakelige Weltraum-Zeichnung: Im Vordergrund ein von einem Ring umschlossener Planet, auf dem ein nur mit einer altmodischen Unterhose bekleideter Barbiepuppen-Mann saß, der den rechten Daumen wie zum Trampen in die Galaxie hielt. Warum haben lustige Frauenbücher immer gezeichnete Cover? Glauben die Marketingstrategen der Verlage, wenn man der Frau ein putziges Comic-Cover zuwirft, denkt sie sofort: ›Ui! Ein farbiges Bildchen! Schön bunt! Kann nix mehr denken – muss Buchi-Buchi kaufen – ist niedliches kleines Buchi – wie ich, niedliches kleines Frauchen – hui! Ist das fein!‹, klatscht in die Hände und hüpft direkt durch die Schaufensterscheibe zur Kasse? Wie auch immer, ich ließ mich nicht abschrecken und klappte das Ding auf: Gleich am Anfang stand eine Widmung. ›Oje‹, dachte ich, ›jetzt wird wieder irgendeiner Lisa gedankt, die niemand, der diese öffentliche Huldigung liest, kennt.‹ Ganz toll finde ich auch, wenn da steht: *Für R. in tiefer Dankbarkeit.* Was hat R. davon, dass man offiziell, zigtausendfach und schwarz auf weiß vor ihm niederkniet, wenn die Welt nicht einmal seinen Vornamen erfährt? Ist das so eine Geheimsache zwischen Autor und Muse, die keiner erfahren soll? Dann druckt's nicht ab! Ist R. so schüchtern und bescheiden, dass er seinen vollen Namen nicht in einem Buch lesen will? Dann druckt's nicht ab! Ist der Autor diesem R. zwar zu Dank verpflichtet, findet aber, soooo viel habe R. nun auch wieder nicht für das Buch getan, dass man ihn gleich in einer Widmung erwähnen müsste? – Ich fange an, mich zu wiederholen. Jedenfalls stand in diesem Buch auf der zweiten Seite:

Lustige Bücher zu schreiben ist ein scheiß anstrengender Job, und man macht ihn nur aus einem einzigen Grund: weil man geliebt werden will. Wehe, ihr lacht nicht.

Das imponierte mir. ›Mutig‹, dachte ich, ›an Selbstvertrauen mangelt es ihr jedenfalls nicht.‹

Ich verbrachte zwei, drei vergnügliche Stunden mit den humorigen Geschichten. Skurrile Alltagsbetrachtungen, die bisweilen ins Phantastische abdrifteten. In vielen davon kamen Tiere vor. Eine handelte von einer putzigen Familie von Tofus, die auf einem Ökohof bis zur Schlachtreife heranwuchsen. Gut genug, um mich für den Rest des Abends abzulenken und in einen traumlosen Schlaf fallen zu lassen.

Gleich am nächsten Morgen nach dem Frühstück suchte ich mir eine Bleibe für länger. Übers Internet fand ich auch sofort eine Mitwohngelegenheit für die nächsten vier Wochen: ein gut dreißig Quadratmeter großes Zimmer für knapp dreihundert Euro im Monat in der Wohnung von Jessica. Jessica war eine ganz Liebe; das sah man an ihrem pinkfarbenen Plastikhaarreif und den langen schwarz gefärbten Haarsträhnen, die darunter auf ihre zerbrechlichen Schulterknochen fielen und deren Enden sich so lustig lockten, wenn sie durch die Luft hinter Jessicas Gesicht flogen. Vierundzwanzig war sie, und sie wollte, dass man ihren Namen »ausspricht, wie man ihn schreibt«; also nicht Dschässika, sondern Jessika mit Jot. Wahrscheinlich hätte ich das Zimmer nicht gekriegt, wenn sie gleich geschnallt hätte, wie alt ich bin. Leute unter eins sechzig werden ja prinzipiell für Kinder gehalten. Das Zimmer war möbliert, denn Jessica hatte öfter mal Mitwohner, die zwischen einem und drei Monaten blieben. Sogar aus Australien habe sie mal einen gehabt und mit manchen stünde sie immer noch in Kontakt. Bei unserem ersten Gespräch am Küchentisch fragte sie die üblichen Fragen: »Woher kommst du?«

»Aus Aachen«, log ich. Über Aachen hatte ich eine kurze Meldung in dieser Zeitschrift gelesen, die umsonst im Zug ausliegt, und dabei festgestellt, dass Aachen eine der wenigen deutschen Großstädte war, von der ich, außer ihrem Namen und wo sie ungefähr lag, keinen blassen Schimmer hatte. Ich hoffte natürlich, dass das bei Jessica genauso war.

»Und was machst du in Hannover?«, fragte sie sofort darauf weiter, und mir fiel auf die Schnelle nichts Besseres ein als:

»Ich such 'n Job.«

»Gibt's in Aachen keinen für dich?« Sie kringelte eine ihrer langen, schwarzen Strähnen um den Zeigefinger. »Tschuldige, wenn ich so direkt bin, aber ich find's immer total spannend, was meine Wohngäste so für Lebensgeschichten haben.«

Wohngäste? Das klang so, als passten die Begriffe »Gast« und »Wohnen« naturgemäß nicht zusammen, so wie bei dem Wort »Wohnklo«, und andererseits, als wären ihre Mitbewohner Insassen einer karitativen Einrichtung. Mist, jetzt hatte ich zu lange gezögert und den Faden verloren. In meinem Kopf schwebte noch das Wort »Aachen«, also fragte ich unschuldig: »Warst du schon mal in Aachen?«

Sie lachte: »Nein, ich war überhaupt noch nirgendwo anders. Ich bin gebürtige Hannoveranerin und werde das wohl auch bleiben.«

›Ja, das wird auch schwer werden, deinen Geburtsort jetzt noch zu wechseln‹, dachte ich, aber ich sparte mir den Spruch, weil mir Jessica mit Jot sympathisch geworden war und ich mir gerade vorstellte, wie sie nach dem Wort »Hannoveranerin« ein zartes Wiehern von sich gab.

Stattdessen sagte ich: »Keine Sorge, du hast nichts verpasst.«

Erstaunt stellte ich fest, dass ich mich mit meinem bisschen erfundener Biographie bereits drei Zentimeter größer fühlte.

»Und was machst du so?«, wollte sie wissen.

»Ich bin Software-Erklärerin. Das heißt, ich gehe in Büros von Firmen, die unsere Software benutzen, und erkläre den dortigen Computerdeppen, auf welche Taste sie drücken müssen, wenn der Bildschirm schwarz wird«, flappste ich.

»Das heißt, du hast doch einen Job?«

Gerade noch sah ich, wie meine Lüge auf ihren Ministumpen unter der Tür durchwuselte.

»Ja, nein«, stammelte ich, »ich hab im Auftrag meiner Firma Schulungen geleitet, aber das ist vorbei. Die können das jetzt alles.«

Sie schaute mich leicht ungläubig an.

»Tja«, stieß ich aus und rieb meine Handflächen auf den Oberschenkeln, »Pech für mich: Ich war zu gut!«

Jessica schien nicht unbedingt überzeugt, also fing ich an zu plappern: »Das war eine befristete Arbeitsstelle. Gut, dass es vorbei ist. Ich möchte jetzt mal was ganz anderes machen. Aber erst mal wollte ich aus Aachen weg. Ach, dieses Aachen! Sei froh, dass du es nicht kennst!« Hier hielt ich kurz inne, verdrehte die Augen zur Decke und überlegte fieberhaft, was jemand wie Jessica wohl gerne hören würde. »Ich hab einfach blind den Finger auf die Landkarte gelegt, und nun bin ich hier, in Hannover. Ich bin so ein spontaner Mensch. Wenn's mir nicht mehr gefällt, zieh ich einfach weiter. Die Computer-Sache war mir sowieso viel zu verkopft. Ich würde gern was anderes machen. Vielleicht was mit Menschen, weißt du?«

Jessica war begeistert. Es stellte sich heraus, dass sie in einem Enthaarungsstudio arbeitete, und dort suchten sie noch Leute. Dieser Laden hatte ein modernes, stylishes Konzept. Sie arbeiteten ausschließlich mit Heißwachs und nannten ihre Mitarbeiterinnen Depiladora. Mir gefiel die Aussicht, mal in einem Job zu arbeiten, in dem man nicht reden musste, und ich verabredete telefonisch einen Vorstellungstermin für Montag.

Damit hatte ich innerlich eine Marke gesetzt. Nun musste ich hierbleiben. Ich konnte nicht zurück nach Kassel. Ich hatte hier einen Termin, eine neue Wohnung und einen neuen Job. War ich wirklich erst gestern von zu Hause aufgebrochen? Das alles ging so leicht, so schnell, so einfach. Aber ich wusste, der harte Teil stand mir noch bevor. Ich musste Ralf anrufen und rief stattdessen meinen Vater an.

»Hallo, ich bin's.«

»Na, was hast du angestellt?«

Die Stimme von Papa zu hören tat gut. Auch wenn ich diesmal bei seiner Begrüßung zuckte. Er sagte immer ›Na, was hast du angestellt?‹. Seit dreißig Jahren. Seit ich in die Pubertät gekommen war und mich nicht in die rosafarbene Rüschenrichtung entwickelt hatte, die meine Mutter sich vorstellte. Damals entschied sich mein Vater, zu mir zu halten, weil er mich bedingungslos lieb hatte. Oder weil er mich wie den Jungen behandelte, den er sich insgeheim wünschte.

»Mädel, was ist? Hast du dich verwählt?«

»Nein«, antwortete ich und schwieg. Konnte er nicht einfach von selbst drauf kommen, was los war, es verstehen, akzeptieren und mir in einfachen Worten darlegen, warum ich tat, was ich selbst nicht erklären konnte?

»Ich wollte dir nur sagen, dass ich weg bin«, brachte ich heraus.

»Du musst sogar weg sein; das sähe sonst sehr albern aus, wenn du mit einem Handy am Ohr direkt neben mir ständest.«

Gott, ich liebte meinen Vater. Er schien immer alles im Griff zu haben.

»Sabine, ich will nicht drängeln, aber in sechs Wochen ist Weihnachten, und ich hab noch keinen Truthahn gekauft. Also, wenn das hier länger dauern sollte ...«

Es zu tun war viel leichter, als darüber zu reden. »Es könnte sein, dass ich dieses Jahr zu Weihnachten nicht da bin«, unterbrach ich ihn.

»Bitte sag mir, dass du einen Hirntumor hast«, hörte ich seine heisere Stimme, »sonst muss ich annehmen, dass du vor meinen Kochkünsten flüchtest.«

Vaters Humor ist einzigartig. Allerdings war ich mir nicht sicher, ob er nach meinem folgenden Satz noch zu Scherzen aufgelegt wäre.

»Ich bin weg und ich weiß nicht, ob ich wieder zurückkomme. Kannst du Ralf anrufen?«

Es dauerte nur so lange, wie ich brauchte, um das Handy in die andere Hand zu wechseln, bis er sich gefangen hatte.

»Du meinst, ich soll deinen Mann anrufen, um ihm zu sagen, dass ihm die Frau davongelaufen ist?«

»Ich bin nicht davongelaufen. Ich hab den Zug genommen.«

»Schön, dass du so fröhlich bist. Mal sehen, ob Ralf auch darüber lachen kann.«

»Entschuldige.«

»Bei mir brauchst du dich nicht zu entschuldigen. Und jetzt sag mir, wieso.«

»Weil ich ein glückliches Huhn werden will.«

»Wir haben das Huhn damals geschlachtet und gegessen. Du hast ihm den Kopf abgeschlagen, erinnerst du dich?«

»Ja, aber es hatte zwei Leben!«

Das war nicht mal übertrieben: eins bei Onkel Fritz in der Legebatterie und ein zweites, als man es da rausnahm und bei uns in den Garten setzte. Okay, zuerst konnte es weder stehen noch gehen, und zwei seiner Kumpels waren noch am selben Nachmittag auf unserer Wiese draufgegangen. Aber dieses Huhn nicht. Es hatte sich hochgerappelt, tapfer gefressen, seine Federn neu wachsen lassen und eines Tages war es aufgestanden und im Garten umherstolziert wie ein richtiges Huhn aus dem Bilderbuchkinderbauernhof.

»Ja«, sagte mein Vater trocken, »und das zweite war geplantermaßen recht kurz. Die Hühner von Fritz waren zum Schlachten bestimmt. Und der alte Geizkragen hat uns statt der versprochenen Suppenhühner drei seiner ausgemusterten Legehennen gegeben. Wir haben versucht, sie aufzupäppeln, weil man sie in ihrem Zustand gar nicht hätte essen können! Erzähl mir jetzt nicht, du hast plötzlich ein spätes Kindheitstrauma entwickelt. Du hast mit dem Kopf in der Hand, bei dem immer noch der Schnabel auf und zuging, deine kreischende Mutter übers ganze Grundstück gejagt!«

»Ich weiß«, gab ich kleinlaut zu. Lisbeth hatte köstlich geschmeckt.

»Und du weißt auch«, sagte er eindringlich, »dass dieses Huhn, so verändert wie es war, nie wieder zurück in die Legebatterie gekonnt hätte.«

»Vielleicht wollte es das auch gar nicht«, sinnierte ich.

»Lassen wir mal die Landwirtschaft beiseite«, sagte mein Vater jetzt bestimmt, »du bist kein Huhn, und Ralf ist kein ... also jedenfalls diese Massentierhaltungs-Metapher stimmt hinten und vorne nicht. Entweder du sprichst jetzt vernünftig mit mir, oder wir beenden dieses Gespräch.«

»Auf Wiederhören, Papa.« Ich legte auf.

Selbst schuld, er hätte wissen können, dass er mit Druck bei mir nicht weiterkam. In Sturheit stand ich ihm in nichts nach. Das Telefonat hatte seinen Zweck erfüllt. Niemand wusste, wo ich war, und keiner brauchte sich Sorgen zu machen.

Meiner Mutter hätte es gefallen, dass ich jetzt in einem Kosmetikstudio arbeitete. Sie hat sich immer alles Mögliche für mich ausgedacht, und wenn ihr ein Beruf auffiel, von dem sie sich vorstellte, dass ihn Menschen ausüben, die klein und niedlich sind, schlug sie ihn mir freudestrahlend vor: Konfektverkäuferin, Schneiderin, Fußpflegerin (dann muss man sich nicht so weit runterbücken), Uhrmacherin. Ich war schon froh, dass sie nicht sagte: ›Schatz, werde doch Minenarbeiter in Südamerika!‹ Vielleicht stand deshalb schon in der siebten Klasse für mich fest, dass ich so lange wie irgend möglich auf der Schule bleiben würde. Auf jeden Fall Abitur, und dann ein laaaanges Hochschulstudium. Als der Zeitpunkt gekommen war, mir eine Fachrichtung auszusuchen, fiel meine Wahl auf Agrarwissenschaft, einfach deswegen, weil die meisten anderen Studiengänge für mich nicht in Frage kamen. Geisteswissenschaften schieden von vornherein aus. Ich hatte mich im Laufe meiner Schulzeit zur Eigenbrötlerin entwickelt und wenig Ambitionen, meine Meinung mit anderen zu diskutieren. Ich war nicht sprachbegabt wie die meisten meiner Mitschülerinnen und für ein Ingenieursstudium hatte ich zu wenig technisches Interesse. Meine Mutter hätte es gern gesehen, wenn ich Medizin studiert hätte, und ich ertappe mich heute noch manchmal bei dem Gedanken, dass ich ihr dann vielleicht bei ihrer Krebserkrankung besser beistehen oder ihr zumindest das Sterben hätte ein wenig erleichtern können. Aber das sind reine Hirngespinste. Bei meiner Angst vor dem Verschließen meiner Atemwege – und sei es auch nur durch einen Mundschutz aus Papier – hätte ich es nie bis in ein Labor, geschweige denn in einen Anatomiesaal geschafft. Es sei denn, sie hätten mir erlaubt, die Nase oben rauskucken zu lassen. Denn wenn ein Mundschutz tatsächlich etwas wäre, womit man seinen Mund schützt, hätte ich überhaupt kein Problem damit. Das Abdichten meiner Nasenlöcher jedoch ruft bei mir sofort Erstickungsängste hervor. Ohne Schnupfenspray würde ich keine Erkältungsperiode überstehen. Weil ich mir die Nase nicht zuhalten mochte, bin ich nie mit Karacho ins Wasser gehüpft oder habe je richtig schwimmen gelernt. Auf dem Gymnasium interessierte ich mich für Naturwissenschaften: Biologie, Chemie, Physik, ich war auch ganz gut in Mathe. Aber ich wollte auf keinen Fall Lehrerin werden. Ich kannte genug kleine Giftzwerge, die ihre Statur mit übertriebenem Autoritätsgehabe aufzublasen versuchten. Vielleicht waren es die häufigen Besuche bei Onkel Fritz auf dem Hof, das Leben auf dem Land, meine praktische Veranlagung und die Aussicht, der Menschheit etwas Gutes zu tun, wenn ich in der Entwicklungshilfe tätig wäre, die mich das Studium der Agrarwissenschaft beginnen ließen. Aber schon mein erster Auslandsaufenthalt in Afrika noch während des Studiums endete nach vier Wochen im Fiasko. Was genau letztlich zu meinem Nervenzusammenbruch führte, ich weiß es nicht: die Hitze, die vielen Menschen, die einem auf den Leib rückten, meine totale mentale Überforderung, mich in diesem Chaos zurechtzufinden. Jedenfalls bekamen mir die Beruhigungspillen, die mir mein Projektleiter gab, überhaupt nicht, und ich wurde eines Abends ohne Papiere und leicht lallend in den Straßen von Nairobi aufgegriffen. Irgendein lieber Mensch brachte mich auf die Polizeiwache, und sie verfrachteten mich ins Krankenhaus. Zwei Tage später flog man mich nach Hause. Das war das unrühmliche Ende meines Beitrags zur Rettung der Erde – und wie die meisten gescheiterten Existenzen in den späten 80ern landete ich sanft in den gnädigen Armen der EDV-Branche.

Aber das lag nun alles hinter mir. In meinem neuen Leben war ich Sabine, die Depiladora. Wenn das nicht nach Freiheit und Abenteuer klang.

3

Der Anfang ist immer am schwersten. Eine CD aus ihrer eingeschweißten Zellophanhülle popeln. Aus einem Wollfaden vierzig Maschen aufnehmen, um daraus eine Socke zu stricken. Die ersten Züge auf Lunge rauchen, ohne zu husten.

Und nun sollte ich einer fremden Frau die Haare aus der Arschritze entfernen. Ja, ich hätte das jetzt auch anders ausdrücken können, aber genau so hat Jessica es mir erklärt. »Brazilian Waxing: Das ist, wenn man jemand die Haare aus der Arschritze wegmacht.« Jessica hatte eine etwas derbe Art sich auszudrücken, aber sie war eine ganz Liebe. Und deshalb half sie mir auch, als ich gleich an meinem zweiten Arbeitstag an einem Dienstagvormittag um kurz nach zehn eine haarige Spalte auf dem Tisch liegen hatte. Ich hätte zu der Kundin auch sagen können: ›Ich bin noch in der Einarbeitungszeit‹, und die ersten vier Wochen hinter der weinroten Empfangstheke verbringen, aber Jessica sagte: »Volltreffer, Sabine! Dann mal ran an die Bärenhöhle.« Die Kundin bewies Humor und hatte nichts dagegen, sich gleich von zwei Frauen in die Tulpe kucken zu lassen. Es stellte sich nämlich heraus, dass Jessica sich hinsichtlich des zu rupfenden Areals etwas ungenau ausgedrückt hatte. Es sei denn, sie war der Meinung, die Arschritze ziehe sich vom Steiß bis über den Venushügel. Die Frau lag jetzt breitbeinig auf der Liege, und der gesamte Bereich zwischen ihren Schenkeln war mit schwarzen Stoppeln gespickt. Es sah aus wie der Zehntagebart im Gesicht eines Schrumpfkopfs.

Jessica stellte den pausenbrotdosengroßen Plastikbehälter mit dem heißen Wachs ans Fußende der Liege und reichte mir den Holzspatel. Er sah aus wie ein Ruder für ein Modellboot. Ich tunkte ihn, wie sie es mir gezeigt hatte, in die karamellfarbene Masse und hob einen Batzen Wachs heraus. Mit zittrigen Fingern spannte ich ein Stück Haut oberhalb der Schamlippen und schmierte den heißen Brei darauf. Jessica reichte mir den Stoffstreifen: vielleicht sieben Zentimeter lang und zwei breit, von unscheinbarem Weiß. Er sah völlig harmlos aus. Ich legte ihn auf die bestrichene Stelle wie auf eine Wunde und strich ihn glatt. Und strich. Und strich. Und strich. Bis Jessica mich mit dem Ellbogen anrempelte und mir mit einem Blick bedeutete, ich solle ihn nun endlich abziehen. Wenn das Wachs zu lange auflag, würden womöglich nicht nur die Haare, sondern auch eine Schicht Haut dran kleben bleiben. Die Kundin lag völlig entspannt auf der Liege. Das war nicht ihr erster Termin. Man konnte es an den fein nachgewachsenen, nur ein paar Millimeter langen Härchen sehen. Ich stellte mir vor, ich sei Ärztin und es ginge um Leben und Tod: ›Schwester Jessica, geben Sie zehn Milligramm Waxanol. Wir brauchen den Depilator! Auf drei! Eins, zwei, drei und weg!‹ Es gab nur ein kleines, der Brutalität der Aktion nicht angemessenes Geräusch. Die Haut unter dem Stoffstreifen wurde sofort puterrot. Die Härchen klebten im Wachs wie tote Fliegen an diesen braunen, von der Decke hängenden Klebestreifen, obwohl in meiner Phantasie noch einige von ihnen am Leben waren und sich unter zuckenden Windungen verzweifelt versuchten zu befreien. Jessica nahm mir den Streifen, auf den ich wie benommen gestarrt hatte, aus der Hand und reichte mir den wieder mit Heißwachs beladenen Spatel, während sie die krebsrote Haut mit einem Eisbeutel kühlte. Ich schaute der Kundin fragend ins Gesicht, aber die sagte: »Alles in Ordnung, ich hab vorher zwei Schmerztabletten genommen.« Ab da beschränkte ich mich auf den Bereich zwischen ihren Beinen, spannte Schamlippen, legte meine Finger an Stellen, wo ich mich selbst kaum anfasse, und tat meinen Job. Ganz nebenbei schaute ich mir so genau es ging, ohne anzüglich zu wirken, diese fremde Muschel an. Erstaunt stellte ich fest, dass ich mir vorher nie Gedanken darüber gemacht hatte, ob es verschiedene Mösenformen und -sorten gab. Die hier sah jedenfalls ganz anders aus als meine. Die Haut an der Klitoris war sehr stark gekräuselt, und die sich daran anschließenden kleinen Schamlippen waren unterschiedlich groß. Auf einmal verspürte ich den Wunsch, meinen Finger da reinzulegen, um nachzusehen, wie sie von innen aussahen. Aber ich zügelte meinen Forscherdrang und riss konzentriert den Wachsstreifen ab. Die Kundin zuckte und biss sich auf die Lippen. Manchmal kicherte sie auch unfreiwillig, wenn ich sie unvorbereitet an einer heiklen Stelle berührte. Keiner sprach ein Wort, aber ich lächelte still vor mich hin. Diese Mischung aus totaler Auslieferung, Macht, Fürsorge und distanzierter Dienstleistung gefiel mir, und innerlich freute ich mich schon auf meine nächste Möse. Bevor ich zu sabbern begann, überließ ich das Einreiben der geschundenen Haut mit Aloe Vera lieber Jessica.

Als wir fertig waren, verließen wir die Kabine und zogen den Vorhang hinter uns zu. Wie zwei alte Chirurgenhasen, die gerade eine Herzverpflanzung in neuer Rekordzeit hinter sich gebracht hatten, streiften wir uns mit routinierten Bewegungen die Einmalhandschuhe von den Händen und schnalzten sie lässig in den Mülleimer.

»Zur Feier deiner ersten Stoppelspalte kippen wir jetzt erst mal einen«, bestimmte Jessica und ging mit mir in den winzigen Aufenthaltsraum, der außerdem noch als Teeküche und Büro diente.

Sie schenkte mir einen Eierlikör mit Espresso ein und sagte: »Ist mein Lieblingsgetränk. Heißt Rassenschande. Prost!«

Jessica hatte einen Hang zur Geschmacklosigkeit. Aber sie war eine ganz Liebe.

In der ersten Woche in Hannover kaufte ich mir ein neues Prepaid-Handy und in der zweiten ein Notebook. Zuerst richtete ich mir einen kostenlosen E-Mail-Account ein und dann tippte ich meine Kündigung. Auf meinem alten Handy war jetzt eine Mailboxansage, die behauptete, ich sei momentan nicht telefonisch erreichbar, man könne mir aber in ganz dringenden Fällen eine SMS schicken. Ein bisschen erstaunt war ich doch, wie wenig davon Gebrauch gemacht wurde. Eine kam von Moni: *Wir finden, du bist uns eine Erklärung schuldig. Bitte melde dich! Moni.* Das war typisch für sie, dass sie in anderer Leute Namen sprach, wo sie in erster Linie ihre Neugier befriedigt sehen wollte. Und um den moralischen Druck zu erhöhen, schob sie dann eine Nullachtfuffzehn-Formulierung hinterher, die allein den Zweck hatte, mir ein schlechtes Gewissen zu machen. Vater schrieb prinzipiell keine Sprachnachrichten, das wusste ich, und Ralf stellte sich tot. Tapferer Ralf.

Ich schloss schnell Freundschaft mit meinem neuen Job. Mir gefiel die Einfachheit. Kabine betreten, Wachs auftragen, abreißen. Und alle dreißig Minuten das garantierte Erfolgserlebnis: Hinterher war alles schön glatt. Obwohl das wahrscheinlich einer der überflüssigsten Jobs überhaupt war, wenn man mal von den armen Menschen absieht, die in Fußgängerzonen stehen und Zettel an Passanten verteilen, die diese kaum drei Schritte weiter in den nächstbesten Mülleimer werfen, tat ich der Menschheit nun doch einen Dienst. Auch wenn es nur ein Teil der Menschheit in einem ganz kleinen Teil der Erde war und die Menschen sicher auch behaart überlebt hätten oder sich genauso gut rasieren konnten oder mit dem Geld, das sie im Waxing Studio ausgaben, besser eine SOS-Kinderdorfpatenschaft hätten übernehmen sollen. Aber so darf man doch nicht denken! So kann man doch nicht überleben! In einer unüberschaubaren Welt, wo an jeder Ecke das Böse lauert, muss man sich eben auf einen Ausschnitt der Realität konzentrieren, genau hinschauen und alles entfernen, was da nicht hingehört.

Und die Menschen, ob Frauen mit Gorillabeinen oder Männer, die sich für ihre neueste schwule Errungenschaft die Brust klären ließen, standen wie gereinigt von meinem Tisch auf. Es war, als ob ich das Übel der Welt ausrisse. Und die Holzspatel waren rund.

Schon nach zwei Wochen war der durch dünne beigefarbene Vorhänge in viele kleine Räume unterteilte Wachs-Salon zu meinem neuen Bienenstock geworden, in dem ich mich bestens auskannte.

Es gab Kundinnen, die unentwegt plapperten. Das waren solche, die einfach alles erzählten: was sie zu Mittag gegessen hatten, wie sie die Ehe von David Beckham und Victoria fanden und wie oft sie am Tag kacken gingen. Ohne Sinn und Verstand. Solche Frauen unterschieden nicht. Sie erzählten jedem alles. Das war bei ihnen wie Ein- und Ausatmen, nur dass dabei noch Wörter rauspurzelten. Diese Kundinnen waren leicht zu handhaben. Man ließ sie labern, nuschelte ab und zu ein »Mmmh« und wenn es einem zu viel wurde, riss man die Wachshaut eben etwas langsamer ab. Auf diese Art und Weise verstummten sie wenigstens für ein paar Sekunden und bissen auf die Zähne. Wirklich unangenehm waren mir die Verhuschten. Die Kundinnen, die übertrieben höflich waren. Frauen, denen es peinlich war, sich von jemandem bedienen zu lassen. Sie machten auf lieb Kind, waren gegenüber ihrer Dienstleisterin fast unterwürfig und sagten zu allem Ja und Amen:

»Ist die Temperatur so recht?« – »Ja, natürlich!«

»Geht es so?« – »Ja, klar! Danke!«

»Macht es Ihnen was aus, wenn ich Sie komplett eingewachst hier liegen lasse und Zigarettenpause mache?« – »Ach, I wo!«

Mit der Zeit empfand ich eine Spur Verachtung für diese Memmen.

An diesem Nachmittag schien nicht nur die Luft, sondern auch die Zeit einzufrieren. Draußen herrschten minus sieben Grad und hier drinnen Langeweile. Keine Kundinnen, keine Unterhaltung. Nur Starre. Wir standen rum. Schließlich begann Jessica wieder von ihrem Benny zu erzählen. Dass er jetzt schon »Sitz« und »Platz« konnte. Die zweihundert Euro für den Hundetrainer hätten sich ausgezahlt. Dabei war das nicht mal ihr Hund, sondern der von ihrem zehn Jahre älteren und einen Kopf kleineren Freund Lars. Ich kam nicht dahinter, was sie an ihm fand, deshalb vermutete ich, es ginge ihr um den Hund. Ich wusste inzwischen, dass Jessica sich seit ihrer frühesten Kindheit einen Hund gewünscht hatte und alles über Hunde wusste, was man aus dem Internet zuzeln kann. Sie hatte Lars im Park kennengelernt, als er seinen Whippet-Welpen zum ersten Mal Gassi führte. Ein Whippet ist so eine Art Bonsai-Windhund, und Lars war so einer, der zu jedem Thema etwas zu sagen hat. Meist hielt er kleine Vorträge, wobei er die ungeteilte Aufmerksamkeit aller Anwesenden verlangte. Fragte jemand zwischendurch halblaut nach einem Aschenbecher, hielt er inne und fuhr erst fort, wenn wieder restlos alle am Tisch zuhörten. Schon durch die Art, wie er formulierte, machte er deutlich, dass seine kurzen Ansprachen weniger als Diskussionsgrundlage denn als Bildungsmaßnahme beziehungsweise milde Geistesgabe aus dem reichen Schatz eines Wissenden gemeint waren. Ich war mir sicher, er hatte Bescheidwissenschaften studiert. Jessica jedenfalls fand, Lars sei ein vernünftiger Hundehalter. Ein verantwortungsvoller. Er hatte sich einen Welpen frisch vom Züchter geholt. »Mitleid ist schön und gut, aber völlig unangebracht, wenn es darum geht, den Hund zu finden, der zu dir passt«, sagte sie jetzt in Lars' Worten. Ich machte, ohne Kopf oder Mund zu bewegen, ein zustimmendes Geräusch, aber mein Blick ging hinaus auf den Platz: ein zubetoniertes Stück Ruhe, auf das die Sonne schien. Weiter hinten stand ein mit einem flachen, kegelförmigen Bretterdach abgedeckter Springbrunnen, den ich von hier aus nicht sehen konnte. Ich versuchte mir vorzustellen, was darunter zum Vorschein käme, wenn im Frühjahr ein kräftiger Mann im blauen Anton mit einem Zimmermannshammer die einzelnen Bretter abhebelte, und ob ich dann noch hier wäre. In Hannover. Als Depiladora in einem Zimmer zur Untermiete, um mich vor meinem alten Leben zu verstecken.

Jessica richtete sich hinter ihrer kleinen Theke auf, weil eine Kundin den Laden betrat. Es war die Trinkgeldgeberin. Sie war gestern bei mir gewesen, einmal Beine komplett für achtundzwanzig Euro, und sie hatte mir fünfunddreißig gegeben, obwohl sie nicht so aussah, als könne sie sich das leisten. Sie sei »ganz traurig«, sagte sie. Sie habe extra sechs Wochen gewartet mit dem Enthaaren, damit die Härchen bestimmt lang genug wären, und nun sei alles stachelig. Das ganze Bein. Alles müsse sie nun rasieren. Den ganzen Urlaub hindurch. Ich spürte, wie mir das Blut in den Kopf stieg. Äußerlich blieb ich ruhig, ging in die Hocke und fasste das Bein der Kundin an, als prüfte ich einen Autolack. Es war total stachelig. Die Frau hatte fünfunddreißig Euro bezahlt für nichts. Und jetzt fing sie an, sich zu entschuldigen: »Bestimmt liegt es nicht an Ihnen«, meinte sie verschämt auf mich herunter, »wahrscheinlich hab ich so doofe Haare, die einfach abbrechen, statt sich ausreißen zu lassen.«

»Das kann schon mal passieren«, trug Jessica von hinter der Theke sachkundig bei.

Ich strich der Kundin über das verhunzte Bein und dachte: ›Aber nicht für fünfunddreißig Euro.‹

»Das tut mir leid«, nuschelte ich.

Jessica erklärte der Frau, man könne da jetzt nichts machen, ehe die Haare nicht wieder lang genug wären zum Wachsen, und gab ihr einen Gutschein, woraufhin sich diese höflich bedankte und den Laden verließ.

Mit gesenktem Blick begann Jessica in der Kasse rumzukramen. Auch ich hatte keine Lust, über den Vorfall zu reden, und verkündete: »Ich geh mir kurz 'n Kaffee holen«, obwohl keine zwei Meter hinter mir die Kaffeemaschine stand.

Ich schlenderte hinaus über den Platz zu den gegenüberliegenden Arkaden, in denen sich eine Espressobar und mehrere kleine Geschäfte befanden. Man konnte dort zu überteuerten Preisen Dinge kaufen, die man nicht brauchte. Ein Laden, in dem sie nur Tücher verkauften. Große, glänzende, grob gemusterte Dinger in Farben, die aussahen, als hätte man ihnen mit einem Strohhalm alles Lebendige ausgesaugt. Offenbar gab es Frauen, die sich für dreihundert Euro so ein Stück Stoff kauften, weil ein bestimmter Firmenname draufgedruckt war. Und damit jeder sehen konnte, wie viel Geld sie dafür ausgegeben hatten, hängten sie sich das Teil offen über die Schultern, obwohl sie damit aussahen, als gehörten sie zu einem Pfadfinderstamm für Erwachsene mit einer Ästhetikschwäche. In einem anderen Geschäft gab es ausschließlich Tierschmuck, also Hundejäckchen, Katzenhalsbänder und Pantöffelchen aus Leder. Vielleicht für Tiere, denen man die Pfoten weggezüchtet hatte. Das meiste davon war mit Strasssteinchen bestickt und kostete so viel wie eine Monatsmiete für eine sechsköpfige Familie im sozialen Wohnungsbau. Immerhin befand sich zwischen diesen Einzelhandelsabsurditäten auch ein Buchladen. Im Schaufenster hing ein Plakat von Michaela Sends und ihrem Raumschiffbuch. Verfolgte mich diese Frau? Seit meinem verunsicherten Rumgeirre in Wolfsburg waren fast drei Wochen vergangen, und ich war inzwischen mutiger und neugieriger. Ich beschloss, mir das Buch unter den Arm zu klemmen und mir die Frau mal von Nahem anzusehen.

Als ich einen Abend später nach der Arbeit über den Platz zur Buchhandlung ging, sah ich sie von Weitem an der Tür stehen. Ich erkannte sie daran, dass sie einzeln im Mantel draußen stand und ihr gegenüber zwei der Verkäuferinnen fröstelnd, aber lachend und eilfertig nickend auf sie einredeten. Es war klar, wer vor dieser Buchhandlung das Alphatierchen war. Sie rauchte, und weil der Wind gegen ihr Gesicht blies, sah es so aus, als entstünde der Qualm aus ihrer Haarlockenwolle heraus. Im Lichtkegel über der Eingangstür rauchte ihr der Kopf in einer Art Nikotin-Heiligenschein. ›Du glaubst, du hast dein Leben im Griff‹, hörte ich mich denken, als sie mit den Verkäuferinnen ins Innere des Gebäudes verschwand, ›aber du hast keine Ahnung, dass ich dir auf den Fersen bin.‹ Und dann grunzte ich einen unterdrückten Lacher durch die Nase, weil in meinem Kopf eine kleine Schwarz-Weiß-Gestalt im Trenchcoat und mit roter Clownsnase umherging.

Ich betrat die Buchhandlung, löhnte die fünf Euro und setzte mich ganz nach hinten, um nicht aufzufallen, obwohl ich mir sicher sein konnte, dass kein Mensch im Raum irgendeine Art von Verdacht schöpfen würde, weil eine kleine Blonde in einem bodenlangen Mantel, der sie ein bisschen aussehen ließ wie eine wandelnde Thermoskanne, mit dem Roman von Frau Sends unterm Arm in deren Lesung erschien. Sie wussten ja nicht, dass ich tief in der Manteltasche versteckt einen Duschring in der Hand hielt.

Die Frau von der Buchhandlung begrüßte die, wie ich schätzte, um die einhundert Gäste. Der Raum war überfüllt. Einige zu spät Gekommene standen am Rand und lehnten sich an die mit druckfrischen Büchern vollgestellten Regale. Frau Sends schien sehr gefragt zu sein. Ein bisschen schämte ich mich, dass sie mir gänzlich unbekannt war. Ich bin keine fleißige Leserin. In der Schule hatte ich mich durch die Pflichtlektüre gequält, und Ralf und ich lasen statt der Bestsellerlisten lieber die Fleischprospekte vom Supermarkt.

Michaela Sends trug einen roten Rollkragenpullover und einen kurzen schwarzen Rock, der die Aufmerksamkeit auf ihre langen, schlanken Beine lenkte. Sie ging mit flotten Schritten zu einem kleinen Tisch, auf dem ein Mikrofon und eine Leselampe aufgebaut waren, und setzte sich. Entweder war es ihre beschwingte Art, sich zu bewegen, oder die flachen, hellbraunen Wildlederstiefel mit den vielen großen Metallschnallen; auf jeden Fall wirkte sie wesentlich jugendlicher als auf dem Plakat. Die roten Naturlocken, die sich bis auf ihre Schultern kringelten, verliehen ihrem Gesicht etwas Mädchenhaftes, auch wenn sie die dreißig schon überschritten haben mochte. Sie sagte ein paar einleitende Worte, die mir entgingen, weil die zwei Trutschen vor mir unter gut gelauntem Gekicher nochmal die Plätze tauschten und dabei auch ihre Mäntel, Schals und Handtaschen auf den jeweils anderen Stuhl umhängten, der, überflüssig zu erwähnen, vollkommen identisch mit den neunundneunzig anderen Stühlen im Raum war. Als sie endlich ihre nun um ganze vierzig Zentimeter veränderte Position eingenommen und ausgetuschelt hatten, sah Michaela Sends kurz in die Runde, um sich zu vergewissern, dass alle bereit waren, und verkündete: »Die erste Geschichte heißt ›Freunde fürs Leben‹.«

Das war eine der Geschichten, die ich überblättert hatte. Ich richtete mich interessiert auf. Sie senkte den Blick auf den Text und begann zu lesen:

»Der Rabe und der Fisch hatten beschlossen, heute mal ins Kino zu gehen. Der Rabe war glücklich, denn er liebte Filme, und der Fisch war unglücklich. Aus Prinzip.

Schon als sie losgingen, fing der Fisch an zu nölen: ›Mann, ist das heiß, ich schwitz ja jetzt schon. Hätt ich das gewusst, dann hätt ich die Jacke zu Hause lassen können. Jetzt schlepp ich die ganze Zeit diese blöde Jacke mit mir rum! Aber wenn ich sie nicht mitgenommen hätte, würde es jetzt bestimmt anfangen zu regnen. Oh Mann, wie ich es hasse auszugehn! Am liebsten würde ich immer zu Hause bleiben. Na, hoffentlich ist das Kino klimatisiert. Bestimmt isses das. Wahrscheinlich mit so 'ner völlig übertriebenen Monster-THX-Angeber-Klimaanlage. Die blasen so kalt, da friert man sich die Nippel ab, und ich hab nur diese dünne Jacke dabei. Toll!‹

Der Rabe klapperte nur zwei, drei Mal mit dem Schnabel, denn er wusste, dass jedes weitere Wort den Fisch nur noch mehr in Rage bringen würde. Außerdem hatte er ein schlechtes Gewissen, denn er hatte den Fisch aus reinem Eigennutz dazu überredet, ins Kino zu gehen.

›Was klapperst du denn jetzt wieder so blöd mit dem Schnabel?‹, meckerte der Fisch. ›Glaub bloß nicht, dass ich das nicht merke.‹

›Das sollte gar nichts bedeuten‹, sagte der Rabe, ›das war ein reines Reflex-Klappern.‹

›Ja, klar!‹, sagte der Fisch beleidigt, ›dafür sind Raben ja bekannt: Immer wenn sie auf dem Weg zur U-Bahn sind, um ins Kino zu fahren, kriegen sie den sogenannten Klapperreflex, is wahrscheinlich Schnabelgymnastik, was? Obwohl: So verkehrt is das gar nich. Du kriegst doch das ganze Jahr das Maul nicht auf. Klapp den Schnabel ruhig paarmal auf und zu, damit er nich einrostet. Los, sag schon, dass ich dir auf die Nerven gehe, das wolltest du doch ausdrücken mit deinem Klapp-Klapp-Klapp! Boah, ich finde das so was von respektlos, bin ich es nicht mal mehr wert, dass du das Wort an mich richtest?‹

Dann schwieg er, denn sie waren am Fahrkartenautomat angelangt, und er suchte nach Kleingeld. Der Rabe hatte eine Monatskarte. Als das Zwei-Euro-Stück des Fischs zum dritten Mal durchfiel, ging die Flucherei von vorne los.

›Ich hab's gewusst! Genau jetzt muss natürlich unsere Bahn kommen. Toll! Es wäre ja auch zu viel verlangt, dass ich einmal im Leben Glück habe! Und die nächste kommt wahrscheinlich in sieben Minuten! Ich hasse es, zu spät ins Kino zu kommen!‹

›Ist doch nicht so schlimm‹, sagte der Rabe ruhig, ›dann rennen wir halt ein Stück.‹

›Ha!‹, regte sich der Fisch auf, ›du hast leicht reden. Du kannst ja neben mir herflattern! Der Herr hat ja Flügel! Weißt du eigentlich, wie schwer das für mich ist, mich an Land fortzubewegen? Ich bin ein Fisch! Schon vergessen? Aber statt wie alle anderen normalen Fische gemütlich im Aquarium an der Sauerstoffpumpe zu hängen, muss ich ja mit dir durch die Weltgeschichte stapfen!‹

›Sei doch froh‹, meinte der Rabe, ›andere Fische können nie raus aus dem Wasser, und du kannst sogar ins Kino gehen!‹

›Ach, jetzt soll ich wohl auch noch dankbar sein für meinen Gendefekt!‹, motzte der Fisch. ›Ein blinder Rabe, den starrt man ja auch nicht an in der U-Bahn. Und wenn, dann kriegt er's ja nicht mit! Kann ihm ja egal sein! Und alle zerfließen gleich vor Mitgefühl! Ach Gott, der arme Vogel! Der sieht ja nix! Das muss ja schrecklich sein! Der König der Lüfte, und batz! fliegt er gegen den Baum! Oh grausame Laune der Natur! Gott sei Dank hat er ja den Fisch mit dem Gendefekt als Freund. Der dirigiert ihn beim Fliegen. Schade, dass der so glitschig ist, sonst könnten sie zusammen fliegen! Hat mich schon mal irgendjemand gefragt, ob ich das lustig finde, wenn sie mir Landfisch! Landfisch! hinterherrufen und mich hinter meinem Rücken als Amphibien-Freak beschimpfen? Ob ich austrockne an der Luft? Ob meine Flossen verkleben auf dem Asphalt? Und überhaupt: Wieso muss ich eigentlich immer das machen, was du willst? Wann bist du denn schon einmal mit mir ins Wasser gekommen? Hä? Und komm mir jetzt bitte nicht mit: Mein Gefieder wird nass. Enten gehn auch ins Wasser. Oder sind das etwa keine Vögel?‹

›Doch‹, sagte der Rabe ruhig. ›Wasservögel. Enten sind Wasservögel. Genau wie Gänse, Schwäne, Fischreiher.‹

›Ach, wie witzig!‹, sagte der Fisch. ›Die Fressfeinde-Witzekiste ist eröffnet!‹

Im Kino kaufte der Rabe wie immer eine große Popcorn und ein Bier für sich und ein großes Wasser im Becher für den Fisch.

›Na großartig‹, sagte der Fisch, als er vom Klo zurückkam, ›das ist ein Pappbecher! Ich hab dir tausendmal gesagt: Bestell durchsichtiges Plastik oder Flaschen! Wie soll ich denn da jetzt durchkucken?‹

Sie gingen auf ihre Plätze, und der Rabe stellte den Fisch im Wasser in den Becherhalter neben seinen Sitz. Sie schauten sich ›Herr der Ringe‹ an, denn das war des Raben Lieblingsfilm und er hatte ihn schon siebzehn Mal gehört. Der Fisch lehnte sich mit beiden Flossen über den Becherrand, damit er etwas sehen konnte, und kommentierte dementsprechend lustlos: ›Gandalf fuchtelt mit dem Stock. Frodo kuckt betreten. Bäume. Die mit den spitzen Ohren seiern rum und sind unscharf, Frodo kuckt betreten, Saruman fuchtelt mit dem Stock, ein großes Feuerauge erscheint, Frodo kuckt betreten.‹ Dann widmete er sich wieder seiner Lieblingsbeschäftigung: Er furzte kräftig in den Becher, weil das im Wasser so angenehme Bläschen machte.

Rechts neben dem Fisch saß ein Schaf und fragte: ›Wieso will das Böse denn immer alle Lebewesen vernichten? Braucht es mehr Platz?‹

Der Fisch schrie: ›Ja! Genau wie ich! Also, entweder du hörst jetzt auf, Popcornschalen in meinen Becher zu spucken, oder mein spitzschnabliger Freund hier hackt dir die Augen aus!‹

Das Schaf rückte verängstigt eins weiter und setzte sich aus Versehen auf eine Blindschleiche, die sich von ihrem Kumpel, dem Kartenabreißer, den Film beschreiben ließ. Der Kartenabreißer schrie vor Entsetzen, und das Schaf sprang blitzartig auf und beugte sich suchend über den Sitz. Da es die Blindschleiche nicht fand, bückte es sich und sah nach, ob sie auf den Boden gefallen war. Und da konnten es alle sehen:

Die Schlange hing am Hintern des Schafes im filzigen, blutverschmierten Fell und war völlig zermatscht.

Der Kartenabreißer brach in Tränen aus und jammerte: ›Elke war nur zu Besuch in Berlin, wegen dem Kirchentag! Sie war zum ersten Mal allein weg von zu Hause! Wie soll ich das jetzt ihren Eltern erklären?‹

Das Schaf wurde völlig hysterisch, drehte sich um seine eigene Achse und schrie in einem fort: ›Iiih, ist das eklig! Mach das weg! Mach das weg!‹

Der Rabe fragte den Fisch: ›Was ist denn passiert?‹, und der Fisch antwortete: ›In dem Fell von dem blöden Schaf hängt 'ne tote Schlange. Sozusagen eine Blind-Leiche. Ha, ha ...‹

Das fand der Kartenabreißer gar nicht lustig und er hätte dem Fisch am liebsten eins auf die Fresse gehauen. Weil er aber Angst vor dem Raben hatte, sagte er nur: ›Kann ich dann mal bitte die Eintrittskarten sehen, Herrschaften!‹

Er wusste nämlich genau, dass der Fisch, immer wenn's ans Kartenkaufen ging, aufs Klo verschwand und dass der Rabe den Fisch dann jedes Mal im Pappbecher ins Kino schmuggelte.

Der Fisch überlegte kurz und sagte dann: ›Ich bin kein Kinogast, ich bin lediglich ein Getränkezusatz, so was wie 'ne Cocktailkirsche, also brauch ich auch keine Eintrittskarte. Und ich wette, deine tote Ische hier hat auch keinen Eintritt bezahlt, wo sie doch die Freundin des Kartenabreißers war, die falsche Schlange.‹

›Ich liebe Cocktailkirschen!‹, sagte der Kartenabreißer und leerte den Pappbecher in einem Zug.

Das Schaf tippelte lautlos auf den Hinterhufen rückwärts zum Ausgang und rannte dann den ganzen Weg bis nach Hause.

Der Rabe und der Kartenabreißer kuckten den Film zu Ende, und der Rabe fand, dass ihm noch nie jemand so schön seinen Lieblingsfilm beschrieben hatte. Die beiden wurden die dicksten Freunde und erlebten zusammen noch viele schöne Kinoabende.«

Hier hielt die Autorin kurz inne und sah vom Text auf.

»Zwei Dinge kann man aus dieser Geschichte lernen:
Erstens: Man kann einen Fisch nicht ändern. Entweder man akzeptiert ihn, wie er ist, oder man schluckt ihn einfach runter.
Zweitens: Raben sind ganz beschissene Freunde.«

Sie nahm einen Schluck Wasser. Die Menschen applaudierten. Ich freute mich. Über die Geschichte, die mich für zehn Minuten in eine ganz andere Welt versetzt hatte. Darüber, dass die Lesung ein Erfolg war und dass so viele Menschen im Raum über dieselben Dinge lachten wie ich. Ich fühlte mich verstanden.

Nach einer knappen Stunde war es vorbei, und ich reihte mich in die Signierschlange ein, um Michaela von Nahem zu sehen. Sie unterschrieb wie am Fließband und gönnte jedem, der vor ihr am Tisch auftauchte, ein aufrichtiges Lächeln, einen kurzen Kommentar; sie erfüllte Wünsche, zeichnete kleine Geburtstagstorten für Tanjas und Simones, weil sie bald »nullten«. Den Ausdruck ihrer Gesichter, wenn sie die Widmung lasen, ob dankbar derjenigen gegenüber, die sie eigenhändig erjagt hatte, hastig überfliegend oder ehrfürchtig vor der echten Schriftstellertinte, die sich in das grobporige Papier der ersten Seite gegraben hatte, würde sie nicht sehen. Trotzdem behandelte sie jeden, der eine noch so alberne Formulierung von ihr forderte, wie Mutter Teresa, wenn sie auf Kalenderblättern zärtlich die Hand an des Leprakranken Wange hält.

Vor mir bewegte sich einer der wenigen Männer, die aus der Menge von langmähnigen, jung gebliebenen und bis zum Knie bestiefelten Enddreißigerinnen herausstachen wie Dekoschirmchen aus einem Hefeweizen, auf sie zu, und als er vor ihr stand, beugte er sich so weit zu ihr herab, dass es für einen Moment so aussah, als sei ihm plötzlich schlecht geworden und er lehne sich nach Kreuzfahrtschifftouristenart statt über die Reling über den Büchertisch, weil man sich einfach nicht in aller Öffentlichkeit auf die eigenen Schuhe reihern kann.

»Für meine Lieblingsastronautin von ihrem kleinen grünen Männchen«, rief er verzückt, und alle Umstehenden konnten es hören, aber ich war wohl die Einzige, die in dem Augenblick vor ihrem geistigen Auge sah, wie Michaela sich angewidert die Hände an einem ihr eilends gereichten Handtuch abwischte.

Ich sah zu, wie der goldene Stift, gehalten von vier gedunsenen Fingern, über das Innere des aufgeschlagenen Buches hoppelte. Erstaunlich, dass jemand, der von Berufs wegen schrieb, sich eine so unelegante Handhaltung angewöhnt hatte. Vielleicht lag es an den Fingern: Sie waren fleischig und gerötet wie die Pranken einer Wurstverkäuferin, aber keinesfalls so, wie ich mir die feinmotorischen Wunderwerke vorstellte, die aus den zarten Gelenken von Künstlerunterarmen wuchsen.

Das musste eine Betrügerin sein! Eine vom Leben im Schnellzug zwischen Frankfurt und München enttäuschte Bundesbahnbedienstete, die einmal anhalten wollte, um nur dieses eine Mal, einen einzigen Abend lang, geachtet, beachtet, ja bewundert statt immer nur angemeckert zu werden. Für das luxuriöse Gefühl, einmal statt der schweren stählernen Abknipszange einen goldenen Stift in der geschundenen Schaffnerinnenhand zu balancieren, nahm sie in Kauf, mit Schimpf und Schande aus dem Fahrdienst geworfen zu werden, wenn man die Schriftstellerin am nächsten Morgen gefesselt und geknebelt in ihrem Hotelzimmer auffinden würde.

»Was soll ich schreiben?«, fragte sie mich, und ich hätte ihr am liebsten ins Gesicht geschleudert: ›Ich bin eine Betrügerin, die mit gestohlenen Stiften unterschreibt!‹ Aber bevor ich den Mund aufmachen konnte, sah sie auf und streckte mir beide Hände entgegen: »Ah, sie haben schon ein Buch mitgebracht!«

Ich gab ihr das Buch mit der Linken, und sie bemerkte, dass ich die Rechte in der Manteltasche behielt. In dem Moment, als ich vor ihr stand, den albernen Duschring vor ihrem Blick verborgen fest umklammernd, und sah, wie eine Spur von Angst über ihre unbeschwerten Augenbrauen zuckte – diese Angst, eine Verrückte mit einem Revolver in der Tasche könnte vor ihrem Büchertisch stehen –, in dem Moment fühlte ich mich mit ihr verbunden. Auf einmal war ich jemand Furchtloses, der auf sein eingeschüchtertes Opfer blickt, und sie spürte zum ersten Mal, wie es ist, wenn einen grundlos die Panik überfällt. Sie legte den Stift zwischen Buchdeckel und erste Seite, stand auf und warf dabei fast ihren Stuhl um. »Sie können ja kurz überlegen, während ich mal für kleine Autorinnen gehe«, scherzte sie, aber sie sah mich dabei nicht an.

Eine der Verkäuferinnen zeigte ihr den Weg zur Toilette, und ich nahm die Hand aus der Tasche und tauschte den Stift gegen den Duschring aus. Die Dicke im Lodenmantel, die als Letzte nach mir in der Reihe stand, musste das gesehen haben, aber sie machte keine Anstalten, mich aufzuhalten, als ich fluchtartig den Laden verließ.

In meinem Puppenstubenzimmer angekommen – Jessica war der Meinung, durch ein paar geschickt im Raum verteilte Schalen mit Potpourri und ein Windspiel am Fenster sehe ein Raum gleich viel wohnlicher aus; ich war der Meinung, sie war schwer dekosüchtig, aber eine ganz Liebe –, besah ich mir meinen goldenen Beute-Kuli nur kurz, strich mit den Fingerkuppen einmal über die mit winzigen Noppen geschmückte, metallene Oberfläche und legte ihn in meine lila Samttasche. Ich freute mich über mein kleines Bubenstück. Wenn ich eine Liste von Dingen, die ich in meinem neuen, furchtlosen Leben unbedingt erledigen wollte, gemacht hätte und darauf stünde: *einer Schriftstellerin den Stift unter der Nase wegklauen*, könnte ich das jetzt abhaken. In bester Freibeuterstimmung ging ich ins Wochenende.

4

Am Samstag machte ich einen Einkaufsbummel durch Hannovers Fußgängerzone, um mir eine neue Klamottengrundausstattung zu besorgen. Für den Abend hatte ich mir eigentlich vorgenommen, ins Kino zu gehen. Stattdessen fuhr ich zum Maschsee, weil ganz Hannover sich darüber freute, dass er zugefroren war. Auf allen Kanälen wurde täglich über die Dicke der Eisschicht berichtet, und als sie die behördlich vorgeschriebenen dreizehn Zentimeter erreicht hatte, war der Hannoveraner nicht mehr zu halten. Der Maschsee ist ein künstlich angelegtes zweieinhalb Kilometer langes Gewässer mitten in der Stadt. Früher war dort ein Überschwemmungsgebiet, und da der Niedersachse grundsätzlich praktisch veranlagt ist, hat er sich die Schweinerei angekuckt und gesagt: »Können wir ja auch gleich 'n See draus machen, nich?«, und da ist er auch heute noch mächtig stolz drauf. Dass der Maschsee außerdem ein Prestigeprojekt von Adolf war, bei dem Arbeitslose für kaum mehr Kohle, als sie bei der Stütze bekamen, in den Arbeitsdienst gesteckt wurden, wird nicht so an die große Glocke gehängt.

Die Gelegenheit, auf dem zugefrorenen See eiszulaufen, gibt es nicht oft. Dementsprechend war der Andrang groß. Ich ging die beleuchtete Lindenallee entlang und beobachtete Menschen auf Eis. Einige glitten auf Schlittschuhen dahin. Etwas weiter entfernt sah ich sogar welche mit Hockeyschlägern. Aber die meisten spazierten einfach umher und freuten sich, als ob die unschuldige weiße Fläche unter ihren Füßen in Wahrheit ein Kraftfeld der guten Laune wäre. Gesteuert von einem riesigen Unterwasserelektronengehirn, dessen Instandhaltung nur noch ein paar alte Naziwitwen, getarnt als Enten fütternde Omis, beherrschten. Groß und klein trug eine heitere Miene, und alle wirkten auf eine ansteckende Art selig. ›Von dem Stoff will ich auch was‹, dachte ich, ›ich war noch nie auf Natureis.‹ Sah aus wie ein Kinderspiel. Ich musste nur das Bein über die niedrige Ufermauer heben und das tun, was alle taten. Also los: einfach stehen bleiben, und dann eine halbe Drehung Richtung See. Das würde ich mir jetzt einfach befehlen. ›Hör auf so zu tun, als ob du nur so am Ufer entlangschlendertest! Halt an! Steig über die Mauer! Der Maschsee ist nur zwei Meter tief. Du bist eins zweiundfünfzig groß. Wenn du bis auf den Grund einsinkst und sich jemand über das Loch beugt, der einen fünfzig Zentimeter langen Arm hat, bist du da in Nullkommanix wieder raus. Eine warme Decke, ein heißer Tee und ein Foto in der Zeitung. Das Schlimmste, das dir passieren kann, ist, dass du dich in den Drähten des elektronischen Gehirns verheddert.‹ Dann sah ich vor meinem geistigen Auge eine Traube von Menschen, die in Tauziehmanier versuchten, mich aus dem Loch zu hieven. Schließlich gaben sie auf und sagten: ›Ach, was soll's, das friert von allein wieder zu.‹ Und ich ging weiter. Weil ich wusste, sobald ich anhielte und dann auch nur fünf Sekunden zögerte, das Eis zu betreten, würde das ganze Gefüge aus gleitenden Bewegungen und glücklichen Menschen aus dem Rhythmus kommen. Es wäre, als hätte jemand ein Fünfcentstück zwischen die Zahnräder geworfen. Die fröhliche Eislaufwelt würde erstarren. Die Hockeyspieler ließen ihre Schläger sinken, Väter verlören ihre Jungs aus den Augen, Mütter nähmen die Hände vom Kinderwagen. Und alle würden mich anstarren. Mich. Die einzige

Person in ganz Hannover, die sich nicht aufs Eis traute. Nein, bevor ich nicht absolut bereit war, die Grenze zu überschreiten, konnte ich hier nicht stehen bleiben. Auch wenn ich dabei so langsam ging, dass die Schneebröckchen, die von an mir vorbeischießenden Eisläufern aus dem Eis geschürft und zentimeterweise nach vorn geschleudert wurden, mich mittlerweile mühelos überholten. Ich konnte nicht auf das Eis. Ich konnte ja nicht einmal stehen bleiben und es mir ansehen.

Ich brauchte jetzt dringend was Rundes. Auf dem Weg nach Hause formte ich einen Schneeball, aber es gelang mir nicht, eine auch nur annähernd gleichmäßige Kugel zu modellieren, und danach hatte ich nasse, rote Finger. In der Wohnung angekommen, ging ich sofort zum Kühlschrank und langte mir ein gekochtes Ei aus der Tür. Es war Zeit für mein geheimes Ritual.

Ich schälte das Ei, hielt es mit drei Fingern, besah mir sekundenlang die makellose, weiße Oberfläche und schob es mir dann im Ganzen in den Mund. Ich konnte die Lippen nicht schließen, das flache Ende des Eis schaute heraus. Ich legte beide Zeigefinger auf die glatte weiße Wand und atmete durch die Nase aus. Das war mein perfekter Augenblick: Da mein Kiefer offen stand und komplett ausgefüllt war, kein Mehr und kein Weniger möglich, fühlte ich mich vollkommen glücklich. Das war meine Methode, die Welt anzuhalten. Ich hatte noch nie jemandem davon erzählt. Nicht weil ich Angst hatte, für verrückt gehalten zu werden, sondern weil ich es für mich allein haben wollte. Hätten andere dasselbe Glück erlebt, wäre es für mich wertlos geworden.

Wann der Moment gekommen war, die Sache aufzulösen, bestimmte ich. Den Kiefer zu schließen und mit allen Zähnen gleichzeitig in die feste, aber elastische Oberfläche einzutauchen war so ähnlich, wie mit dem Zeigefinger in eine schwebende Seifenblase zu stupsen, aber viel runder. Übrig blieb auch in meinem Fall eine Pfütze auf dem Boden. Denn ich hatte weder Mantel noch die nassen Stiefel ausgezogen.

Mittlerweile war es Viertel nach neun. Zu spät fürs Kino. Jessica blieb heute über Nacht bei Lars, und ich konnte einen Abend ohne Gespräche über Bennys Stuhlgang, nervige Kundinnen und Jessicas Sorgen über ein passendes Weihnachtsgeschenk für ihren Liebsten gut gebrauchen.

Der Sonntagmorgen war blau und starr. Die Wohnung war still, und ich strich durch die Räume wie ein eingesperrter Kater, der hier nur zur Pflege abgegeben worden war. Als ich aus dem Fenster sah, erschrak ich: Über dem Haus auf der gegenüberliegenden Straßenseite strahlten auf einem zweidimensional wirkenden Himmel große, weiße Schäfchenwolken. Sie hingen da wie angenagelt und bewegten sich nicht. Ich sah eine Weile hinauf: nichts. Nicht die geringste Bewegung. Es war, als hätte jemand statt des echten Himmels eine Fototapete auf die Welt geklebt, um etwas zu vertuschen. Ein wenig fühlte es sich an wie damals, wenn ich aus dem Schrank in eine »neue Familie« kam. Ich lächelte. Die Welt war viel größer als jede Wohnung, in die ich mich bisher freiwillig eingesperrt hatte, und es wurde Zeit, den Schrank zu zertrümmern und hinauszuspazieren.

Zuerst ging ich zu Fuß durch die Innenstadt, am schlossartigen Rathaus vorbei, durch den kleinen Park dahinter, und dann stieg ich in die Stadtbahn, in den nächstbesten Zug, ohne auf den Plan zu sehen. Mit der Linie 1 fuhr ich Richtung Norden. Die Station »Kanalbrücke« klang interessant, also stieg ich aus. Eine Eisenbahnbrücke streckte sich über den Mittellandkanal, der unter einer dicken Eisschicht lag. Ich schlug den Kragen hoch, holte die

Handschuhe aus den Manteltaschen und entschied mich, am Kanal entlangzuwandern, links das zugefrorene Wasser, rechts von mir reihten sich endlose Parzellen von Kleingärten nahtlos aneinander. Ich würde wohl noch einige Zeit weitergehen können, ohne dass sich das Bild, das sich mir bot, groß veränderte.

An diesem glaskalten Tag hörte ich das Geräusch. Hinter mir. Wie ein zu lautes Papierrascheln. Ich schaute nach links: eine milchige feste Fläche, an manchen Stellen mit dunklen Flecken, wo das Eis dünner war und das dreckige Kanalwasser durchschien. Das Geräusch kam näher. Ich konnte dieses vieltönige, von dumpfen Knalllauten begleitete Knistern nicht einordnen. Ich drehte den Kopf, in Erwartung, zwei Gleisbauarbeiter zu sehen, die ein Stück Schienen schweißten. Dann sah ich ihn unter der Brücke auf mich zukommen: ein Eisbrecher! Er mochte nicht besonders schnell sein, aber da er mitten durch die Starre brach und die Eisfläche knackte, als wäre sie nur fest gewordene Zuckerlösung, entstand der Eindruck von rasender Geschwindigkeit. Meter um Meter, ganz gleichmäßig bahnte er sich seinen schnurgeraden Weg. Es war nur ein unscheinbares dunkelblaues Schiff, vielleicht halb so groß wie die üblichen Rundfahrtdampfer, was den Eindruck von überwältigender Kraft noch verstärkte. So zielstrebig bahnte es sich durch den totgeglaubten Fluss, dass mir schien, die Maschine hätte einen eigenen Willen. Das Schiff wirkte homogen, der ganze Schiffskörper wie aus einem Guss. Sich in seinem Inneren Menschen vorzustellen, die es lenkten, fiel mir schwer. Unaufhörlich spaltete der Bug die unberührte Eisfläche. Wie ein Dach bäumten sich die Schollen rechts und links davon auf, brachen dann ab und schickten Bruchkanten durch die unberührte Eisfläche bis ans Ufer. Es machte kein lautes Geräusch. Es krachte nicht. Es klang, als ob mehrere Riesen gleichzeitig von einem sehr großen, harten Keks abbissen. Ich freute mich über diesen Gedanken und lief hastig Richtung Ufer. Näher zum Eisbrecher! Ich versuchte, mit den Augen Momentaufnahmen zu machen, um sie in meinem Hirn zu speichern, aber da war das Spektakel schon an mir vorbeigezogen und hinterließ unzählige große Bruchstücke mit bogenförmigen Kanten, die dicht an dicht im Wasser trieben und geräuschlos aneinanderstießen.

Ich rief meinen Vater an.
»Hallo, ich bin's.«
»Na, was hast du angestellt?«
»Ich hab grade einen Eisbrecher gesehen!«
»Weißt du eigentlich, dass du übermorgen vierzig Jahre alt wirst?«
»Komisch, wenn ich mit dir telefoniere, komme ich mir immer vor wie zwölf.« Das hatte ich zu hastig ausgestoßen.
Er schwieg.
»Tut mir leid«, ich sah über die kaputte Eisfläche, »sollte 'n Scherz sein. Denkst du, Ralf rechnet damit, dass ich an meinem Geburtstag zurückkomme?«
»Nein. Er hat die Feier abgesagt und alle ausgeladen. Er kennt dich.«
»Ja, okay«, ich stockte. »Meine Handynummer wird nicht mehr lange gültig sein«, hörte ich mich sagen, »die Karte ist bald alle.«
Nach einer langen Pause antwortete er: »Mädel. Das ist eine Menge Porzellan, die du da zerdepperst.«
»Ich weiß Papa«, log ich, denn ich verschwendete keine Sekunde daran, über die Konsequenzen meiner Unvernunft nachzudenken. Das hätte doch alles kaputt gemacht. »Keine Angst«, schob ich hinterher, »ich verschwinde nicht.«
Als ich aufgelegt hatte, versuchte ich zu deuten, wen ich mit dieser Versicherung eigentlich beruhigen wollte. Ein fest vertäuter

Zorn riss sich in mir los. Ich holte aus und warf das Handy in hohem Bogen in den Kanal. Jedenfalls wollte ich das. In Wahrheit war mein Wurfarm wohl etwas eingerostet, denn die kleine Plastikschachtel plumpste in flachem Winkel auf den vereisten Boden und schlitterte ein paar Zentimeter die Böschung hinunter. Als erwartete ich einen Anruf, der per Fernzündung eine Bombe hochgehen lässt, krabbelte ich hastig hinterher, hob das Handy auf und warf es diesmal von unten, wie man jemandem einen Apfel zuwirft. Es stieg einige Meter in die Luft und landete dann mit einem leisen »Klack« auf einer einzeln dahintreibenden Eisscholle. Ich bohrte mir mit der Zunge eine Wölbung in die Backe, schaute kurz rechts und links über die Schulter und ging zurück zur S-Bahn.

Der vierzigste Geburtstag ist für die meisten Leute ein dickes Ding, und alle fordern mit eingezogenem Kinn und feistem Grinsen, da stünde ja dann wohl ein großes Fest an, und sie freuen sich, endlich auch einmal den Satz sagen zu dürfen: ›Man wird schließlich nur einmal vierzig!‹ Am liebsten hätten sie noch eine Fanfare dazu. Dabei wird man auch nur einmal im Leben zwölf, aber da sagt das kein Mensch.

Aus der Ferne betrachtet, kam mir die geplante Feier zu meinem Vierzigsten wie ein Kindergeburtstag vor. Ralf war mit der Idee angekommen, genau vierzig Leute einzuladen. Dabei sollten zehn aus meiner Schulzeit sein, zehn Verwandte, zehn gemeinsame Freunde aus den Jahren unserer Beziehung und zehn Leute, die ich im letzten Jahr kennengelernt hatte.

Während die S-Bahn durch meine neue Heimatstadt rumpelte, kam mir eine bessere Idee: Ich würde an meinem vierzigsten Geburtstag vierzig Geschenke an vierzig Menschen verteilen, die ich nie vorher gesehen hatte.

5

Am Dienstag ging ich gut gelaunt zur Arbeit mit meiner randvoll gepackten lila Samtreisetasche. Bei Karstadt hatte ich einzeln verpackte Badekugeln, kleine Holzkreisel, runtergesetzte runde Plüschdekokissen, ein Säckchen bunte Murmeln und einen Haufen Süßigkeiten erstanden. Die wollte ich in der Mittagspause verteilen. Der Platz vor Wax Attaxx war über Mittag gut besucht von Leuten, die bummelten oder in der Espressobar Kaffee tranken, und ich würde vierzig davon heute glücklich machen.

»Wow, vierzig! Ich kann mir noch nicht mal vorstellen, dreißig zu werden!« Jessica war eine ganz Liebe, aber sie hatte nicht so viel Feingefühl, wie zwischen zwei frisch depilierte Pobacken passte.

Kurz vor zwölf stellte ich mich vor den Laden und fing an, Geschenke zu verteilen. Strahlend hielt ich einer großen, schlanken Frau im Pelzmantel ein rotes Plüschkissen hin und sagte: »Hallo, ich würde Ihnen gerne was schenken.«

»Nein danke«, gab sie knapp zurück und ging an mir vorbei.

Okay, das war ein Schlag in die Geburtstagstorte, aber ich hatte es ja auch völlig falsch angefangen. So wie ich vor der Eingangstür zum Waxing-Studio stand, musste die Frau ja denken, ich sei eine von diesen aufdringlichen Werbegeschenkverteilern. Entschlossen griff ich mir die Tasche und ging über den Platz. Auf halber Strecke begegnete mir eine ältere Dame in Trenchcoat und halbhohen Stiefelchen. Die würde mir nicht so schnell entwischen.

»Schönen guten Tag«, rief ich freundlich, während ich auf sie zuging, »ich habe heute Geburtstag und würde Ihnen gerne etwas schenken.« Sie blieb stehen und fing an, in ihrer Handtasche herumzukramen. Als ich das Portemonnaie in ihrer Hand sah, wurde mir klar, dass sie mich falsch verstanden hatte. »Nein, nein, ich will kein Geld von Ihnen«, sagte ich schnell.

Aber da hielt sie mir schon ein Zwei-Euro-Stück unter die Nase und sagte: »Nehmen Sie schon. Es sind schwere Zeiten.« Ich muss sehr ratlos ausgesehen haben, denn sie wurde jetzt mütterlich: »Wissen Sie, Kindchen: Meine Generation weiß noch, was Hunger ist. In Notzeiten müssen die Menschen zusammenhalten!« Sie schnappte sich meine Hand, legte das Geldstück auf die Innenfläche und schloss sanft meine Finger. »Nehmen Sie. Es kommt von Herzen.«

Wehrlos bedankte ich mich, aber da war sie schon halb über den Platz gehuscht.

Der Nächste, der auftauchte, war ein Mann. Ich atmete auf. Das würde einfacher sein.

»Entschuldigung«, sprach ich ihn an, als er mich und meine auf dem Boden offen stehende Tasche erreicht hatte, »das kommt Ihnen jetzt vielleicht merkwürdig vor, aber ich werde heute vierzig und ich hab mir vorgenommen, vierzig Leuten etwas zu schenken«, hier hielt ich inne, in Erwartung, er würde mich beschimpfen, Angst vor mir bekommen oder aus sonst einem Grund die Flucht ergreifen. Aber er blieb und lächelte mich an. Er mochte so in meinem Alter sein, groß, schlank, grauer Mantel, schicker grüner Rollkragenpulli, sympathisches Gesicht. Ich lächelte zurück. Dann lachte ich, hielt ihm das rote Plüschkissen unter die Nase und sagte: »Alles Gute zu meinem Geburtstag!«

»Danke«, sagte er grinsend und griff zu, »was haben Sie denn da noch Schönes in der Tasche?«

Ich wandte ruckartig den Kopf nach unten. »Wollen Sie lieber was anderes? Ich hab auch Badekugeln; oder sind Sie eher für was Süßes zu haben?«

Er stopfte das Kissen in die Manteltasche und streckte die Hand aus: »Geben Sie mir zwei von den Badekugeln, einen Lebkuchen, und das Säckchen Murmeln nehm ich auch mit.«

Ohne aufzusehen, schloss ich die Tasche mit einem Griff und ging Richtung Espressobar.

»Hey, Miss Midlife-Crisis!«, rief er mir hinterher, »wenn du noch zehn Euro drauflegst, geh ich mit dir 'n Kaffee trinken!« Dann lachte er wie jemand, der gerade gesehen hat, wie ein kostümierter Affe mit einem roten Farbeimer in der Hand das Grundgesetz auf den Boden pinselt, sich aber über gar nichts mehr wundert.

Ich drehte mich nicht nach ihm um. In der Bar quälte ich mich im Mantel auf einen der hohen Hocker und bestellte mir eine große heiße Schokolade mit Sahne. Eigentlich hatte ich mehr Lust auf einen Cappuccino, aber der Idiot hatte mir fürs Erste den Genuss von Kaffee vergällt. Ich sah in die Runde: zwei wohlhabend aussehende Frauen in Business-Outfits, eine späte Studentin und ein gelangweilter Italiener an den Kaffeemaschinen, eine Horde blutjunger Männer in viel zu konservativen Anzügen und in der Ecke, halb hinter einer Zeitung verborgen, ein Graumelierter in sandfarbenem Mantel, schwarzem Pulli und weißem Schal. Was würden sie wohl sagen, wenn ich auf die Theke kletterte, in die Hände klatschte und riefe: ›Okay Leute, ich hab hier eine Tasche voller Zeug, das ich verschenken will: Plüschis, Schokolade und Murmeln! Stellt euch schön in einer Reihe auf, nicht drängln, es ist für jeden was dabei!‹ Lustlos löffelte ich in der Sahne herum und war nahe daran aufzugeben. Es musste doch Menschen geben, denen ich eine Freude machen konnte! Auf den Spielplatz traute ich mich nicht, weil ich fürchtete, sie würden mich dort für einen Kinderschänder halten. Und vielbeschäftigte Großstädter auf der Straße anzuhalten war offensichtlich kein guter Plan. Ich zahlte, schwang mir die Tasche über die Schulter und ging zurück zur Arbeit.

»Und? Hast du für mich auch was?«, fragte Jessica, als ich das Hinterzimmer betrat, und ich log: »Klar, den hab ich für dich aufgehoben!«

Das braune Holzkreiselchen wirbelte in perfekten kleinen Spiralen über die weiße Kunststoffoberfläche.

Als wir um zehn nach sieben die Ladentür abschlossen, fiel mein Blick auf das große Kaufhaus auf der anderen Straßenseite am Ende des Platzes. Alle Fenster waren noch erleuchtet, und jetzt wusste ich, was ich zu tun hatte. Ich schickte Jessica alleine nach Hause und arbeitete mich von Abteilung zu Abteilung: Jede Verkäuferin an jeder Kasse bekam von mir ein Geschenk. Sie konnten nicht weglaufen und mussten mir zuhören. Den Spruch über meinen Geburtstag ließ ich weg. Stattdessen sagte ich zu jeder von ihnen: »Guten Abend. Sie kennen mich nicht, aber ich kaufe schon lange bei Ihnen ein, und Sie haben mich immer so nett bedient, dass ich mich einfach mal bedanken wollte. Das ist für Sie, und einen schönen ersten Advent!« Der war zwar erst in fünf Tagen, aber ausnahmslos jede war positiv überrascht und antwortete: »Danke, das ist aber nett« oder »Vielen Dank, das wünsch ich Ihnen auch!« Die Dame im Kunden-WC sagte sogar: »Wissen Sie, ich arbeite schon zwanzig Jahre hier, aber so was Nettes ist mir noch nie passiert.«

Ich hatte so einen Spaß, dass ich sämtliche Mitarbeiterinnen im Restaurant, im Backshop und den Schnellschuhmacher bedachte. Am Ende hatte ich noch zwei Lebkuchen und vier Minipralinen übrig. Die legte ich in der Abteilung Kurzwaren/Stoffe auf den Verkaufstresen und sagte: »Das ist für die Kolleginnen in der Änderungsschneiderei.«

Das Murmelsäckchen behielt ich für mich. Schließlich hatte ich Geburtstag. Exakt drei Minuten vor acht witschte ich mit den letzten Kunden durch die große Glastür in die frische Nachtluft, und es fühlte sich so an, als hätte ich gerade vierzig Kerzen ausgeblasen.

Von mir aus hätte es ewig so weitergehen können. In Hannover rumhängen und Haare ausreißen gefiel mir ganz gut. Aber schon zwei Tage später wurde es eng für mich.

Ich war gerade in der Küche und wärmte Erbsen auf, als Jessica aus dem Wohnzimmer rief: »Ach, da ist grade diese Schriftstellerin im Fernsehen!«

Ich nahm meinen Teller aus der Mikrowelle, holte mir einen Löffel aus der Schublade und gesellte mich zu Jessica aufs Sofa. Auf irgendeinem Privatsender lief eine Talkshow. Michaela Sends saß auf einem roten Sessel in der Runde, und die blonde Moderatorin hielt gerade ihr Buch in die Kamera.

»Warst du nicht neulich bei der in der Lesung?«, fragte Jessica.

Ich bejahte stumm und schob mir einen Löffel Erbsen in den Mund.

»... ich kann mich da nur anschließen«, sagte Frau Sends gerade, »ich bin auch nicht für einen Überwachungsstaat, aber man fühlt sich als Bürger dieses Landes von der Polizei, wenn man sie mal braucht, doch sehr allein gelassen.«

»Das klingt so, als hätten Sie da eine leidvolle Erfahrung gemacht?«, fragte die Moderatorin und beugte sich interessiert nach vorne.

»Ja«, antwortete Frau Sends und sah sich auf die Finger.

»Na, jetzt wollen wir natürlich mehr darüber wissen«, hakte die Blonde nach.

»Ich werde seit einiger Zeit von einer Person verfolgt, die sich in mein Hotelzimmer eingeschlichen hat, die mir hinterherreist, Dinge entwendet und ganz offenbar geistig verwirrt ist. Also, ich fühle mich massiv verfolgt von dieser Frau, und die Polizei ist nicht in der Lage, irgendetwas dagegen zu unternehmen.«

»Stalker«, kommentierte Jessica, »die sind echt krank.«

Ich hörte auf zu essen.

»... ihre Ohrringe an meinen Duschvorhang gehängt! Zwei Wochen später tauchte sie getarnt bei einer meiner Lesungen auf. Mit einem langen schwarzen Mantel. Sie hat meinen Signierstift gestohlen und einen Duschvorhangring in einem meiner Bücher versteckt. Und auf der Polizeiwache sagte man mir, bevor nichts Schlimmeres passiert sei, könne man nichts unternehmen, das muss man sich mal vorstellen!«

Ich saß wie eingefroren auf dem Sofa und konnte nicht glauben, was ich da hörte.

Jetzt schaltete sich ein lässig im Sessel lümmelnder Anzugträger ein und sagte lakonisch: »Aber Frau Sends, mit Verlaub, wir können doch nicht eine bundesweite Fahndung ausschreiben, weil Ihnen jemand den Kugelschreiber geklaut hat.«

Michaela Sends regte sich auf, versuchte aber gefasst zu wirken: »Mal abgesehen davon, dass das ein ziemlich teurer, vergoldeter Kugelschreiber war, von einer Firma, die ich hier nicht nennen möchte. Den hab ich mir von meinem ersten Romangeld gekauft«, sie lächelte selbstironisch in die Runde, »ich möchte Sie mal sehen, wenn jemand vor Ihnen steht, total stumm, die Hand in der Manteltasche, und Sie wissen nicht: Hat sie da jetzt ein Messer drin oder sonst was? Das wissen Sie in dem Moment ja nicht! Glauben Sie mir, ich habe eine gute Menschenkenntnis und ich hab sofort gesehen, mit der stimmt was nicht: diese künstlichen weißen Haare! Ich bin mir ziemlich sicher, dass das eine Perücke war.«

»Oh Mann«, sagte Jessica, »wie dieser Albino-Typ in ›Bodyguard‹.«

»Und die Polizei hat nichts unternommen?«, fragte eine ältere Dame, die ganz außen saß.

Es entstand ein kurzes Gemurmel.

»Wer weiß«, rief eine fröhliche VIVA-Ansagerin, »vielleicht wollte sie nur ihre Ohrringe zurück!«

Michaela Sends fing sich und lachte kurz auf. »Die kriegt sie nicht wieder! Der Privatdetektiv, den ich beauftragt habe, hat immerhin schon herausgefunden, wo die gekauft worden sind.«

»Na, da gibt es doch bestimmt Tausende von Läden«, warf die Moderatorin ein.

»Nein, nein«, unterbrach Sends, »das ist ein ganz kleiner Laden in Kassel, die haben einen eigenen Stempel, ein Kreuz in einem Kreis in einem Rechteck.« Sie malte die drei Symbole mit dem Zeigefinger in die Luft.

»Leider sind wir schon fast am Ende unserer Sendung, vielleicht erscheinen ja doch noch vier Raumschiffe, die die Stalkerin von Ihnen fortbringen«, schmunzelte die Moderatorin abschließend, »lassen Sie mich noch kurz auf unsere nächste Sendung hinweisen ...«

Die Abspannmusik setzte ein, und Jessica stand auf. Ich starrte wie paralysiert auf die Mattscheibe.

»Soll ja ganz lustig sein, das Buch«, rief sie aus dem Flur, »vielleicht sollte ich das auch mal lesen. Leihst du's mir?«

»Liegt auf meinem Schreibtisch«, antwortete ich geistesabwesend. Ich hörte, wie sie in mein Zimmer ging, und dann spürte ich einen glühenden Draht in meinem Hirn: Ich erinnerte mich daran, dass der goldene Montblanc-Kugelschreiber außen auf das Buch geklemmt war. Ich lauschte angespannt, aber aus meinem Zimmer drang kein Laut. Meine Beine kamen meinem Hirn zuvor, liefen in den Flur und stiegen in die Schuhe. Ich schnappte mir den Mantel vom Haken und rief: »Ich geh noch schnell zur Tanke.«

Keine Antwort. Die Tür fiel ins Schloss, und ich ging mechanisch die Treppe hinunter.

Mein Atem dampfte, die Nacht war menschenleer, und ich wusste nicht, wohin. So fühlte es sich also an, wenn man ein Verbrecher war. ›Da hast du nun dein Abenteuer‹, dachte ich, während ich die Straße runterhetzte. Hätte ich doch nur diesen dämlichen Stift nicht geklaut! Oder ausgetauscht. Wie konnte man als Frau, die lustige Bücher schreibt, nur so humorlos sein? Die Ohrringe, schoss es mir durch den Kopf: Wie konntest du so blöd sein, die Ohrringe im Hotel zu lassen? Ralf hatte sie in dem Laden gekauft, weil Moni und ich immer von ihm schwärmten. »Schmick-Schmack-Schmuck« hieß er, und die Symbole Kreuz, Kreis und Quadrat standen für Schere, Stein, Papier. Was, wenn Moni die Sendung auch gesehen hatte? Ich hatte ihre SMS ignoriert, weil sie mir zu beleidigt klang, aber vielleicht hieß »Bitte melde dich!« ja auch: ›Ich mach mir tierische Sorgen. Vielleicht hat Ralf dich um die Ecke gebracht, ich war schon bei der Polizei deswegen.‹ Ich sah, wie Moni auf der Wache stand und sagte: ›Sie trug zuletzt einen langen schwarzen Mantel und Ohrringe von Schmick-Schmack-Schmuck!‹ Ach was, das war lächerlich. Das musste sich doch aufklären lassen. Ich erwog, Frau Sends anzurufen und ihr zu erklären, dass das alles ein Missverständnis war, aber bestimmt wurde ihr Telefon angezapft und das von ihrem Verlag auch. Ich musste diesen blöden Stift loswerden. Gleich morgen würde ich ihn in einen Umschlag stecken und zurückschicken. Am besten zur Polizei. Nein, das war zu gefährlich. Die würden vielleicht nach Fingerabdrücken suchen und sie mit denen aus dem Hotel in Wolfsburg vergleichen. ›Beruhige dich‹, redete ich mir zu, ›du bist ja vollkommen panisch. In dem Zustand kannst du nicht nachdenken. Du brauchst jetzt was zum Runterkommen.‹

In der Tankstelle suchte ich nach Stoff. Aber es gab weder Smarties noch M&Ms, noch sonst etwas Rundes mit Schokolade, also kaufte ich in meiner Not ein Glas Oliven. Damit setzte ich mich im Freien, etwas abseits der Zapfsäulen, auf ein Metallgeländer und fischte mit kalten Fingern eine nasse, grüne Kugel nach der anderen aus dem engen Glas. Ich kam mir vor wie ein Hund, den man an der Autobahnraststätte angebunden hatte. Na ja, ich hatte es besser als ein Hund. Ich konnte Gläser öffnen. Obwohl Hunde wahrscheinlich gar keine Oliven mögen. Dafür könnte ich, wenn ich ein Fell hätte, wahrscheinlich die ganze Nacht draußen sitzen und müsste nur warten, bis mich jemand einsammelte und aus Mitleid mit nach Hause nahm. Zu Jessica konnte ich nicht mehr zurück. Selbst wenn weder Moni noch Ralf oder sonst wer, der mich und meine Ohrringe kannte, die Sendung gesehen hatte: Ein Anruf von Jessica bei der Polizei genügte, und ich würde auffliegen. Ich wohnte bei ihr unter vollem Namen. Schließlich hatte ich bislang keinen Grund gehabt, mich zu verstecken. Die Miete war schon bezahlt, das war kein Problem. Aber die Kohle vom Waxing-Studio konnte ich knicken. Wütend knallte ich den Deckel aufs Olivenglas. Es war abgemacht, dass ich am Ende des Monats eine Rechnung stellte. Aber würden sie einer bundesweit bekannten Stalkerin Geld überweisen, nachdem ich sie nun hängenließ? Und Jessica würde plappern. Da war ich mir sicher. Ich traute ihr eigentlich nicht zu, mich bei der Polizei zu verpfeifen, aber sie würde plappern. Oh ja, und wie sie plappern würde! So wie ich sie kannte, würde sie die Wachsstreifen im Akkord abreißen: Ratsch! Ratsch! Ratsch! Einmal Beine komplett in fünfzehn Minuten Rekordzeit! Und dann mit quietschenden Birkenstocks in die nächste Kabine, nur um die grausige Kunde davon, wie sie ahnungslos eine Kriminelle bei sich zu Hause beherbergt hatte, unter die Menschheit zu bringen.

Spät in der Nacht schlich ich mich in die Wohnung. Die Tür zu meinem Zimmer stand offen, und das Licht aus dem Flur warf einen gelben Schein bis zum Eckfenster. Der Schreibtisch war leer. Das fehlende Buch hinterließ ein quaderförmiges Loch in meiner Brust, denn damit fiel mein Plan flach, den Kugelschreiber per Post zurückzuschicken. Unschlüssig stand ich im Mantel, mit dem Schlüssel in der Faust, im Zimmer. Wenn ich das Buch samt Stift wiederhaben wollte, gab es zwei Möglichkeiten: Entweder ich ging jetzt in Jessicas Zimmer, weckte sie auf und sagte: ›Ich chatte gerade im Internet in einem Literaturforum, und wir streiten uns über ein Zitat aus dem Buch, das ich dir geliehen habe, kann ich es kurz haben?‹ Oder ich stürmte einfach rein und riss es ihr wortlos unterm Kopfkissen weg. Und wenn das Buch woanders lag? Mist! Ich würde das Licht anschalten müssen, um das Zimmer zu durchwühlen, und dann würde sie aufwachen. Jessica war größer und jünger als ich. Womöglich hatte sie Lars bei sich im Bett. Sie hatte ihn bestimmt, gleich nachdem ich weg war, angerufen: ›Schatz! Du musst sofort kommen, Sabine ist der verrückte Fan aus Bodyguard! Der Axtmörder! Eine Psychopathin!‹ Nein. Psychopathin würde Jessica nicht sagen. Hatte sie nicht in der Mittagspause zwischen zwei Bissen von ihrem Vanille-Donut genuschelt: »Ich mag keine Woody-Allen-Filme. Die sind mir zu interlektuell.«? Jessica verhaspelte sich gern bei Fremdwörtern, aber sie war eine ganz Liebe. Vielleicht hatte sie gar nicht geschnallt, dass der Stift, den ich ins Buch geklemmt hatte, der von Michaela Sends war. Sie war doch sowieso nur halb bei der Sache gewesen und hatte dauernd dazwischengequatscht. Andererseits ging sie normalerweise nie grußlos ins Bett. Ich war in der Sendung ziemlich genau beschrieben worden, und sie hatte mich kurz vorher noch auf die Lesung angesprochen. So blöd war Jessica auch wieder nicht. Auf keinen Fall wollte ich morgen beim Frühstück eine Beichte ablegen. Dann würde sie mich nach den Ohrringen fragen und wieso ich der Sends was ins Buch gelegt hätte, und was sollte ich dann antworten? ›Ich hab mir nichts dabei gedacht.‹? Ich war keine zwölf mehr, und Jessica war nicht meine Mutter. Gut, dass die das nicht mehr erleben musste. Gerade jetzt erschien sie keine vier Meter entfernt von mir im Halbdunkel: Die Füße geschlossen, die Fersen fest im Boden verankert, die ganze eins achtzig große, drahtige Statur wie ein mahnendes Denkmal, wurzelte sie in der Zimmerecke, und auf ihrer Stirn stand in violetten Buchstaben das Wort *SCHANDE*.

6

Ich schaltete das Licht an, warf meine paar Sachen in die Reisetasche und haute ab. Bis zum Bahnhof war es nicht weit, und von da würde ich mir ein Taxi nehmen. Taxis hatten mir bis jetzt immer Glück gebracht. Ich würde in eine helle Limousine steigen wie in einen Jungbrunnen und mich auf der Fahrt reinwaschen. Diesmal wusste ich schließlich, wo ich hinwollte.

Mein geliebtes lila Reiseutensil wog schwer auf meiner Schulter. Ich wusste, das war das zusätzliche Gewicht des Notebooks, aber es kam mir vor, als schleppte ich einen Koffer voller Mafiageld. Ich beschloss, den Weg abzukürzen, und bog in Richtung einer großen Kreuzung ab. Dort würde die Chance größer sein, einen Wagen anzuhalten.

Als mir zwei Häuserblocks später ein Taxi entgegenkam, rannte ich in die Mitte der Straße und fuchtelte mit meinen kurzen Armen wie ein Teenie in der Techno-Disco. Der Taxifahrer schien mich nicht gesehen zu haben, denn er fuhr an mir vorbei. Ich ließ mutlos die Arme sinken und blickte dem Wagen hinterher. Er verlangsamte, und ich lief ihm auf dem Mittelstreifen nach. Als ich noch zehn Meter entfernt war, gab der Fahrer wieder Gas. Entnervt überquerte ich die Straße, um mich auf dem Gehweg in Sicherheit zu bringen. Jetzt sah ich, dass er an der nächsten Ampel umdrehte und zurückkam. Also rannte ich wieder auf die andere Seite und winkte. Das Taxi kam näher, wurde langsamer, rollte an mir vorbei und kam mit einem Bremsvorgang, der an Geschwindigkeit jede Dampflok untertraf, sechs geparkte Autos weiter zum Stehen. Ich bewegte mich nicht vom Fleck. Das Taxi auch nicht. Das gelbe Schild auf dem Dach leuchtete. Die Rücklichter sahen merkwürdig aus: breite, zu Schlitzen verengte, rote Augen, und der rechte Blinker zwinkerte mir zu. Der Dieselmotor schnarrte wie der Atem eines lungenkranken Tieres, aber wie das eines gemütlichen, friedlichen Tieres, also ging ich auf es zu und stieg ein.

»Zum Flugplatz bitte«, sagte ich bestimmt, als ich tiefer als erwartet auf die durchgesessene Rückbank plumpste. Offenbar war ich in eine Rarität gehopst. Das musste das älteste Taxi in ganz Hannover sein. Nach den bis zur Mürbheit abgewetzten Ledersitzen zu schließen, tat es schon seit Kriegsende seinen Dienst. Auf das Fahrtziel Flugplatz reagierte der Fahrer erst mal gar nicht, also zog ich mich am Beifahrersitz so gut es ging aus der Kuhle und versuchte es mit »Airport, Flughafen«.

Darauf lachte er zum ersten Mal sein breites, von gelbbraunen Zahnstummeln durchsetztes, verschlagenes Lachen. »Hi, hi, hiiiie, das ist der richtige Weg!« Er griff nach dem langen dünnen Hebel, der aus der Lenksäule ragte, und stocherte in den ersten Gang. Dann umklammerte er mit zittrigen Händen das überdimensional wirkende weiße Kunststofflenkrad und fuhr los.

Mir kamen Bedenken, ob ich mit diesem museumsreifen Gefährt und seinem Lenker, der offenbar noch auf dem Vorgängermodell seinen Führerschein gemacht hatte, irgendwo ankommen würde, bevor die Sonne aufging. Vielleicht würde er mich zurück in die Vergangenheit bringen. Aber ich wollte in die entgegengesetzte Richtung, also sagte ich noch einmal, etwas lauter: »Ich möchte zum Flughafen in Langenhagen.«

Er feixte wieder: »Ja, ja, das ist der richtige Weg, hi, hi, hiiiiiee.« Das letzte »Hiiiiee« zog er besonders lang, und mir wurde ein bisschen mulmig. Ich schaute in den Rückspiegel. Außer seinen braunen Zahnstümpfen konnte ich nicht viel erkennen. Er war offenbar ein fröhlicher Gesell. Vielleicht freute er sich einfach über jeden, den er zum Flugplatz fahren konnte. Er fuhr eben gern zum Flugplatz. Weil er fliegen toll fand. Ich musste ihm ja nicht auf die Nase binden, dass ich da nur ein Auto mieten wollte. »Der richtige Weg«, wiederholte er, diesmal mehr in sich gekehrt, und nickte bedächtig. Dabei sank er etwas tiefer in den Sitz. Auch wenn das bei gefühlten achtunddreißig Stundenkilometern nicht sehr bedrohlich war, bekam ich Angst, er würde einschlafen, und zog mich über seine Rückenlehne näher an ihn ran. Plötzlich drehte er seinen Kopf zur Seite. Ich zuckte zurück, sonst hätten mir seine buschigen Brauen ein Auge ausgestochen, als er hellwach bellte: »Evershorst!«

Er klang wie ein Rekrut, der beim Eintritt in das Dienstzimmer seines Vorgesetzten salutierend seinen Namen brüllt, und ich war versucht zu rufen: ›Rosenbrotsabine!‹, aber ich artikulierte stattdessen noch einmal langsam und deutlich: »Nach Langenhagen, zum Flugplatz.«

»Ja, ja«, nun war er wieder gut drauf, »das ist der richtige Weg, hi, hi, hiiiiiee!«

Ich gab auf. Wir fuhren Richtung Stadtrand: eine kleine Kugelschreiberdiebin und ein alter Mann auf dem Weg ins Vergessen. Wahrscheinlich hatte ich es nicht anders verdient. Ich war zu weit gegangen, und nun müsste ich an einem Ort namens Evershorst auf einem Autofriedhof für den Rest meines Lebens einer Horde vergreister Taxifahrer Suppe kochen. Das war die Strafe für gefallene Software-Erklärerinnen, die im Wald vom Weg abwichen, um blaue Blumen zu pflücken.

Wir fuhren über eine leergefegte Bundesstraße, was gut war, denn so waren wir mit unseren fünfundsechzig Spitzengeschwindigkeit für niemanden ein Verkehrshindernis. Der alte Mann und sein Wagen bildeten eine stumme Einheit, und ich auf der Rückbank fühlte mich nirgendwo so gut versteckt wie hier.

Als wir schließlich in Langenhagen ankamen und meine nicht mehr ganz weiße Kutsche langsam ausrollte, kurz stoppte, noch ein Stück weiterkullerte und schließlich mit rasselnder Lunge in Wartestellung verharrte, vermisste ich das Gespann, noch bevor ich ausgestiegen war. Ich gab meinem weißhaarigen Chauffeur ein üppiges Trinkgeld, in der Hoffnung, irgendein Wort, ein Zeichen von ihm zu bekommen, aber er sah mich nicht an und fuhr stumm davon.

Ich schnappte mir die Tasche und machte mich auf die Suche nach einer Autovermietung.

Dicht an dicht standen die großen bunten Leuchttafeln in der blitzsauberen Halle: orange, rot, blau, gelb-schwarz; wie bunte Drops reihten sich die aseptischen Tresen der Autovermietungen aneinander. Ich ging zum vordersten, einem grünen, und wurde von einem freundlichen Mädchen in Uniform bedient. Sie war so jung und sie stellte mir tausend Fragen. Ich hatte keine Ahnung von Tankkaution, Servicepauschale und dem Tiefgaragen-Nummerierungssystem am Hannoveraner Flughafen.

Zehn Minuten später saß ich in einem dicken schwarzen Audi, der aussah wie frisch aus der Folie gewickelt. Ohne groß zu überlegen, steuerte ich den Wagen aus der Tiefgarage und fädelte mich auf der erstbesten Autobahn ein, die sich mir bot. Ungefähr eine Stunde fuhr ich so dahin. In einer Blase aus Geschwindigkeit, die mich aus der realen Welt katapultierte. Es war mir, als müsste ich mich nur schnell genug fortbewegen, um die Wirklichkeit lediglich noch zu streifen. Dadurch, dass ich immer nur einen Sekundenbruchteil an jeder Leitplanke war, die im Scheinwerferkegel vorbeisauste, konnte ich meine Gedanken weit weg schicken.

Merkwürdigerweise fiel mir als Erstes mein Vater ein: wie er mit mir durch den Wald ging, wie er auf Pilze, Bäume und Beeren zeigte und mir ihre Namen beibrachte. Er stellte mir all die schönen Sachen vor; meistens glatte runde Dinger. Das hat er mir schon als Kind eingebläut: Eicheln, Kastanien, festgewordenes Baumharz und, wenn wir verreisten, eine rohe Kartoffel: »Nimm das in die Hand, dann wird dir nicht schlecht beim Autofahren!« Drei Murmeln in der Hosentasche, die man in der hohlen Hand drehen kann, wenn einen die Mitschüler ärgern. Und zweihundert warme Kirschkerne in einem Leinensack, die er mir als Kissen unter die Bettdecke steckte, gegen das Bauchweh. »Wenn die Welt hart und eckig ist, such nach was Glattem, Rundem. Das fühlt sich gut an und beruhigt den Magen.«

Kurz vor Bremen setzte ich den Blinker und fuhr rechts raus auf die Raststätte. Der große weiße Transporter fiel mir auf, als ich den Wagen abschloss. Zwei junge, sehr zierliche Frauen, die noch kleiner wirkten als ich, standen dahinter. Die beiden großen Türen zum Laderaum standen offen. Die Frauen hantierten an einem mannshohen, sperrigen Gegenstand, einer Art Scheibe, die mit Wolldecken verhüllt war. Zwei Schritte daneben stand ein junger Mann und rauchte.

Ich ging auf die hell erleuchtete Raststätte zu und überlegte, ob es dort warme Fleischbällchen in Tomatensauce gab, als mich jemand von der Seite anschrie. »Seika!«, brüllte er mir ins Gesicht, und ich blieb wie gelähmt stehen. Er war ein stämmiger, blonder Kerl in Armeehosen und einer Bomberjacke. Ich traute mich nicht, nach unten zu schauen und zu checken, ob er Springerstiefel trug, aus Angst, ich würde dann nur noch einen Schlag ins Genick verspüren und zwei Stunden später kahl rasiert und ausgeraubt wieder aufwachen. Seine wasserblauen Augen schienen durch mich durchzusehen, als er noch einmal, diesmal lauter brüllte: »Seika!!!«

»Da!«, rief eine Frauenstimme hinter mir zurück. Ich wandte den Kopf. Das war die zierliche Schwarzhaarige am Transporter.

»Seika!«, dröhnte es mir mit tiefer Stimme nun von hinten ins Ohr.

Und von vorne kam prompt die Antwort. »Da!«, schrillte sie vom Transporter aus, ohne sich von der Stelle zu bewegen.

Ich verdrückte mich, während der blonde Muskelmann etwas russisch Klingendes murmelte, und fühlte mich ertappt, obwohl mich die beiden überhaupt nicht bemerkt zu haben schienen.

»Keine Angst«, sagte ein schwarzhaariges Bürschchen, das mit den Händen in den Hosentaschen am Eingang lehnte, »die sind immer so.« Er lächelte entschuldigend und hielt mir die Tür auf. »Ehrlich, die beißen nur auf Wunsch.«

»Gut zu wissen«, nuschelte ich, weil man das immer sagen kann, wenn man völlig ahnungslos ist.

An der Selbstbedienungstheke holte ich mir ein Schnitzel mit Pellkartoffeln und eine Apfelschorle. Dann suchte ich nach einem freien Platz für mich und mein Tablett. Der Russe und seine widerspenstige Freundin setzten sich gerade unter großem Hallo an einen Tisch zu ihren Freunden, die ihnen offenbar schon etwas zu essen geholt hatten. Ein fröhlicher Haufen junger Menschen, die mit ihrer Lebendigkeit und ihrem lauten Gespräch die einzige Attraktion in dem halb leeren, wenig einladenden Raum darstellten: weiße Wände, weiße Tische, mit Plastikschalenstühlen und Lampen in Orange. Ein schönes Beispiel dafür, wie gut gemeinte bunte Farbtupfer völlig ihren Zweck verfehlen.

Ich setzte mich drei Tische weiter an eine Ecke am Fenster. Der plötzliche Stillstand irritierte mich. Solange ich im Auto gesessen hatte und fuhr, war ich entspannt gewesen, ruhig und fokussiert auf die Aufgabe, diese komplexe Maschine auf der Straße zu halten. Konzentriert auf den Verkehr, ab und zu ein Kontrollblick in den Rückspiegel, damit ich und alle anderen, die in der Nacht unterwegs waren, heil ankamen. Unterwegs zu sein bedeutete nicht mehr flüchten. Unterwegs zu sein hieß aufgehoben zu sein, seinen Platz zu haben, berechtigt zu sein. ›Lassen Sie mich durch! Ich habe einen Mietwagen!‹

Kaum dass ich mein Schnitzel aufgegessen hatte, tauchten die lästigen Bedenkenträger wieder in meinem Kopf auf und hielten ihre Schilder in die Höhe: *Ziel!*, *Kohle!*, *Unterkunft!*, stand darauf, und sie marschierten als daumengroße Kartoffelmännchen durch meinen leeren Teller. Eines von ihnen kratzte sich gerade angewidert die Panadebrösel von den Fußsohlen, stemmte die Fäustchen in die Hüften und sah mich vorwurfsvoll an. Genervt legte ich Messer und Gabel auf den Teller und stand auf, um mir einen Kaffee zu holen.

Auf dem Rückweg von der Theke lächelte mich der Typ, der vorhin am Eingang gelehnt hatte, an und hielt mir, ohne aufzustehen, einen Teller unter die Nase: »Ein Stück Zupfkuchen zum Kaffee, die Dame?« Ich reagierte wohl nicht schnell genug, denn er schob nach: »Wir haben den übrig. Unsere Spaßvögel hier können nicht bis sieben zählen.« Er deutete mit dem Kopf auf die zwei Männer neben ihm. Der eine ließ eine Münze über seine Fingerknöchel vor- und zurücklaufen, als hätte sie Räder, und der andere lachte sich bei dem Versuch, es ihm nachzumachen, halb kaputt.

»Herzchen«, mischte sich ein sehr großer und doch feingliedrig wirkender, blasser Mann ein, der etwas älter zu sein schien als die meisten anderen am Tisch, »du sagst *immer*, du willst nichts, und hinterher muss dir jeder von uns was abgeben.«

»Dafür muss ich auf der Bühne aber auch kein Korsett tragen«, erwiderte der Kuchenkavalier schnippisch.

»Ich glaube kaum, dass die Dame das interessiert«, erwiderte der so Beleidigte geziert, und an mich gewandt sagte er schnell: »Sie müssen entschuldigen, unser Don Juan ist heute etwas gereizt. Ihm ist gerade die Freundin abhanden gekommen.«

»Und uns das Auto«, ergänzte halblaut die Schwarzhaarige neben ihm, die ich schon auf dem Parkplatz gesehen hatte. Offenbar war sie gar keine Russin.

»Hey, Jamie!«, schaltete sich jetzt der stämmige Blonde ein, »wie cheisst Sprichwort: Wer Schaden chat, braucht nicht sorgen für Spoatt.« Das klang schon russischer.

»Ich glaube, der Dame wird grade der Kaffee kalt«, sagte nun dieser Kuchen-Jamie belegt.

Ich nahm das als Wink und ging mit meinem sperrigen Tablett, auf dem sich ein Pott Kaffee und ein Zuckerbeutelchen verloren, zu meinem Tisch und setzte mich. Misstrauisch stierte ich in die Kaffeetasse und schaufelte mit dem Löffel darin rum, um zu testen, ob sich etwas darin regte, was da nicht reingehörte. Als ich aufsah, stand Jamie vor mir mit dem Teller in der Hand und fragte beschämt: »Darf ich mich setzen?«

Ich nickte.

»Das eben tut mir leid«, sprudelte er los, »du musst uns für ganz schön spinnig halten. Na ja, das sind wir auch. Aber deswegen sollst du nicht um dein Stück Kuchen kommen.«

Er schob mir den Teller hin. Ein Dreieck voller gelber und brauner Tupfen. Man konnte sehen, wie gnietschig und weich der Teig war. Mir tropfte der Zahn, und außerdem schmeichelte mir, dass er mich duzte.

»Da steht dein Name drauf«, sagte er. Bedächtig zog ich den Teller näher und griff mir die Kuchengabel.

»Wir sind eine Varieté-Truppe«, erklärte Jamie. »Die Zwei-Meter-Zicke ist unser Conférencier. Sie nennt sich auf der Bühne ›Lora de Ley‹ und für jemanden, der Schuhgröße achtundvierzig trägt, ist er ganz schön empfindlich. Schmeckt's?«

Ich kaute und nickte.

»Du tust damit ein gutes Werk«, sagte er mit Blick auf den halb leeren Teller und als würde er mir ein Geheimnis anvertrauen: »Ein Gramm Hüftgold mehr, und wir müssen Lora nach der Vorstellung aus dem Kostüm schneiden. Es stimmt schon, dass ich immer sage, ich will nichts, wenn es um Kuchen geht, aber sie bestellt nur deshalb einen mehr, damit sie zwei Stücke essen kann.«

Es ist erstaunlich, was einem die Leute alles erzählen, wenn man sie reden lässt. Das schien ihm in dem Moment auch aufzufallen, denn er grinste und rieb sich mit der flachen Hand die Stirn, als kramte er nach dem, was dahinter vor sich ging.

»Stimmt das mit deiner Freundin?«, fragte ich zwischen zwei Schoko-Bissen. Den Kaffee ließ ich stehen. Am Boden dieser abgeschrammten Raststättentasse konnte sich alles Mögliche tummeln.

»Jaaaa, das stimmt«, er lehnte sich zurück und streckte sich. »Sie wollte eigentlich mit auf Tour gehen. Das hat drei Tage funktioniert, und dann hat sie es sich mitsamt ihrem Auto anders überlegt.« Er lehnte sich wieder nach vorne und zog den linken Mundwinkel schuldbewusst nach oben. »Zu fünft von Magdeburg bis Wilhelmshaven im Golf, das ist schon heftig. Vor allem, wenn man eine Eins-neunzig-Transe dabei hat, die sich weigert, im Bus mitzufahren, weil ihr der zu wenig gefedert ist, und dann meckert, weil der Golf zu kurz für ihre langen Beine ist.«

»Sagtest du nicht eben, er sei zwei Meter groß?«, fragte ich, nur um die Konversation zu verlängern.

»Mit Absätzen«, konterte er.

Nickend schob ich mir noch ein Stück Zupfkuchen, diesmal ein gelbes, in den Mund, in der Hoffnung, er würde noch ein bisschen weitererzählen, aber er deutete mein Schweigen als Desinteresse und leitete den Rückzug ein: »Okay, ich glaub, ich hab dich lange genug vollgelabert.«

Jetzt musste ich schnell sein. Ich legte die Gabel neben den fast vertilgten Kuchen, hob den Kopf und faltete die Hände im Schoß. »Ich fahr auch nach Wilhelmshaven, und ich hab Platz.«

Er streckte mir seine erstaunlich kleine Hand hin: »Ich bin Jamie«, strahlte er.

»Klara«, sagte ich und schlug ein.

Wir unterhielten uns noch ein paar Sätze lang. Er versicherte sich ausgiebig, dass es mir wirklich keine Umstände machte, und ich log, ich sei froh, etwas Unterhaltung beim Fahren zu haben, um wach zu bleiben. Schließlich ging er zurück zu seinen Kollegen, die sich zumindest von Weitem keinerlei Reaktion auf seine Absonderung von der Gruppe anmerken ließen.

»Wow!«, er pfiff durch die Zähne, was ihn irritierend altmodisch wirken ließ, »schicker Schlitten.«

Ich wunderte mich über sein 50er-Jahre-Vokabular und stellte ihn mir als Halbstarken in einer Motorroller-Gang vor. Zum Teil lag das auch an seinem gegelten, tiefschwarzen Haar: An den Seiten kurzgeschoren und oben in Strähnen zurückgekämmt, sah er aus wie eine Mischung aus Punk und Gigolo. Er ging um den Audi herum und strich dabei mit den Fingerkuppen über den Lack.

»Willst du nicht deine Tasche holen?«, forderte ich ihn auf.

Ohne aufzusehen, antwortete er: »Ich vertraue dir.«

»Wieso?«

»Was ist das Leben wert, wenn man jedes Risiko vermeidet?«, sagte er entspannt und griff nach der Beifahrertür.

7

Jamie wirkte auf mich wie der Junge, den mein Vater immer haben wollte: gewitzt, abenteuerlustig, drahtig, stets bereit für eine sinnlose, aber Spaß bringende Aktion. Und mein Vater hat wirklich getan, was er konnte: Er nahm mich überall hin mit, zeigte mir die Welt, forderte Freiheit des Denkens. Ein typischer Lehrer, der sich über mehrere Bildungswege und mit zahllosen Nebenjobs nach oben gekämpft hatte, nachdem Onkel Fritz als dem Älteren der Hof zugesprochen worden war. »Mit meiner Hände Arbeit und meines Geistes Kraft!«, hat er immer geantwortet, wenn man ihn fragte, wie er es als Bauernsohn auf die Uni geschafft hatte. »Was du im Kopf hast, kann dir keiner wegnehmen«, war einer seiner Leitsätze für mich, und er verwand viel Zeit und Mühe darauf, diesen Kopf zu füllen. Er bildete meinen Geist und legte gleichzeitig großen Wert darauf, dass ich die Natur kennenlernte: die schönen und die verstörenden Seiten. Er beschränkte sich nicht darauf, mir zu zeigen, wo das Fleisch und die Wurst herkamen, er brachte mir auch bei, wie man Tiere schlachtet. Er sagte: »Bei Dingen, die getan werden müssen, darfst du nicht überlegen. Du musst es einfach tun.« Natürlich sah ich nur zu, aber ich wartete auf den Tag, an dem ich groß genug wäre für ein Huhn. Papa würde stolz auf mich sein. Mein Vater legte mir alles zu Füßen und sagte: »Du kannst alles tun, was du willst!« Das Ergebnis war ein unglaublich stures Mädchen, das sich von niemandem etwas sagen ließ und eine gewisse Grobheit im Umgang mit anderen Lebewesen an den Tag legte. Es ist nicht so, dass ich nicht fähig wäre zu Mitgefühl, aber ich muss zugeben, dass meines Vaters gut gemeinte Förderung das hervorgebracht hat, was keiner von uns leiden kann: ein egozentrisches Einzelkind. Natürlich tun mir andere Leute leid: Ich will nicht, dass jemand hungert oder Schmerzen hat, aber im Zweifelsfall bin ich mir immer selbst am nächsten. Das äußert sich nicht bloß darin, dass ich, genauso wie ihr auch, das Geld, das ich nicht zum Überleben brauche, gewinnbringend anlege, anstatt es für die Notleidenden der Welt zu spenden. Mein Problem besteht darin, dass ich so damit beschäftigt bin, meine eigene Existenz, die mir den Großteil meines Lebens wie eine Rolle vorkam, aufrechtzuerhalten, dass in meinem Hirn einfach kein Platz mehr ist für mütterliche Fürsorge.

Wie anders hätte ich Ralf sonst verlassen können? Ich habe zwölf Jahre mit dem Mann zusammengelebt und war nicht gerade zerfressen vor Sorge um ihn. Seit ich vor vier Wochen in Wolfsburg aus dem Zug gestiegen war, hatte ich seine Gefühle ausgeklammert. Sicher, ich hatte ab und zu an ihn gedacht, aber dabei drehte es sich meistens darum, ob er den Kauf der Eigentumswohnung abgesagt oder lediglich verschoben hatte oder was er den Leuten von meiner Arbeit sagte, falls sie bei ihm anriefen. Ob er traurig war, ob er bei meinem Vater oder Moni Trost suchte, ob er hoffte, ich käme zurück, oder ob er schon nach ein paar Tagen mein Bettzeug aus dem Schlafzimmer entfernt hatte, darüber verbot ich mir nachzudenken. Es wären doch nur Spekulationen gewesen, oder nicht? Wie konnte ich wissen, was Ralf fühlte? Ralf hatte bei der Beerdigung seiner Schwester keine Träne vergossen. »Sie war so lange krank«, sagte er, »ich hatte zwei Jahre Zeit, mich an den Gedanken zu gewöhnen.« Abgesehen von den zwei Stunden am Vormittag, die die Trauerzeremonie in Anspruch genommen hatte, war an seiner wie ein Uhrwerk ablaufenden Tagesroutine durch nichts zu erkennen gewesen, dass er gerade seine letzte nahe Verwandte verloren hatte. Ich will damit nicht sagen, dass Ralf gefühlskalt ist. Es ist nur so, dass niemand, auch ich nicht, die ich zwölf Jahre meines Lebens mit ihm verbracht habe, spürt, was er spürt. Wenn wir gestritten hatten und ich sauer auf Ralf war, zeigte er mir, dass es ihm leid tat, indem er anfing staubzusaugen. Haushaltsarbeiten waren ein ewiger Diskussionspunkt zwischen uns, und indem er etwas tat, von dem er wusste, dass ich grundsätzlich fand, er tue es nicht oft genug, zeigte er mir, dass er mir recht gab. Auch wenn es im vorliegenden Streit um etwas ganz anderes ging. Ich akzeptierte diese Form der Kommunikation und ging in so einem Fall wortlos zur Tagesordnung über. Das war meine Art ihm mitzuteilen, dass ich seine Staubsaugernachricht verstanden hatte.

»'ne Autobahn bei Nacht hat was Magisches«, sagte Jamie verträumt, »es ist, als ob du durch eine dir unbekannte Welt fährst, und du siehst immer nur Ausschnitte. Da draußen im Dunkeln könnte alles Mögliche auf dich lauern, aber du siehst es nicht, weil sie immer weghuschen, kurz bevor der Scheinwerfer sie anstrahlt.«

»Wer?«

»Monster, Zauberwesen, zurückgelassene Aliens, denkende Roboter, die mit Eisenstäben die Wolken hin- und herschieben, riesige rotweiße schwebende Spiralen«, zählte er auf.

»Und wenn da draußen nur Bäume und Felder sind?«

»Dann ist diese andere Welt genauso langweilig, wie die, die ich verlassen habe«, er richtete sich in seinem Sitz auf, »das hab ich mir als Kind immer so vorgestellt: Wenn mir im Auto langweilig wurde, hab ich mir ausgedacht, ich wäre in einer Art Zeitmaschine, die mich in eine andere Dimension oder so bringt. Es sah natürlich alles genauso aus wie in unserer Welt. Nur ich konnte merken, dass in Wahrheit alles anders war. Na ja, das war alles nicht so richtig durchdacht. Ich war da auch erst acht oder so. Wahrscheinlich hatte ich 'n ziemlichen Knall.«

»Bei mir war's ein Schrank.«

»Bitte?«

»Ich hab mich immer in meinen Kleiderschrank eingeschlossen und bin in ihm wie mit einem Aufzug in eine andere Wohnung gefahren. Da lebte eine Familie, die sah genauso aus wie meine, aber ich war darin ein Fremdkörper und musste versuchen, nicht aufzufallen.«

Jamie prustete los, und ich gluckste mit. Zwei Bescheuerte, die mit hundertachtzig Sachen in einer Blechschachtel durch die Nacht rasten. Zumindest hätte es so sein sollen. Aber ich fahre nie schneller als hundert, und Jamie fragte, mit dem Kinn Richtung Tacho deutend:

»Wie viel fährt denn der Spitze?«

»Keine Ahnung«, beschied ich, »das is 'n Mietwagen.«

»Ist dein eigener kaputt?«

»Ja«, gab ich knapp zurück.

»Na ja, ich hab's nicht eilig«, meinte er und fläzte sich wieder etwas tiefer in den Sitz, »auf mich wartet nur die nächste Stadthalle, und vor morgen sechzehn Uhr zum Soundcheck muss ich nicht da sein.«

Auf mich wartete gar nichts, und auf einmal wurde mir klar, wie sehr mir das gefiel. Das war der Zustand, in dem ich leben wollte. Nicht zu wissen, was als Nächstes kam, war weniger anstrengend als vorauszusehen, welchem Hindernis man gleich ausweichen müsste. Eigentlich hatte ich mein Leben schon lange nach einer Vermeidungsstrategie gelebt. Die sich wiederholenden

Schulungen bei meinem Job, meine Beziehung mit Ralf: Von allen Liebhabern, die ich hatte, war er derjenige, der am wenigsten fragte und im Weg stand. All die vielen kleinen Kompromisse, die ich schloss und die mir im Laufe der Jahre den Ruf eingebracht hatten, anpassungsfähig, bescheiden, ja uneigennützig zu sein, waren in Wahrheit Umgehungen von Dingen, mit denen ich mich nicht konfrontieren wollte. Was ich momentan durchzog, war nur die letzte Konsequenz davon.

Jamie hatte recht. Nächtliche Autobahnfahrten haben etwas Magisches. Wenn zwei Menschen, deren Verbundenheit einzig darin besteht, dass sie in dieselbe Richtung reisen, die natürliche körperliche Distanz zwischen Fremden, die in unserem Kulturkreis ungefähr anderthalb Meter beträgt, ignorieren und sich zusammen in ein Gefährt setzen, noch dazu bei stockfinsterer Nacht, dann entsteht so etwas wie ein rechtsfreier Raum. Dafür gibt es keine Regeln. Der langsame Aufbau einer Bekanntschaft, von der zufälligen Begegnung – vielleicht bei einem Volkshochschulkurs, wo man sich zwanglos anspricht, sympathisch findet – über das zweite Zusammentreffen, bei dem man die erste, schüchterne Kontaktaufnahme ausbaut – man tauscht ein paar harmlose Sätze aus, spricht übers Wetter oder die fehlende Zeit zum Vokabelnpauken –, bis der Tag kommt, wo man nach dem Unterricht ein Bier trinken geht und ein bisschen plaudert: Zu dem Zeitpunkt entscheidet sich, ob das Gegenüber der ersten Einschätzung standhält und man sich vornimmt, den anderen weiter zu treffen, oder beschließt, die Sache einschlafen zu lassen. Alle diese Vorstufen entfallen, wenn man jemanden auf einer Autobahnraststätte einsammelt und gleich darauf auf Unterarmlänge neben ihm im Auto sitzt. Durch die Abgeschlossenheit des Raumes entsteht die Art von spontaner Vertrautheit, wie man sie sonst nur in einem

Beichtstuhl hat. Man hat in so einer Situation zwei Möglichkeiten: Entweder man betet Floskeln herunter, oder man nutzt die Chance und öffnet sich.

Jamie sagte in das niederfrequente Motorengeräusch: »Wir sind nicht beknackt. Wir weigern uns nur, die Dinge so zu sehen, wie sie sind.«

»Und wie sind sie?«

»Wir sind zwei Beknackte, die zusammen über die Autobahn brettern.«

Wir lachten.

Nach einer kurzen Pause fragte ich: »Wie war denn deine Freundin so?«

»Ach, sie war ein verwöhntes kleines Biest«, er fuhr sich durch die gegelten Haare, «sie hat sich nie mit uns ans Catering gesetzt. Ich musste ihr jeden Abend den Pizza-Service bestellen. Das hat Lora wahnsinnig gemacht.«

Sofort dachte ich daran, dass alles, was er von jetzt an im Auto anfassen würde, mit Gel beschmiert würde. Gott sei Dank war das ein Mietwagen. Ich ekle mich vor Gel, weil ich mich davor fürchte, wie es flüssig wird und überall hinkriecht. Ich kann mir gut vorstellen, wie Gel zum Leben erwacht und sich unter meine Fingernägel, durch den Reißverschluss meiner Hose, ja sogar unter meine Augenlider schlängelt.

»Außerdem hatte sie einen, na ja, sagen wir, sehr speziellen Eigengeruch.«

»Schweiß?«, tastete ich mich vor.

»Ja, aber mit einer besonderen Note«, erwiderte er mit leichtem Schaudern in der Stimme. »Dazu muss man wissen, dass diese Frau ein großer Fan von Dosenspargel war. Wie andere Leute, die Kaugummi kauen«, er drehte den Oberkörper in meine Richtung. »Jetzt, wo ich darüber rede, fällt mir auf, dass sie dauernd ein Glas in der Hand hatte und nach glitschigen, gilbigen Stängchen fischte.« Er schüttelte sich und setzte sich wieder gerade. »Aber Mann«, sinnierte er ein paar Leitplanken weiter, »hatte die Frau Titten! Ehrlich, ich glaube, ich hab mich einfach in ihre Möpse verliebt.« Ich horchte auf. »Was ihren Charakter angeht, weine ich der Zicke keine Träne nach, aber die zwei prallen Dinger hätte sie mir ruhig dalassen können.«

»Das klingt nicht gerade nach der großen Liebe«, kommentierte ich vorwurfsvoll.

»Ich bin kein Macho, aber ich steh nun mal auf Brüste«, konstatierte er.

Jamie war ein Hänfling, keine eins achtzig groß. Er wirkte zwar durchtrainiert, aber so wie jemand, der verzweifelt versucht, gegen seinen Körperbau anzupumpen. Und dann dieses jungenhafte Gesicht, die spärlichen drei Flusen, die nicht mal als Bartansatz durchgingen. »Ich steh nun mal auf Brüste.« Er sagte das mit einer so entwaffnenden Offenheit, dass ich ihn dafür nur noch mehr mochte.

»Vielleicht wäre das mit dem Körpergeruch besser geworden, wenn sie sich unter den Achseln rasiert hätte«, fuhr er fort, »aber es hieß immer: Nein, ich lass die nächste Woche mit Wachs entfernen. Das hat sie mir drei Wochen lang erzählt«, regte er sich auf. Und dann setzte er wieder etwas ruhiger hinzu: »Lora hat sie gehasst.«

»Lora scheint dich ja auch nicht besonders zu mögen«, stellte ich fest.

»Ach, weißt du«, erklärte er, als hätten wir dieses Gespräch schon öfter geführt, »Lora ist ein altes Zirkuspferd. Im Theater kann sie so sein, wie sie ist. Sie hat sich den Platz, auf dem sie jetzt sitzt, hart erkämpft. Und wenn sie sich bedroht fühlt, beißt sie eben um sich.«

Ich schwieg.

»Und du?«, fragte er unvermittelt, »was treibt dich nachts auf die Straße, obwohl dein Auto kaputt ist?«

Und auf einmal hatte ich die Lügerei satt: »Mein Auto ist nicht kaputt, und ich heiße auch nicht Klara.«

»Wow, das ist ein Schock«, sagte er, »ich hatte mich schon in den Namen verknallt.«

Ich lächelte still vor mich hin und hoffte, er würde nun konkrete Fragen stellen. So könnte ich mir Schritt für Schritt überlegen, was ich ihm darauf antwortete. Aber er tat gar nichts. Soweit ich das im Halbdunkel beurteilen konnte, schaute er ungerührt zur Windschutzscheibe hinaus, als hätten wir die letzte halbe Stunde kein Wort gewechselt. Zum ersten Mal, seit ich aus dem Zug gestiegen war, musste ich laut aussprechen, was ich getan hatte, und ich wusste nicht, wie ich das formulieren sollte. ›Ich bin von zu Hause abgehauen‹ ging nicht. Das klang, als wäre ich vierzehn. ›Ich habe einen Rausschmiss aus dem Zug aufgrund einer fehlenden Bahncard zum Anlass genommen, mit meinem bisherigen Leben zu brechen und nochmal neu anzufangen‹ klang wie der Schadensbericht an eine Versicherung, also sagte ich lapidar: »Ich bin abgehauen.«

»Weißt du, wo du hinwillst?«

Ich schüttelte den Kopf. Das war alles, was Jamie wissen musste. Mehr brauchte ich ihm nicht zu erzählen. Er fragte nicht, wovor ich floh oder wer ich war. Es genügte ihm, dass ich kein Dach über dem Kopf hatte, um mir einen Platz in seinem Doppelzimmer im Hotel anzubieten.

»Du müsstest dir deine Unterkunft natürlich verdienen«, meinte er belustigt, »und wie's der Zufall will, ist bei mir gerade heute eine Stelle frei geworden. Hast du schon mal bei einem Equilibristen gearbeitet?«

»Keine Ahnung«, antwortete ich, »in meinem letzten Job hab ich Leuten mit Wachs die Haare ausgerissen, aber ich glaube, das nennt man eher Depiliristik. Geht das als Berufserfahrung durch?«

»Haarscharf daneben. Equilibristen sind Handstandakrobaten. Du müsstest mir bei meiner Nummer die Requisiten zuwerfen und mir den Mantel abnehmen, schaffst du das?«

»Trage ich dabei Netzstrümpfe und einen Badeanzug?«

»Wenn du das gerne möchtest«, antwortete er höflich, »aber du machst das von der Bühnenseite aus. Das Publikum kriegt dich nicht zu sehen.«

»Ich werde furchtbar nervös sein«, gab ich zu bedenken.

»Und ich erst!«, frotzelte er, »bei einer Depiliristin muss man ja mit allem rechnen!«

»Es heißt Depiladora.«

»Olé!«

»Ich hab das nur zwei Wochen lang gemacht«, gab ich zu, »eigentlich leite ich Schulungen im EDV-Bereich.«

»Okay, das klingt jetzt wirklich gruselig«, wehrte er ab, »dann bist du also so was wie eine Lehrerin?«

Bei dem Wort »Lehrerin« erschrak ich. Das war genau der Job, in dem ich nie hatte landen wollen, also sagte ich: »Zumindest war ich das.«

Es entstand eine Pause, die das eben Gesagte dramatischer wirken ließ, als es gemeint war.

Schließlich charmeurte Jamie: »Es spricht nichts dagegen, hin und wieder die Seiten zu wechseln. Vielleicht kann ich ja jetzt dir mal was beibringen.«

›Ja!‹, dachte ich, ›bring mir bei, wie man so locker ist. Wie man so unbeschwert und spontan durchs Leben geht. Bring mir bei, wie man es anstellt, dass einen wildfremde Menschen sofort ins

Herz schließen. Und wie man mit jemandem so unverfänglich flirtet, obwohl allen Beteiligten klar ist, dass das schon altersmäßig völlig aus der Welt ist.‹

»Weißt du was«, schlug er vor, »ich werde dich Sabine nennen.«

»Ich heiße wirklich Sabine!«, rief ich begeistert.

»Ich weiß. Es steht auf deinem Führerschein«, sagte er trocken und deutete mit dem Zeigefinger auf die Ablage vor ihm, wo der Mietvertrag für das Auto und die graue Pappe lagen.

8

In der restlichen halben Stunde auf der Autobahn erzählte ich Jamie alles. Angefangen von meiner kuriosen Taxifahrt in Wolfsburg, die mich in ein fremdes Hotelzimmer gebracht hatte, über meine Zeit mit Jessica bis zur Begegnung mit Michaela Sends und dem albernen Kugelschreiberstreich, für den sie mir einen Privatdetektiv auf den Hals gehetzt hatte. Jamie fand das alles wahnsinnig aufregend und schwor mit gespieltem Ernst, er würde mich bei sich verstecken, so lange es nötig sei. Und über Alexej könnten wir Kontakt zur Russenmafia aufnehmen, um mir einen falschen Pass zu besorgen. Er zückte gleich sein Handy, um eine SMS zu schicken.

Ich krampfte mit beiden Händen am Lenkrad, und er sagte: »Keine Angst. Ich frag ihn nur, wo das Hotel ist.«

Es stellte sich heraus, dass das Gastspiel nicht in Wilhelmshaven direkt, sondern zwei Käffer weiter stattfand. Als wir im Hotel ankamen, standen der weiße Bus und der Golf schon in der Tiefgarage. Jamies Gepäck hatten die Kollegen an der Rezeption deponiert. Ich war erleichtert, dem Rest der Truppe nicht beim Einchecken zu begegnen; konnte ich doch schon vor mir selbst kaum erklären, dass ich gleich mit jemandem aufs Zimmer gehen würde, den ich vor knapp zwei Stunden an der Autobahnraststätte kennengelernt hatte. Nervös blickte ich in der Lobby hin und her, während Jamie das Anmeldeformular ausfüllte, studierte die brokatigen Blumenmuster der Sessel vor dem künstlichen Kamin und schaute mir ausgiebig die Holzvertäfelung hinter dem Tresen an, aus Angst, Jamie könnte uns als Herrn und Frau Schmidt einchecken.

Jamie hatte seine eigene Art, mich zu beruhigen. Bevor er die Tür zu unserem Doppelzimmer aufsperrte, atmete er übertrieben laut ein und aus und sagte in einem offiziellen Ton: »Okay. Wir sind beide über dreißig, und ich verspreche dir: Du wirst nichts tun, was ich nicht will.«

Wir gingen rein. Jamie marschierte zielstrebig in die gegenüberliegende Ecke und warf seine Tasche in den rosa-silber gestreiften Sessel, der am Fenster stand. Ich steckte noch an der Tür fest und sah mich um. Das Zimmer war größer, als ich erwartet hatte. Die Betten standen einzeln. Das lag wohl daran, dass das Hotel zu einer amerikanischen Kette gehörte. Mir gefiel der Raum, obwohl er mit den üblichen Scheußlichkeiten ausgestattet war, die man nie und nimmer in seine eigene Wohnung ließe. Man würde sich mit Handschellen ans Gartentor ketten, um ihre Anlieferung zu verhindern. Aber in einem Hotelzimmer sagen solche Möbel gleich beim Reinkommen: ›Es ist alles wie immer. Du bist zu Hause.‹ Schwerer, dunkelroter Teppich, bodenlange, mit Goldkordeln geraffte Vorhänge und diese riesigen Ungetüme von Stehlampen, die sehr geschmackvoll den Sessel illuminieren – aber auf dem Weg zum Bett muss man sich mit den Händen vortasten, damit man sich nicht am Nachttisch stößt.

Jamie schnappte sich die auf dem Kopfkissen drapierte Süßigkeit. Diesmal keine Schokokugeln, sondern Gummibärchen in einer pyramidenförmigen Verpackung. Dann verschwand er für fast eine halbe Stunde im Bad, und als er mit freiem Oberkörper und ohne Jeans wieder rauskam, lag ich schon im Bett, schläfrig nach der Autofahrt; aus Höflichkeit hatte ich das Licht angelassen. Natürlich kuckte ich.

Er kramte sein Handy aus der Jackentasche und fragte, jetzt zu mir gewandt, aber ohne mich anzusehen: »Ist halb zehn aufstehn okay für dich?«

»Klar«, antwortete ich geistesabwesend, denn ich gebe zu, ich war von dem, was ich sah, einigermaßen überrascht: In seinen Männerunterhosen wölbte sich auch nicht mehr als in meinem Slip. Und er hatte Brüste. Gut, sie waren winzig. Es waren eher Brustansätze. Sagen wir: Wenn seine Vorderseite Mecklenburg-Vorpommern gewesen wäre, hätten diese beiden große Chancen auf den Titel »mickrigster Berg im Umland« gehabt. Aber trotzdem waren es Brüste, und zwar weibliche. Instinktiv zog ich mir die Decke über meine üppige Auslage. Gegen die kamen mir meine D-Körbchen-Füller direkt obszön vor.

Jamie ging zwei-, dreimal durch den Raum, wie um mir Gelegenheit zu geben, mich zu vergewissern, dass ich keiner Sinnestäuschung erlegen war. Dann schlüpfte er unter die Decke, sagte: »Gutnacht«, und drehte mir den Rücken zu.

Ich schreibe »er«, weil für mich sofort klar war, dass sich dadurch nichts für mich ändern würde. Genauso natürlich, wie Jamie halbnackt durchs Zimmer spazierte, nahm ich ihn so, wie er sich mir präsentierte. Ich dachte nicht: ›Er ist ein Mädchen‹, sondern: ›Jamie hat Brüste.‹ Er war immer noch derselbe Jamie, den ich angezogen kennengelernt hatte. Ich löschte das Licht und starrte ins Dunkel. ›Er hat dich ausgesucht und mitgenommen‹, dachte ich betäubt, ›es muss also alles in Ordnung sein.‹ Natürlich kann ich das heute nicht mehr mit Sicherheit sagen, aber ich glaube, einer meiner letzten Gedanken, bevor ich einschlief, war: ›Er hat sich gut gehalten für über dreißig.‹

Am nächsten Morgen betraten wir gemeinsam den Frühstücksraum, wo es sich die anderen bereits an zwei offenbar selbst zusammengeschobenen Tischen gemütlich gemacht hatten. Wir traten an die improvisierte Tafel, und Jamie sagte: »Darf ich vorstellen: meine neue Assistentin Sabine!«

Der Jubel hielt sich in Grenzen. Lora aß einfach schweigend weiter. Der große Russe und seine deutsche Freundin schafften ein höfliches Lächeln und sagten »Hi«, ohne dass es besonders enthusiastisch wirkte. Eine der beiden anderen Frauen, die direkt vor mir saß, eine Zarte, Milchhäutige mit blondem Pagenkopf, sah zu mir hoch, zog den Stuhl neben sich etwas vom Tisch weg und bot ihn mir lächelnd an. Ich weiß noch, wie ich dachte: ›Mein Gott, jetzt setzt sich der dicke Troll neben die Elfe.‹ Der Raucher von gestern fehlte.

Ich setzte mich, ohne ein Wort zu sagen, nur um aus Verlegenheit gleich wieder aufzustehen und Jamie ans Buffet zu folgen.

»Willst du auch Orangensaft?«, rief er aus zwei Metern Entfernung, wobei das klang, als wüsste er die Antwort schon.

Ich bejahte, aber im Geiste entwickelte ich bereits Fluchtpläne. Ich fühlte mich wie die Frau mit zwei Kindern, Koffer, Rucksack und Kinderwagen, die ein Zugabteil betritt, in dem es sich zwei einzeln Reisende gerade quer über alle Sitze bequem gemacht haben. Was hatte ich mir eigentlich vorgestellt? Dass die Varieté-Truppe bei meinem Eintritt spontan eine menschliche Pyramide bildete, mit Konfetti warf und rief: ›Willkommen im Showbusiness!‹? Ich war ein Fremdkörper, ich gehörte da nicht hin, ich ... – war ein fürchterlicher Feigling. Erst nahm ich mir vor, mich nicht mehr von meinen lächerlichen Ängsten beherrschen zu lassen, und dann rief ich bei der erstbesten Gelegenheit: ›Mami, die wollen nicht mit mir spielen!‹? Entschlossen legte ich das gekochte Ei zurück in den Korb und streifte die runden Tomaten- und Mozzarellascheiben wieder aufs Tablett. Okay, das brachte mir einen mehr als missmutigen Blick vom Kellner ein, der, wie ich jetzt erst sah, direkt hinter der Kühltheke stand. Aber egal: Ich war wild entschlossen, griff nach Toast und Käseecken und holte mir einen Kaffee.

»Morgen«, grüßte Jamie einen seiner Kollegen, der gerade den Frühstücksraum betrat. Ein massiger Typ mit blonden Kringellöckchen und einer auffälligen roten Hornbrille. Er rief »Ebenso!« und schlurfte gut gelaunt zum Brötchenkorb. Den Kopf über dem Korb, besah er sich das Angebot. Mit kleinen, eckigen Bewegungen, wie eine dicke Taube, die sich nicht entscheiden kann, welches Korn sie zuerst picken soll, ruckelte er sein Kinn in alle vier Himmelsrichtungen. Schließlich angelte er sich ein Croissant und ging Richtung Tisch. Ich war ungefähr einen Meter hinter ihm, als er, kurz bevor er die anderen erreichte, dem Russen zurief: »Ey Alexej, haste den laufenden Meter mit die großen Ohren jesehn? Alter! Een Wunder, det die nich vornüberkippt, wa?«

Alexej verzog keine Miene und wies mit den Pupillen in meine Richtung. Der Spaßvogel schwenkte den großen Schnabel; ich tauchte darunter weg und plumpste auf den Stuhl. Leicht beschämt registrierte ich, dass dabei meine ›großen Ohren‹ fast aus dem BH hüpften. Egal: Dafür war nun er die Frau mit dem Kinderwagen.

Lora half uns, wieder in die Spur zu finden, und sagte so neutral wie ein Nachrichtensprecher: »Das ist Sabine, Jamies neue Assistentin. Sabine, das ist Ricardo.«

»Anjenehm«, Ricardo nickte höflich und gab mir die Hand.

»Ebenso!«, ich ergriff sie, und während wir schüttelten, fiel mir auf, dass ich das im gleichen Tonfall gesagt hatte wie er eben, als Jamie ihm einen guten Morgen gewünscht hatte. Damit er nicht auf die Idee kam, ich wolle ihn veräppeln, schob ich schnell hinterher: »Und was machst du in der Show?«

»Magic«, antwortete er mit geheimnisvoller Stimme und zauberte ein Stück Butter hinter meinem Ohr hervor. »Tschuldijung«, raunte er dann, »von der Sache her müsstet ja 'ne Rose sein.«

»Ich glaub, dafür sind meine Ohren nicht groß genug«, plauzte ich raus und wurde mir erst nachdem ich den Satz ausgesprochen hatte seiner Doppeldeutigkeit bewusst.

»He, he, he«, lachte er meckernd, »nich schlecht!«

Ich wertete das als Zeichen seiner Akzeptanz.

Nach dem Frühstück zogen alle los Richtung Stadthalle, und Jamie meinte: »Wir kucken uns nur schon mal da um. Da kannst du jetzt nicht viel helfen. Es reicht, wenn du so um drei heut Nachmittag kommst. Genieß das Hotel! Bald gibt es nur noch 'ne Künstlerwohnung.«

So, wie er das aussprach, klang es wie eine Drohung. Ich dachte an Onkel Fritzens Legebatterien und stellte mir kleine Künstler in bunten Kostümen darin vor. Wie sie traurig mit pinkfarbenen Federboas zwischen den Käfigstäben durchwinkten und riefen ›Haste mal 'ne Bühne oder 'n warmen Applaus?‹, also bemühte ich mich, seinem Rat zu folgen.

Dem Prospekt in der braunen Kunstledermappe auf dem Schreibtisch entnahm ich, dass das Hotel über ein Schwimmbad und eine Sauna verfügte. Ich ärgerte mich, dass ich keinen Badeanzug dabeihatte, aber immerhin konnte ich die Sauna benutzen. Der Fahrstuhl brachte mich und mein Handtuch ins Untergeschoss und spielte dabei eine leise Melodie: »Büdiduuu, dadadadadaaah, büdiduuu ...« Acht Töne einer Endlosschleife, hin und wieder unterbrochen vom »Dech-Dech-Dech« eines elektronischen Instrumentes, das entweder ein Schlagzeug oder eine hustende Weinbergschnecke darstellen sollte. Ich fragte mich, wer solche Musik komponierte. Wahrscheinlich Musiker in Künstlerwohnungen. Mit einem weichgespülten »Pling!« öffneten sich die Metallschiebetüren, und ich trat aus dem Aufzug in den teppichbewehrten, schummrig beleuchteten Flur, an dessen linkem Ende sich die Glastür zum Wellnessbereich befand. Die Hirnzellen aufweichende Musik begleitete mich bis dahin. Allerdings klang sie nun etwas gedämpft, so als hätte ein mitfühlender Mensch eine Decke darübergeworfen.

Hinter der Glastür wechselte der Bodenbelag, und die Geräuschbelästigung hörte auf. Ich ging auf hellgrauen Steinfliesen an einer unbesetzten Theke vorbei in den Umkleidebereich und zog mich für die Sauna aus. Kein Mensch außer mir interessierte sich um die Mittagszeit fürs Schwitzen, also konnte ich ganz entspannt die Wampe hängen lassen und aufs Handtuch tropfen. Durch das Fenster in der Tür spähte ich auf die blitzblanken Armaturen in dem komplett weiß gekachelten Vorraum. In einem in der Wand eingelassenen Regal stapelten sich hellblaue Badehandtücher, alle exakt auf dieselbe Größe gefaltet. Sie lagen so perfekt gestapelt aufeinander, dass ich mir durch die Saunaluft hindurch einbilden konnte, es sei nur eine blaue Stapelattrappe aus Plastik, die zu Dekorationszwecken in die Wand gestellt worden war. Deshalb hatte mich auch am Eingang niemand kontrolliert. Das hier war nur eine Demonstration, ein Saunavorschlag, eine Wellnessbereich-Ausstellung. Hatte die Musik nicht nach Möbelhaus geklungen? Und ich Volltrottel saß hier und schwitzte. Ich wischte mir mit der Hand über die tropfnasse Stirn und fragte mich, ob ich vielleicht schon zu lange hier drin saß. Sicher wirkte die Anlage deshalb so absolut frisch, unberührt und bereit, weil die Räume Nacht für Nacht auf Hochglanz poliert wurden. Alles sollte auf ewig so aussehen wie am Tag der Eröffnung, und jeder

Fremde sollte glauben, er sei der allererste Gast. Ich fühlte mich auserwählt, aber unwürdig.

Nachdem ich mich kalt abgeduscht hatte, was ich extra lange tat, um den tapferen Menschen, die das alles erschaffen hatten, zu zeigen, dass ich wusste, was ich einer so vollkommenen Einrichtung schuldig war (ich würde mir nicht vorwerfen lassen, ich hätte gar nicht richtig sauniert, sondern nur so ein bisschen rumgeschwitzt!), schnappte ich mir zwei von den Blauen aus dem Regal und watschelte zum Pool. Am Ende des Raumes stand nun eine weiß gekleidete junge Frau hinter dem Empfangstresen. Ich hoffte, sie würde sich nicht zu Tode erschrecken, wenn sie meiner gewahr wurde. Aber die Gefahr schien gebannt, denn nun betrat ein neuer Gast den Wellnessbereich. Und was für einer.

Die Frau war eine Erscheinung. Sie ging hoch aufgerichtet und zielstrebig durch den Raum: Am Fitnessbereich vorbei, der durch eine dunkel getönte Glasfront abgetrennt war, bewegte sie sich auf einen der Tische zu und setzte sich dort im Mantel auf einen Stuhl. Die junge Tresenfrau brachte ihr sofort ein Glas Wasser. Einige Augenblicke später eilte ein weiterer Mitarbeiter herbei und reichte ihr mit einem offenen Gesichtsausdruck die Hand zur Begrüßung. Auf einmal kam richtig Bewegung in den Laden. Anscheinend war sie eine wichtige Kundin oder eine Vorgesetzte aus der Hotelleitung in Amerika. Ganz offenbar war sie es gewohnt, hofiert zu werden.

Ich drehte mich auf meiner Liege zur Seite und döste vor mich hin. Ein Handtuch um die Füße gewickelt, eins um den Körper und eins um den Kopf, fühlte ich mich wie im Inneren eines Stoff-Eies. Ich blinzelte zwischen halb geöffneten Lidern in Richtung Pool. Die Wasseroberfläche war ein perfekter Spiegel: hellgrün, glatt, glasklar, reglos. Nicht der Hauch einer Wellenkräuselung war zu sehen. Es hätte ebenso gut eine Abdeckung aus getöntem

Glas auf dem Becken liegen können. Aber ich wusste, ich könnte jetzt jederzeit aufstehen und meinen linken Zeh ins Wasser halten. Ich könnte eintauchen in kühle Perfektion. Draußen auf der Terrasse hinter dem Pool arbeitete ein Gärtner. Er trug eine armeegrüne Hose mit großen aufgesetzten Taschen an den Seiten und ein dazu passendes Hemd, das unter einem breiten braunen Ledergürtel in den Hosenbund gestopft war. Aus den halb hochgekrempelten Ärmeln ragten muskulöse Unterarme. Der Anblick seines breiten Rückens fuhr mir zwischen die Beine. Dann tauchte die junge Tresenfrau neben ihm auf. Sie scherzten anscheinend miteinander. Sie lachte und warf ihre langen braunen Haare zurück. Er erzählte ihr etwas, aber es sah aus, als sei der Inhalt seiner Rede vollkommen bedeutungslos. Während er sprach, war er ganz auf ihr Gesicht konzentriert und ließ den Stiel einer kleinen Schaufel zwischen den Fingern kreisen. In dem Moment wurde mir bewusst, dass ich nie wieder Sex haben würde. Jedenfalls nicht mit jemandem, auf den ich wirklich scharf wäre. Jemand, der breite Schultern hatte und schmale Hüften, glatte Haut und Lust. So jemand kam für mich nicht mehr in Frage. In den letzten zehn Jahren war Ralf vielleicht einmal im Jahr, wenn wir genügend Alkohol intus hatten, an mir hängengeblieben, und wir hatten, soweit wir das in dem Zustand noch fertigbrachten, aneinander herumgehobelt. Die Zeiten dazwischen hatte ich mit nagender Sehnsucht verbracht und dabei zugesehen, wie mein Körper ungenutzt zerfiel.

Manchmal war es nur ein Körperteil, ein Stück Arm, eine halbe Wange, zwei weit auseinanderliegende Schulterblätter, die sich unter einem T-Shirt spannten. Das genügte, um in mir eine Sehnsucht aufsteigen zu lassen, die mir so sehr auf den Brustkorb drückte, dass ich mich zwingen musste, tief durchzuatmen, aus Furcht, meine Lungenflügel könnten zusammenkleben. Oft saß ich auf dem Weg zum Kunden im ICE und träumte davon, die große, vermutlich warme männliche Hand zu berühren, die auf der Armlehne des Sitzes vor meinem Sitz lag. Und dann stand der, dem die Hand gehörte, auf, um zur Toilette zu gehen, und mir wurde bewusst, wie jung er war: Anfang zwanzig? Fünfundzwanzig? Achtundzwanzig? Es war armselig, wie ich im Kopf um einzelne Jahre feilschte. Selbst wenn er zweiunddreißig wäre, würde er mich als alt empfinden. Dann setzte ich mich aufrecht und versuchte meine unkeuschen Gedanken zu verbergen. Dasselbe Verlangen zwanzig Jahre früher, und ich wäre seine fleischgewordene sexuelle Phantasie gewesen. Heute machte mich das zu einer lüsternen alten Frau. Ich hatte die Grenze überschritten. Es gab kein Zurück mehr zu den Jungs. Wie sich ihre Körperhaltung änderte, wenn ich sie beim Durchqueren des Bordbistros rechts und links von mir stehen ließ, und ihre Bewegungen, wenn sie zum Bierglas griffen oder hektisch an der Zigarette zogen, ein bisschen linkisch wurden: Das war mir in Fleisch und Blut übergegangen. Jahre der Unsicherheit und auch Angst vor körperlichen Übergriffen mussten überwunden werden, bis ich ihre Blicke in meinem Rücken warm an mir abfließen lassen und, wenn ich mich umdrehte, mit einem kaum wahrnehmbaren, leicht überheblichen Lächeln quittieren konnte. Es war offensichtlich: Ich wurde langsam unsichtbar. Den Rest meines Lebens würde niemandes Herz mehr schneller schlagen, nur weil ich beim Tanzen seine Hüfte streifte.

Als ich Ralf kennengelernt hatte, war ich Ende zwanzig und dachte, es sei wichtiger, dass derjenige, in den man verliebt ist, zu einem steht. Dass er weiß, was er will, und das auch artikulieren kann. Alle körperlichen Aktionen könne man schließlich üben, glaubte ich. Ralf hat relativ bald, nachdem wir zusammen waren, aufgehört, mit mir zu schlafen. Zuerst wurde es immer seltener, so ein-, zweimal im Monat, und dann blieb es ganz aus. Ich habe alles Mögliche vermutet: dass ich etwas falsch machte, dass er insgeheim schwul sei, dass es psychische Ursachen hätte. Und ich wollte unbedingt eine Antwort: Ich habe ihn gefragt, gelöchert, gebohrt, geheult, gejammert – warum, warum, warum? Er blieb dabei, darauf keine Antwort zu haben, sich bessern zu wollen. Ich wurde hingehalten, monate-, jahrelang. Irgendwann rückte er mit der Begründung raus, er sei sich zu dick, finde sich selbst nicht attraktiv und deswegen sei ihm auch nicht nach Sex. Meiner Meinung nach war das eine Ausrede, ein Brocken, den er mir hinwarf, damit ich die Klappe hielt. Auf meinen Einwand, ich hätte ihn schließlich nie schlank gesehen und mich trotzdem in ihn verliebt, und meine Beteuerung, mir seien seine überschüssigen Pfunde herzlich egal, fiel ihm nur ein: »Ich weiß, ich weiß, aber ich nehm jetzt ab, und dann ändert sich alles.« Eine Zeitlang habe ich zugesehen, wie Ralf sich tagsüber von Mineralwasser ernährte und abends die Chips- und Bierdiät fortsetzte. Dann begann ich zu drohen: Ich würde mir einen Liebhaber suchen, wenn er meine körperlichen Bedürfnisse nicht befriedigen wollte. Schließlich könne kein Mensch von mir verlangen, wie eine Nonne zu leben, bloß weil er sich zu dick fand. Das tat ich dann aber nie, weil ich nicht wusste, wie ich es anstellen sollte. Wenn man über Jahre hinweg vom eigenen Partner sexuell verschmäht wird, hat man nicht unbedingt das Selbstbewusstsein, hinauszugehen und sich einen Mann fürs Bett zu schießen. So wartete ich, versuchte, Ralfs Beteuerung, demnächst würde alles anders werden, zu glauben, und schaufelte zwischendurch ein bisschen Hoffnung hoch. Kleine hellgraue Häufchen Hoffnung, die ich von den Wänden eines an langen Fernsehabenden gezüchteten, künstlichen Mädchenherzens kratzte. Sie wurden mit der Zeit hart und bröckelig, und ich ging über zu Stufe drei. Ich machte Ralf Vorwürfe. Eigentlich war es nur ein Vorwurf: dass ich meine besten Jahre in einer sexlosen Beziehung vergeudet hätte. Mit Anfang dreißig, in einem Alter, in dem die sexuelle Aktivität einer Frau ihren Höhepunkt erreicht, hörte bei mir alles auf. Ich war jetzt vierzig Jahre alt, lag hier an einem luxuriösen Hotelpool und sah über das Wasser hinweg durch eine große Glasscheibe auf das Objekt meiner Begierde.

Die Tür ging auf, und die Frau von eben, die vom Personal so freundlich begrüßt worden war, kam herein. Sie trug ein hellblaues Schürzenkleid mit weißen Aufschlägen an den kurzen Ärmeln. Ungläubig stellte ich fest, dass sie einen Lappen in der Hand hatte und nun anfing, rund um den Pool sauber zu machen. In meinen Augen gab sie ein groteskes Bild ab: mit ihren dünnen, langen Beinen, ihrer hochgewachsenen Statur und ihrer Sophia-Loren-Frisur passte sie einfach nicht in diese Dienstmädchenuniform. Ich beobachtete, wie sie sich weit herunterbückte, um die niedrigen Heizkörper beim Fitnessbereich abzuwischen, und dachte: ›Mein Gott, Sophia, was ist bloß aus uns geworden?‹

Einem inneren Impuls folgend, streifte ich mir das Handtuch vom Kopf und strampelte die Füße frei. Das Handtuch, das um meinen Körper gewickelt war, zurrte ich über der Brust fest, stand auf und ging die zwei Schritte bis zum Beckenrand. ›Mach das jetzt einfach!‹, rief ich mir innerlich zu, ›Papa hat immer gesagt, bei Dingen, die getan werden müssen, darfst du nicht überlegen. Du musst es einfach tun!‹ Mein Gott, das klang ja, als müsste ich vom Zehnmeterturm springen. Dabei wollte ich mich nur überwinden, mir die Nase zuzuhalten. Ich legte Daumen und Zeigefinger auf die Nasenflügel, drückte zu und sprang. Der Beckenboden kam zu schnell. Der Pool war höchstens eins dreißig tief. In einer einzigen unelegantan Bewegung stauchte ich mir die Ferse, versuchte die jetzt an der Oberfläche schwimmenden Handtuchenden wieder unter Wasser an meinen nackten Körper zu drücken, schlitterte und versank in der hellgrünen, stillen Welt der Kiemenatmer. Ohne mir die Nase zuzuhalten. Nur kurzzeitig zwar, aber es reichte für einen kräftigen Schwapper in die Luftröhre. Röchelnd tauchte ich auf und tastete nach dem Beckenrand. Ich wollte so schnell wie möglich aus dem Wasser, aber das Wasser wollte so schnell wie möglich aus meiner Lunge. Durch tränenverschleierte Augen sah ich die junge Tresenkraft um den Pool herumkommen, um mir zu Hilfe zu eilen. Bis zur Treppe am schmalen Ende des Beckens zu waten würde ich nicht schaffen, ohne dass beide, die Hotelangestellte und der Gärtner, der bitte, bitte nicht hinter ihr herkommen würde, meinen schwabbelnden Hintern zu sehen bekämen, also versuchte ich auf den Rand zu klettern. Ich musste den Handtuchknoten über der Brust kurz loslassen, anders ging es nicht. Ich stemmte mich mit aufgestützten Handflächen hoch, schwang das linke Bein aus dem Wasser, woraufhin mein Knie hart auf die Fliesen knallte, und wargelte mich in Seelöwenart an Land.

»Kann ich Ihnen helfen?«, fragte eine weibliche Stimme, die von oberhalb der Badelatschen kam, die vor meinem Gesicht standen. Meine halb verschluckten Stimmbänder verweigerten noch ihren Dienst, also begnügte ich mich mit einer abwehrenden Handbewegung und heftigem Kopfschütteln, während ich mich erst auf alle viere und dann in die Senkrechte hochrappelte. Hustend und krampfhaft das Handtuch festhaltend, tapste ich durch die rettende Tür in den Umkleidebereich. Immerhin, der Gärtner hatte mich nicht gesehen.

Danach hatte ich das dringende Bedürfnis, nicht nur den Poolbereich, sondern erst mal das ganze Hotel zu verlassen. Nachdem ich mich angezogen und meinen Mantel aus dem Zimmer geholt hatte, bummelte ich ein wenig durch die Stadt. Letzte Nacht hatte ich mich aus Angst, Jessica zu wecken, nicht ins Bad getraut und musste mir zum zweiten Mal innerhalb eines Monats die notwendigste Kosmetikausrüstung zulegen. Aber das war nur ein Vorwand. Eigentlich hätte ich jetzt dringend ein gekochtes Ei gebraucht. Ersatzweise ging ich in den Drogeriemarkt. Ich wurde von den glänzenden Weihnachtskugeln in Rot, Blau und Gold angezogen, die als Dekoration im Schaufenster lagen. Beim Betreten des Ladens atmete ich diese wunderbare Mischung aus Honigshampoo und Fichtennadelschaumbad ein und fühlte mich sofort geborgen. Ich schnappte mir ein Körbchen und packte es voll mit Fläschchen, Döschen und Tiegelchen, die ich nur danach aussuchte, ob sie sich gut anfühlten. Im Gang, in dem die Haarstylingprodukte lagen, hörte ich, wie zwei Teenies ihre neue Haarfarbe beratschlagten. Die kleinere von beiden, die eine gepiercte Lippe und ein flammendes Herz-Tattoo im Nacken trug, sagte: »Nee, lass mal: Weißblond ist mir zu auffällig.« Mir klangen sofort die Worte von der Sends in den Ohren, wie sie aus der Glotze geschrillt hatte: »Diese künstlichen weißen Haare!« Ich legte noch eine Packung Färbemittel »Ebenholz« und einen kirschroten Lippenstift in den Korb und ging zur Kasse.

Um drei fuhr ich zur Stadthalle. Jamie kam mir strahlend vom anderen Ende des überraschend mickrigen Raumes entgegen und begrüßte mich mit: »Hallo Schneewittchen!« Schwungvoll legte er den linken Arm um meine Schultern und führte mit dem rechten eine Ländereien umspannende Geste aus. »Willkommen im Reich der sieben Zwerge.«

»Normalerweise bin ich immer der Zwerg«, widersprach ich und sah mir den Saal an.

»Deshalb passt du ja so gut zu uns!«, kumpelte er, »schau dich doch um!«

Unter einer Halle hatte ich mir etwas vorgestellt, das groß genug war, um darin Fußball zu spielen. Hier drin konnte man allenfalls squashen. Allerdings hätte dabei die Theke neben der Eingangstür gestört.

»Wie viele Leute passen denn hier rein?«, fragte ich.

»Ich schätze, dreihundert«, antwortete Jamie, »aber die stellen hier noch Tische und Stühle rein, dann werden es wohl eher so zweihundert werden. In der Saalmitte müssen wir etwas Platz lassen. Da ist der Hängepunkt für das Vertikalseil. Das muss ich gleich mit Trix aufhängen«, erklärte er und zeigte Richtung Bühne. »Die Rothaarige mit dem Nietengürtel, das ist Trix. Sie heißt eigentlich Bianca, aber am besten, du merkst dir erst mal von jedem nur den Bühnennamen.«

»Wie heißt du denn auf der Bühne?«, fragte ich dazwischen.

»Na, Jamie«, antwortete er, als sei alles andere abnormal, und fuhr fort mit seinem Schnelllehrgang: »Die kleine mit dem blonden Pagenkopf heißt Svetlana. Sie hat eine Hula-Hoop-Nummer und macht Kontorsion.«

Ich sah ihn fragend an.

»Entschuldige«, bemerkte er gelassen, »ich vergaß, dass du bis jetzt hinter den sieben Bergen gewohnt hast. Kontorsionisten sind sogenannte Schlangenmenschen, also Leute, die sich verbiegen; na ja, und was ein Hula-Hoop-Reifen ist, weißt du wohl.«

Ich nickte.

»Okay, weiter: Ricardo und seine Sprüche hast du heute Morgen schon beim Frühstück kennengelernt«, schmunzelte er. Der blonde Lockenkopf tauchte auf der Bühne auf. Zwischen den durchweg kleinen und schlanken Artisten wirkte er mit seinem üppigen Körper wie ein Riese. Er bemerkte uns und winkte fröhlich herüber. Wir winkten zurück, und Jamie kommentierte seufzend: »Unser Sonnenscheinchen.«

»Seika!«, rief Alexej, der stämmige Blonde mit seiner Bassstimme auf der Bühne, und von weit hinter der Bühne hörten wir ein entferntes: »Da?« Alexej rührte sich nicht vom Fleck und rief noch einmal: »Seikaaa!« Diesmal hob er das »a« am Ende etwas an. »Da?«, kam es genau wie vorher aus dem Backstage. Und so ging es weiter. Alexej rief nach seiner Freundin Eva, der Schwarzhaarigen mit den Locken, die ich auf dem Parkplatz am Bus gesehen hatte. Anscheinend erwartete jeder von beiden, dass der andere zu ihm kam, und keiner wollte nachgeben.

Jamie sagte: »Hab ich dir nicht gesagt, die sind immer so?«

Von rechts, aus einer der Seitentüren des Saales, kam jetzt Lora auf uns zu. Es war eher eine Art Schweben. Seine Größe unterstützte die Langsamkeit und Eleganz seiner Schritte noch. Ich war gespannt, wie er im Kleid und geschminkt aussah. Jamie lächelte breit und sagte, ohne den Blick von Lora zu wenden: »Ah, und da kommt auch schon die böse Hexe. Wenn sie dir 'n Apfel anbietet: Lauf!«

Lora schien Jamies Lästerei zu ahnen, denn er verzog nun ebenfalls etwas gequält die Mundwinkel und bemerkte spitz: »Schön, dass wenigstens einer von uns so unbeschwert seinen Interessen nachgehen kann. Wenn du dann mal Zeit hast, könntest du bitte endlich zum Hausmeister gehen und ihm klarmachen, dass die Abstellkammer, die er uns zugeteilt hat, nicht für acht Leute als Garderobe ausreicht.«

Jamie hörte auf zu witzeln. »Ich weiß, ich hab versprochen, mich darum zu kümmern, aber ich hab auch Bianca versprochen, mit ihr das Seil aufzuhängen.«

»Okay, dann mach das zuerst«, bestimmte Lora.

Plötzlich drängte sich ein junger Mann mit grauer Schiebermütze in unsere kleine Dreiergruppe. Es war der Raucher. »Hör mal«, meckerte er Lora an, »ich find's nicht gut, die Keulennummer ohne Ansage zu spielen!«

»Dirk«, antwortete Lora betont geduldig, »du kriegst eine wunderbare, ausführliche Ansage im ersten Teil, die alles sagt, was man über dich und deine Nummer sagen kann. Was soll ich im zweiten Teil noch über dich sagen: ›Sie haben ihn im ersten Teil schon mal gesehen, jetzt kommt er nochmal mit Keulen.‹?«

»Ich bin der Einzige im zweiten Teil, der keine Ansage kriegt«, sagte die Schiebermütze beleidigt.

Lora versuchte, ruhig zu bleiben: »Das stimmt nicht. Ricardo spielt auch ohne Ansage.«

»Ricardo hat eine Sprechnummer«, widersprach der andere.

»Ich kann dich nicht zweimal ansagen«, sagte Lora emotionslos, »dafür bekommst du eine Absage.«

»Dann will ich die Nummer am Stück spielen.«

»Dann musst du die Nummer kürzen. Mit der Balljonglage ist deine Nummer fünfzehn Minuten lang.«

»Ich kann die nicht kürzen. Die Musik ist schon darauf geschnitten.«

»Dann musst du die Nummer teilen.« Man konnte sehen, wie Lora nach diesen Worten die Kiefer aufeinanderpresste.

»Okay, ich spiele die Nummern getrennt, aber ich kann die Keulen nicht ohne Ansage machen.«

»Wieso denn nicht?« Lora rang um Fassung.

»Die Leute haben mich doch vorher mit Bällen gesehen und wissen ja gar nicht, dass jetzt was ganz anderes kommt.«

»Glaub mir«, sagte Lora müde, »wenn du mit den Keulen die Bühne betrittst, werden sie ahnen, dass das keine Bälle sind.«

Wortlos drehte sich der Mützenträger auf dem Hacken um und zog ab. »Das war Dirk«, sagte Jamie trocken, »er ist Jongleur«, als ob damit alles gesagt wäre. Lora seufzte und legte Jamie eine Hand auf die Schulter. »Komm, lass uns anfangen, um sechs gibt's was zu essen.«

Jamie und Lora machten sich an die Arbeit, und ich setzte mich etwas abseits der Bühne auf einen einzelnen Stuhl. Es tat mir leid, dass ich die Gelegenheit nicht genutzt hatte, mich dem Jongleur vorzustellen. Er war der Einzige, den ich noch nicht kennengelernt hatte, aber es war wohl klüger, sich vorerst im Hintergrund zu halten. Jamie hatte inzwischen mit Trix eine überdimensional wirkende, ausziehbare Alu-Leiter geholt, die sie gerade hinaufstieg, während er unten die Leiter sicherte. Auf der Bühne standen Svetlana, Alexej und Eva. Sie schraubten verschiedene kurze Metallrohre auf eine runde und eine eckige Platte, die am Boden lagen, und unterhielten sich dabei in einem mir unverständlichen Mischmasch aus Russisch, Deutsch und einer dritten Sprache, die ich erst nach einigen Minuten als Englisch identifizierte. Dirk stand vor der Bühne und jonglierte mit roboterhaft kreisenden Unterarmen vier Bälle in der Luft. Ein paar Minuten später konnte ich erkennen, dass das, was vorher wie ein Playmobil-Bausatz für Erwachsene ausgesehen hatte, nun zwei Podeste waren. Das eine war klein, quadratisch und ungefähr einen halben Meter hoch und mit schwarzem Tuch bezogen. Das andere, das Eva und Alexej zusammengebaut hatten, war rund, weiß, von etwa zwei Metern Durchmesser und etwas niedriger als der viereckige Tisch von Svetlana. Svetlanas hellblonder Pagenkopf hüpfte wie ein Pingpongball über die schwarz ausgehängte Bühne, wenn sie sich bückte und wieder hochkam. Die Mädels im Drogeriemarkt hatten recht. Man konnte sich genauso gut einen roten Pfeil auf den Kopf setzen. Wenn ich erst die Haare gefärbt hätte, würde ich das Kapitel Michaela Sends endgültig abschließen können. Ich verschränkte die Arme unter den Brüsten und lächelte.

»Na, gefällt's dir bei uns?« Jamie war neben meinem Stuhl aufgetaucht.

Ich nickte.

»Na, dann komm mal mit, ich erklär dir, was du heute Abend zu tun hast.«

Ich stand auf und folgte ihm über die Bühne. Svetlana sagte »Hallo«, Alexej und Eva murmelten lächelnd etwas Vergleichbares, und ich grüßte zurück. An der Schmalseite der Bühne betraten wir den Bereich, der vom Publikum aus nicht mehr einsehbar war. Ich war zum ersten Mal auf einer Hinterbühne, und es überraschte mich, wie eng und dunkel es dort war. Umgeben von dickem schwarzen Stoff, der rundum von der Decke hing, die hier viel höher war, als man vom Saal aus sehen konnte, fühlte man sich, als ginge man mitten hinein in den tiefen dunklen Wald. Ein paar Schritte weiter wurde es aber schon wieder heller. Dort führten fünf schmale Treppenstufen hinab in die Garderobe: ein weiß getünchter, nüchterner, fensterloser Raum, wie ein sehr breiter Flur, an dessen linker Längsseite eine Art Arbeitsfläche an die Wand geschraubt war. Sie war aus weißem Kunststoff und zog sich nahtlos über die ganze Länge des Raumes. Davor standen vier schwarze Plastikstühle, und darüber war eine Spiegelfront angebracht. Lora saß auf einem der Stühle und telefonierte mit dem Handy. Er wirkte angespannt.

Jamie deutete auf ein drittes Podest, das kleinste von allen, das an der freien Wand lehnte: »Das ist mein Tisch, hilfst du mir, ihn hochzutragen?«

Ich packte mit an, und wir wuchteten das Ding auf die Bühne.

»Also, pass auf«, sagte Jamie, »du bleibst hier an der Seite stehen. Ich komme raus und mache ein paar Sachen. Irgendwann ziehe ich den Mantel aus und halte ihn dir hin. Du musst ihn nur nehmen. Dann gibst du mir die Stützen, und das war's.« Ich muss sehr besorgt ausgesehen haben, denn er schob hinterher: »Keine Panik, wir machen das gleich beim Soundcheck nochmal durch.«

Der sogenannte Soundcheck, unter dem ich mir vorgestellt hatte, jemand ginge ans Mikro und sagte »Check-check-one-two-one-two ...« dauerte die nächsten zweieinhalb Stunden. Es wurden Leitern gerückt, Scheinwerfer umgehängt, Kostüme ausgepackt, Requisiten vorbereitet, und vor allen Dingen wurde gewartet. Ausnahmslos jeder von den Artisten hatte mindestens eine Stelle in seiner Darbietung, bei der er einen bestimmten Lichtwechsel brauchte oder an der es notwendig war, dass der Techniker die Musik anhielt und an anderer Stelle wieder einschaltete. Da dieser Mann von der Stadthalle engagiert worden war und die Show noch nie gesehen hatte, musste ihm jede einzelne Nummer einmal ganz vorgespielt werden, und wenn der Lichtwechsel beim ersten Mal nicht geklappt hatte, auch ein zweites und ein drittes Mal.

Als wir endlich durch waren, war ich vollkommen fertig vom Nichts-tun-können und freute mich auf das angekündigte Essen. Der Veranstalter hatte einen Caterer kommen lassen, und nun wurden die großen Pappschachteln geöffnet. Es gab grünen Salat und eine Kartoffelsuppe ohne Einlage. Innerlich war ich empört über die Geizigkeit der Ostfriesen, die diesen körperlich schwer schuftenden Menschen nicht mal was Anständiges zu essen gönnten. Erst sehr viel später, als ich einmal zaghaft äußerte, ich hätte ein gewisses Verständnis dafür, dass seine Ex den Pizzadienst dem Backstage-Essen vorzog, klärte Jamie mich auf, dass Artisten vor dem Auftritt nichts Schweres essen durften. Genauer gesagt, meinte er, unter all den skurrilen Künstlerregeln wie »Im Theater nicht pfeifen!«, »Nach der Generalprobe nicht klatschen!«, »Statt Macbeth ›das schottische Stück‹ sagen« oder »Niemals auf ›Toi, toi, toi‹ ›Danke‹ antworten!« sei ohne Zweifel die wichtigste Regel: »Wenn du die Artistengarderobe betrittst, lass die Schweinshaxe stecken!«

9

Sieben Uhr kam schneller als erwartet, und damit begann die letzte Stunde vor der Show. Die Artisten lagen und standen überall, wo ein Quadratmeter Platz war, dehnten sich und wärmten ihre Muskeln auf. Dirk stellte sich in die Mitte der Garderobe und warf seine Bälle. Jedes Mal, wenn ihm einer herunterfiel, was erstaunlich oft der Fall war, erntete er missmutige Blicke aus der Richtung, von wo er den Ball zurückgerollt bekam. Ricardo, der Zauberer, stand in der hintersten Ecke und sortierte seine Requisiten: bunte Seidentücher, Unmengen von großen, goldfarbenen Münzen und Spielkarten, weiße Seile und viele andere kleine Dinge, die er in einem alten braunen Lederkoffer aufbewahrte, den keiner außer ihm anfassen durfte. Das hatte mir Jamie gleich zu Beginn eingeschärft: »Die Requisiten eines Zauberers sind wie seine Eier. Ungefragt fasst man die nicht an. Da sind die Kollegen sehr empfindlich.« Er erzählte mir auch, dass Ricardo keinerlei italienische Wurzeln hatte. Er war in Berlin-Pankow geboren. Seinen eigenen Worten zufolge hatten seine Eltern jedem ihrer Kinder einen Namen aus einem der Länder gegeben, in die sie nicht reisen durften. Auf der Bühne nannte er sich »Grand Félix und seine Tricks!« und brachte eine Mischung aus Stand-up-Comedy und Zauberei. Der Höhepunkt seiner Darbietung war allerdings eine Illusion, die nach all den Blödeleien, absichtlich vergurkten Tricks und albernen Hasen-Zersäge-Nummern das Publikum wirklich in Erstaunen versetzte. Er holte einen großen schwarzen

Kasten auf die Bühne, öffnete, drehte und zeigte ihn von allen Seiten und stellte sich unter großem Hokuspokus hinein. Dann schloss er die Tür, und noch während er den Zauberspruch aufsagte, also keine drei Sekunden später, ging die Tür wieder auf, und Lora trat strahlend aus dem Kasten und begann zu singen. Ich bin nie dahintergekommen, wie er das anstellte.

So wie die darauffolgenden Tage saß ich auch an diesem ersten Abend in der Ecke und beobachtete fasziniert, wie Lora sich für die Show zurechtmachte. Schon als er sich das schwarze Stoffband über Kinn, Nase und Stirn schob, um die blonden Haare aus dem Gesicht zu halten, bekam er das Antlitz einer Diva. Schicht um Schicht, die er auftrug, zuerst die Crème, dann das hellbeige Make-up, wurde es klarer. Anstatt sein Aussehen zu überdecken, wurde durch die Schminke im Gegenteil das Bild seiner Person deutlicher. Mit jeder Wimper, die er aufklebte, jedem Quadratzentimeter Lidschatten, jedem Strich Rouge, den er auftrug, wurde sie mehr und mehr zu sich selbst. Als sie schließlich die im selben Ton wie ihre Naturhaarfarbe gehaltene Perücke mit der eleganten Hochsteckfrisur aufsetzte, mich durch den Spiegel ansah und selbstzufrieden säuselte: »So, Herzchen, jetzt kannst du den Mund wieder zuklappen«, war mir, als wäre ich kurzsichtig und hätte mir eben die Brille aufgesetzt. Ab da kam Lora mir abgeschminkt und in Hosen verkleideter vor als im Fummel. Und sie hatte wirklich herrliche Kleider: Zu Beginn trug sie ein rotes, enges mit einem Rückenausschnitt bis zum Hintern, und das ganze Ding war mit Tausenden von Pailletten bestickt. Zusammen mit den zehn Zentimeter hohen Absätzen und der aufgetürmten Blondhaarfrisur war sie ein atemberaubender Anblick, und es ging ein freudiges Raunen durch die Zuschauerreihen, sobald sie die Bühne betrat.

Die erste Show verging für mich wie im Flug. Die Halle war gut gefüllt, man konnte die Energie der Menschen im Publikum bis hinter den Vorhang spüren. Mein kleiner Körper wusste gar nicht wohin mit all dem Adrenalin, und ich konzentrierte mich darauf, möglichst wenig im Weg rumzustehen. Als Jamie kurz vor Ende im zweiten Teil endlich dran war, war ich von dem anderthalbstündigen Herzklopfen davor bereits zu entkräftet, um noch aus Nervosität zu zittern. Jamie sah scharf aus in seinen Bühnenklamotten: Er verkörperte den stahlharten Actionheld im langen schwarzen Ledermantel mit fingerlosen nietenbesetzten Handschuhen und betonte seine unbewegte Miene mit einer coolen Sonnenbrille. Er spuckte mir über die Schulter und sagte: »Toi, toi, toi.«

»Bitte, bitte«, stammelte ich, um das Wort ›Danke‹ zu umgehen.

Dann verstummte er für die letzten paar Sekunden, ehe er hinaus in den Lichtkegel trat, der auf die Mitte der Bühne konzentriert war. Zu einer martialischen Gitarrenrockmusik gab er den Macho, grinste eine junge Frau in der ersten Reihe unverschämt unter der Brille durch an und stellte sich dann mir nichts, dir nichts auf beide Hände. Dann verlagerte er auf die linke Hand, legte den rechten Arm an den Körper und grätschte die Beine, wofür er den ersten Applaus erntete. Er kam wieder auf die Füße, zog sich lasziv Mantel und Brille aus und hielt sie mit ausgestrecktem Arm Richtung Bühnenrand, wo ich stand und sie ihm abnahm. Während er wieder in den Handstand ging und mit kerzengeraden Beinen ein paar Liegestütze machte, griff ich mir die zwei unterarmlangen Metallstangen, an denen zigarettenschachtelgroße Holzklötze befestigt waren, und reichte sie ihm, als er wieder auf den Beinen stand. Er steckte sie in zwei Vorrichtungen auf seinem Podest und vollführte den Rest der Nummer auf diesen Stäben. Spätestens da wurde mir klar, dass er keine Assistentin brauchte. Meinen Job hätte jeder aus dem Backstage oder er selbst machen können. Aber das war meine einzige Legitimation, hier zu sein. Deshalb versuchte ich, es so gut wie möglich zu machen und nirgendwo anzuecken.

Nach der Show meinte Jamie, wir müssten meine Premiere feiern. Während ich den Hausmeister ablenkte, klaute er eine Flasche Sekt von hinter der Stadthallentheke, und wir fuhren ins Hotel. Die anderen waren für keinen Blödsinn mehr zu begeistern, also köpften wir die Flasche auf unserem Zimmer. Jamie half mir beim Haarefärben. Anfangs saß ich noch ordentlich mit einem Handtuch um die Schultern auf einem Schemel im Bad, während Jamie mir Strähne für Strähne das Weißblond mit Schokofarbe bestrich. Eine knappe Stunde später hing ich angeschickert über dem Badewannenrand mit einem Zahnputzbecher voll Sekt in der Hand, während er mir die Farbe herunterspülte, die mittlerweile nicht mehr braun, sondern lila aussah. Er stand breitbeinig hinter mir, berührte mit den Innenseiten seiner Knie meine Hüfte, und das Wasser kitzelte mich im Nacken. Dass ein Kerl mir in zweierlei Hinsicht so nahe kam, erstens körperlich und dann noch bei einer so intimen Sache wie Haarefärben, war mir schon lange nicht mehr passiert. Eigentlich noch nie. Letzteres meine ich. So was macht frau doch eher mit ihrer Freundin. Andererseits war Jamie kein Mann. Aber ich sah ihn auch nicht als Frau. Die Regeln dafür, wie man sich als Unbedarfte in so einer Situation adäquat verhält, mussten wohl erst noch aufgestellt werden.

Als ich mit dem Handtuch um den Kopf gewickelt mit dem Oberkörper nach oben kam und er auf einmal so nah vor mir stand, küsste ich ihn schnell auf den Mund und sagte »Dankeschön«. Er küsste zurück. Erst meinen Mund, dann meinen Hals. Mir stellten sich die Härchen auf, vom Nacken bis zu den Kniekehlen. Ich fing an, ihm das Hemd auszuziehen. Jamies Arme waren wie modelliert: glatt, fest, jeder Muskel definiert. Ich strich mit den Fingern an ihnen herunter bis zu den Handgelenken. Dann legte ich seine Hand auf meinen Arsch. Er packte zu, und ich wurde gierig, fasste ihn bei den Flanken, fingerte ihm den Gürtel auf und öffnete meine eigene Jeans. Wir standen im Bad und schoben uns Zungen und Finger überallhin. Meine großen Brüste wurden in Jamies Händen noch praller, und ich hob sie ihm mit geschlossenen Augen entgegen. Als wir beide nichts mehr anhatten, glitt ich ohne Umwege zwischen Jamies Beine in die heißeste, feuchteste Stelle. Ich schob tief ins Enge, Warme und drückte von außen mit dem Handballen dagegen. Jamie setzte kurz den Kuss ab und langte nach einem ledernen Beutel, aus dem er einen gewaltigen schwarzen Dildo zog. Damit ging es besser. Wir wechselten ins Bett und fielen übereinander her. Ich hatte noch nie einen Dildo benutzt und ganz bestimmt mit keinem Schwanz davor jemals so hemmungslosen Sex. Das Gute an einem Dildo ist, dass man keine Rücksicht nehmen muss. Einem Plastikschwanz kann man nicht weh tun. Er kann seitlich, von oben, unten und in kreisförmigen Bewegungen reinkommen und das im schnellen Wechsel von Richtung und Tempo: vom langsamen Gleiten über atemloses Reinrausflutschenlassen bis zu einzelnen kurzen, aber heftigen Stößen ist alles drin. Und er bleibt auch drin, wenn du die Stellung wechselst. Du kannst die Beine dabei aufhaben, geschlossen halten, stehen, liegen, sogar rumlaufen. Versuch das mal mit einem 90-Kilo-Mann dran! Der Dildo war gut, und wir benutzten ihn, bis die Batterien leer waren.

Am nächsten Morgen waren das Kopfkissen, das Laken und die Bettdecke voller schwarzer Flecken und Gleitcreme, und ich stellte fest, dass meine negative Einstellung zu Haargel sich über Nacht grundlegend geändert hatte. Zum ersten Mal seit vielen Jahren spürte ich die vergangenen Stunden beim Gehen zwischen den Beinen. Und auch Jamies Gang ins Bad sah aus, als wäre er eben vom Pferd gestiegen. Wenn wir noch Kaffee und Brötchen abgreifen wollten, mussten wir uns beeilen. Wir hatten noch fünf Minuten, bis das Buffet abgeräumt wurde. Daher übersprangen wir die Morgentoilette und fuhren ziemlich übermüdet mit dem Lift nach unten.

Beim Frühstück fühlte ich mich wie damals, als ich meinen ersten Joint geraucht hatte. Außer dass man vielleicht, wenn man ganz nah ranging, sah, dass meine Pupillen ein wenig erweitert waren, konnte man absolut nichts Auffälliges an mir erkennen. Aber ich war mir sicher: Jeder, dem ich begegnete, sah mir an der Nasenspitze an, was ich draußen im Hof zwischen den Mülltonnen gemacht hatte.

Lora bedachte mich aus vier Metern Entfernung mit einem alles erfassenden Seitenblick und senkte dann die Augen auf ihr Bircher Müsli. Ich versuchte, mich zu beruhigen, und sagte mir: ›Mein Gott, das ist ja albern. Du bist vierzig Jahre alt und hast es dir besorgen lassen, na und? Du bist kein Teenie mehr, sollen sie doch denken, was sie wollen. Die sind doch bloß neidisch.‹

Erst als wir uns an den Tisch setzten und Svetlana sagte: »Warum du chast gefärbt scheene Blond?«, fiel mir wieder ein, warum ich heute anders angekuckt wurde als gestern.

»Ich wollte mal 'ne Abwechslung«, antwortete ich unschuldig.

Svetlana legte den Kopf schief und zwitscherte: »Ist auch scheen. Jetzt wir passen zusammen wie Enggelchen und Toifelchen.«

Sie schenkte mir ein reines Lächeln, das ich erwiderte. Erstaunt stellte ich fest, dass ich mich nun doch wie ein Teenie fühlte. Svetlanas Charme war schwer zu widerstehen. Sie war auf eine mädchenhafte, rührend altmodische Art liebreizend. Die Sorte von

Prinzessin, die mit ihrem reinen Herzen Drachen besänftigen und ganze Tiermenagerien zurück in Prinzen verwandeln konnte. Später erzählte sie mir einmal, sie habe wieder traurig geträumt. Svetlana stand in diesem Traum vor einem winzigen Schaufenster in der Wand eines grauen Wohnhauses. Nur so groß wie ein kleines Aquarium war das. Eingelassen in der Wand und mit kaltem Neonlicht begrellt, lag der Nachlass eines alten Seemannes in diesem Schaukasten. Einige Alltagsgegenstände und daneben auf einem schmucklosen weißen DIN-A4-Blatt eine Liste:

1 Miele-Kaffeemühle, elektrisch
1 Korkenzieher in Eichenoptik
1 Schirmmütze, blau
1 Pfeife, gebraucht

Und während sie die kümmerlichen Überreste eines ihr unbekannten Lebens überflog, flossen ihr die Tränen über die Wangen. Es schüttelte sie regelrecht. Sie weinte aus tiefer innerer Verzweiflung über die Endgültigkeit des Todes, aus Mitgefühl für die Einsamkeit eines alten Mannes, aus Verzweiflung darüber, nichts mehr tun zu können, nichts gewusst zu haben. Regelmäßig wurde Svetlana in ihren Träumen von einer hemmungslosen Traurigkeit überwältigt. Das waren keine Albträume, das war ein sich Suhlen in einem Meer fremder Tränen. Sie frage sich, erzählte sie mir, ob sie deshalb ein so fröhlicher Mensch sei, weil sie alle Traurigkeit nachts verlor. War es möglich, die dunklen Gefühle einfach auszuscheiden, sie nachts in die Kissen rieseln zu lassen, die man morgens einfach ausschütteln kann? Wenn das stimmte, dann mussten Schlafgestörte die traurigsten Menschen auf der ganzen Welt sein. Das jedenfalls war Svetlanas Theorie.

In den nächsten beiden Tagen fuhren wir zu zwei weiteren

Stadthallen in Norddeutschland, die sich in Architektur und Einrichtung kaum von der ersten unterschieden. Svetlana fuhr bei mir und Jamie im Audi mit. Ans Steuer ließ ich sie allerdings nur einmal. Denn genauso sorglos wie ihre Einstellung zum Leben war auch ihr Umgang mit dem Gaspedal.

Abends stand ich an der Seite zwischen den schwarzen Bühnenvorhängen und sah mir die Show an.

Die Hula-Hoop-Reifen passten zu Svetlana. Sie flogen und umkreisten sie wie Schmetterlinge eine hübsche Frühlingsblume. Die Kontorsion, in der sie ihren Oberkörper so weit nach hinten bog, dass sie sich ihren Kopf, kurz bevor er den Boden berührte, von hinten zwischen den Kniekehlen durchschob, sah ich mir nicht so gerne an. Schon wenn ich in der Garderobe beobachtete, wie sie sich für ihre Nummer warm machte, bekam ich Rückenschmerzen.

Jamie war die Hälfte der Zeit damit beschäftigt, sich zu bandagieren und Schulter und Knie mit Schmerzsalbe einzureiben, und bis auf Ricardos und Loras Plätze sah es im Backstagebereich, abgesehen von den bunten Kostümen, aus wie in einer Krankengymnastikpraxis: Überall ABC-Pflaster, Nierenwärmer aus Angora, Stützstrümpfe für die Knöchel, und alle liefen dauernd in Jogginghosen und Badelatschen herum. Der Unterschied zwischen der strahlenden Glitzerwelt draußen im Rampenlicht und der nach Rheumasalbe und Kartoffelsuppe riechenden Realität dahinter hätte größer nicht sein können.

Es war faszinierend zu sehen, wie Trix in ihrem weinroten, hautengen Ganzkörpertrikot das sechs Meter lange Seil hochkletterte. Und es verstärkte meine Hochachtung, sie kurz vorher im Backstage erlebt zu haben. Zu wissen, dass sie eine ganz normale Frau war, die jeden Abend in breitestem Sächsisch über ihren langen roten Haarschopf fluchte, den sie in einem Pferdeschwanz so hoch es ging auf dem Kopf zu bändigen versuchte; das dicke, schwere Tau angefasst und gefühlt zu haben, wie erstaunlich hart und rau es war, und dann zu sehen, wie sie daran hochwitschte, als hätte sie sich per Zahnradmechanismus daran eingeklinkt, ließ mich in grenzenlose Bewunderung für Trix verfallen. Den Zuschauern ging es genauso. Wenn sie aus fünf Metern Höhe von der Decke fiel und knapp über dem Boden im Seil hängen blieb, wurde sie von tosendem Applaus empfangen. Sie lief durch den Saal auf die Bühne, verbeugte sich strahlend, und kaum dass sie außer Sichtweite war, watschelte sie die drei Treppen runter von der Bühne und schlüpfte in ihre dort bereitgestellten Badelatschen, als ob sie gerade das Thermalbecken verlassen hätte.

Ich bewunderte sie alle: Ricardo, der als »Grand Félix und seine Tricks« die Zuschauer und auch sonst ausnahmslos jeden – die Kollegen, das Hotelpersonal und den Tankstellenkassierer – rund um die Uhr zum Lachen brachte. Alexej und Eva, die alles gemeinsam machten: Ihr erster Showblock war eine sogenannte Rola-Rola-Nummer, bei der Alexej auf einem Brett balancierte, das quer auf einer langen Rolle lag. Auf das Brett kam dann noch eine Rolle und dann wieder ein Brett, das ihm jeweils von Eva nach oben gereicht wurde. Das Ganze war eine ziemlich wacklige Angelegenheit. Am Ende stand beziehungsweise eierte er zwei Meter hoch über der Bühne auf einer Konstruktion, deren schlangenhafte Bewegungen an eine Hängebrücke bei einem Erdbeben erinnerten. Ein ziemlich morbides Vergnügen, dabei zuzusehen, wie jemand sieben Minuten lang fast abstürzt, wenn man mich fragt. Im zweiten Teil hatten sie eine Duo-Nummer. Mit Rollschuhen an den Füßen fegten sie über das weiße, kreisförmige Podest. Um genau zu sein, fegte nur Alexej. Er drehte sich mit gegrätschten Beinen in rasender Geschwindigkeit im Kreis, während Eva die meiste Zeit an ihm hängend durch die Luft gewirbelt wurde. Auch diese Darbietung entbehrte in manchen Stellungen für meinen Geschmack nicht einer gewissen Würdelosigkeit, die zum Teil aber dem hohen technischen Schwierigkeitsgrad zuzuschreiben war. Eigentlich musste man sie bewundern für den Versuch, sich mit eleganten Bewegungen, aber mit Rollschuhen an den Füßen, in eine Schlaufe an des anderen Hals einzufädeln. Jeder Handgriff, jede Bewegung saß. Sie waren ein perfekt eingespieltes Team und verkörperten die vollkommene Paar-Harmonie mit Zuckerguss obendrauf – und privat schrien sie sich in ihrem nicht endenden »Seika? – Da!«-Dialog an, ohne dass je einer von beiden bereit war, dem anderen entgegenzugehen. Meistens hörten sie einfach irgendwann damit auf und taten jeder etwas anderes. Ob die Ansage, die Lora ihnen machte, ironisch gemeint war, weiß ich nicht: »Wenn der liebe Gott das Paradies neu erschaffen würde, wären sie sein Traumpaar: Hier sind Eva und Alexej!« Auf jeden Fall war Lora eine perfekte Gastgeberin, Diva und diejenige, die nicht nur während der Show die Fäden zusammenhielt.

Der Einzige, für den ich keine große Begeisterung aufbringen konnte, war Dirk, aber das lag nicht an seiner Darbietung. Um so viele Bälle und Keulen so lange in der Luft zu halten, muss man eine Menge üben. Und das tun Jongleure oft, ausgiebig und überall. Dirk hatte seit langem nichts anderes mehr getan als aufstehen, frühstücken, trainieren, mittagessen, trainieren, die Show spielen, ins Bett gehen, aufstehen, und das in einer jahrelangen Endlosschleife. Seine einzige Freude zwischendurch waren die Zigaretten, die er draußen rauchte, und dabei ließ er meistens die Tür offen. Daraufhin beschwerten sich dann die Artisten, die auf dem Garderobenboden ihre Muskeln aufwärmten, über die Zugluft. Dirk kümmerte das wenig. Er sprach nicht viel und wenn, dann ging es meistens um seine eigenen Belange. Was mich anging, so ignorierte Dirk mich komplett. Das ging so weit, dass er Jamie Bescheid sagte, wenn ich ihm irgendwo im Weg stand, wo er gerade jonglieren wollte.

Am dritten Tag erreichten wir Hamburg, wo die Show für die nächsten vier Wochen in einem Theater auf der Reeperbahn engagiert war. Diesmal gab es für die ganze Truppe eine Künstlerwohnung. Sie befand sich im dritten Stock einer ziemlich heruntergekommenen Mietskaserne in einer Seitenstraße und erstreckte sich über zwei Etagen mit Gemeinschaftsküche. Um bei der Zimmervergabe nicht zu stören, stellte ich nur schnell meine lila Reisetasche in den Flur und fuhr Richtung Hauptbahnhof, um den Mietwagen abzugeben. Nachdem ich den Schlüssel loshatte und zu Fuß die Autovermietung verließ, fühlte ich mich, als wäre ich angekommen. Hamburg, das Tor zur Welt, schien mir der richtige Ort zu sein, um ein neues Leben zu beginnen. Die noblen Geschäfte rund um die Alster blinkten und glänzten in Weihnachtsschmuck, und ich verspürte den unwiderstehlichen Drang, etwas Gutes zu tun. Hannover und mein unrühmlicher Abgang dort lagen weit hinter mir. Ich sah im Schaufenster mein blasses Gesicht mit dem roten Lippenstift und den schwarzbraunen, burschikosen Haaren. Kein Zweifel: Ich war jemand anderes geworden. Eine französische Touristin vielleicht, die in Paris eine unglückliche Liebe zurückgelassen hatte und sich für ein paar Tage in Hamburg aufhielt, bis sie ein mit drei mächtigen Schornsteinen bewehrtes Schiff in die neue Welt bestieg. Gut, bis jetzt hatte ich mich lediglich überwunden, mir die Nase zuzuhalten und in einen Hotelpool zu springen, und war anschließend mit jemandem im Bett gewesen, der Haargel benutzte. Aber immerhin war ich nicht erstickt, und die glibberige Creme hatte kein Eigenleben entwickelt und mich angesprungen. Für meine Begriffe hatte ich die Bestie gezähmt. Hinter dem Glas, in dem ich mich spiegelte, waren luxuriöse Schreibutensilien ausgestellt. Kurz entschlossen betrat ich den Laden und kaufte einen Füllfederhalter aus Edelstahl mit einer Goldverzierung. Damit würde ich Michaela Sends versöhnen und selbst das gute Gefühl haben, etwas zurückzugeben. Frau Sends sollte sehen, dass man vor jemandem wie mir keine Angst haben musste. Zufrieden mit mir und der Welt setzte ich mich in ein Café und bestellte mir einen Cappuccino. Die Bedienung war äußerst zuvorkommend, fragte nach Sahne oder Milchschaum und ob ich einen Keks dazu wollte oder lieber ein Stück Schokolade. »Am liebsten beides«, erwiderte ich fröhlich, und sie brachte mir ein ganzes Tellerchen voll mit Süßigkeiten. Ich beschloss, mein neues Urvertrauen zu vertiefen, wartete, bis der Kaffee lauwarm war und trank ihn dann in einem Zug aus, ohne vorher umgerührt zu haben. Keine Kakerlake. Ich hatte lediglich einen Milchschaumbart. Voll von warmem Kaffee, Dankbarkeit und Geberlaune war ich begierig darauf, der Frau ein fürstliches Trinkgeld zukommen zu lassen. Zwei fünfzig waren wirklich üppig bei einem Preis von drei fünfzig, der Füllfederhalter hatte schon ein ziemlich großes Loch in meinen Geldbeutel gerissen, und nachdem ich die letzten vier Wochen nichts verdient hatte, sondern stattdessen in einem teuren Mietwagen durch Deutschland gegondelt war, sollte ich mich finanziell wohl langsam etwas am Riemen reißen. Aber das musste ja nicht gerade jetzt sein, und die Frau hatte es wirklich verdient. Strahlend legte ich ihr die Münzen in die hohle Hand, und sie warf sie, schneller als ich sagen konnte »Stimmt so«, ohne nachzuzählen in ihren großen Kellnergeldbeutel.

»Ach«, warf ich ein, ehe ich mir der Peinlichkeit dieser Aktion bewusst werden konnte, »ich glaube, ich hab Ihnen zu wenig gegeben.« Denn ich war mir sicher, sie würde nun fragen: ›Wieso, wie viel war es denn?‹ ›Sechs Euro‹, würde ich antworten und sie: ›Das ist ja viel zu viel, da kriegen Sie noch was zurück‹, und ich: ›Nein, nein, das ist okee. Der Rest ist für Sie.‹ So weit mein Tagtraum.

Stattdessen meinte sie nur lapidar: »Macht nix, das gleicht sich beim nächsten Trinkgeld wieder aus.«

Das war zu viel für mich, und ich plauzte raus: »Jetzt fällt's mir wieder ein! Ich hab Ihnen sechs Euro gegeben!«

Leicht angewidert sah sie mich an und sagte nun nicht mehr so freundlich: »Was wollen Sie eigentlich von mir?«

»Nichts«, beteuerte ich, während ich aufstand, »gar nichts.«

Mit dem Mantel über dem Arm verließ ich fluchtartig das Café.

10

An unserem ersten Abend in Hamburg hatten wir frei, also schauten wir uns die Stadt an. Dirk sonderte sich wie üblich ab. Eva und Alexej blieben in der Wohnung, wo sie wahrscheinlich den ganzen Abend über zwei Stockwerke hinweg nacheinander riefen. Ricardo, Lora, Svetlana und Trix schlossen sich uns an, und wir bummelten über die Reeperbahn. Hamburg ist eine erstaunliche Stadt. Alles liegt so nah beieinander, dass einem schwindlig davon wird. Die nobelste Einkaufsmeile Deutschlands liegt nur zwei S-Bahn-Stationen entfernt von St. Pauli, über das Ricardo, während wir darin umherschlenderten, dozierte: »Von der Sache her will ick dir mal wat sagn: Wenn de mich fragst, is det hier nüscht weiter als 'n pisseverseuchter Amüsiermülleimer. Ick komm mir vor wie uff'm Ballermann. Nur ohne Sonne.«

Ich war zwar froh, dass kein eingeborener Hamburger neben uns stand, als er seiner Berliner Kodderschnauze freien Lauf ließ, aber ich muss zugeben, dass diese Ansammlung von fettigen Imbissbuden, Spielautomatenhallen, gelbgardinigen Spelunken und freilaufenden Kegelclubs auch für mich nicht nach einem Ort aussah, an dem ich Spaß haben konnte. Andererseits ist Spaß keine Frage des Habens, sondern der Einstellung, und St. Pauli sieht hinter jeder Ecke anders aus. Schmuddelige Live-Sex-Clubs schmiegen sich nahtlos an plüschige Szenekneipen. Zwischen der kalten Glasfront von Burger King, vor deren Tür blutjunge, blitzsaubere Huren stehen, und dem nächsten EC-Automaten, an dem sich die Wochenendfreier Geld ziehen, steigt man über stinkende Penner und begegnet nerzbemäntelten Damen, die aus Theatern kommen, wo sie gerade achtundsechzig Euro für eine Eintrittskarte bezahlt haben.

Inmitten all dieser aus dem Ruder laufenden Wirklichkeit fanden wir ein herzerfrischend normales vietnamesisches Restaurant und schlugen uns nach der langen Salat- und Suppendürre in aller Ruhe die Bäuche voll, bis keine Sojasprosse mehr reinpasste.

Jamie und ich seilten uns nach dem Essen ab. Die anderen zogen noch in eine Karaokebar, und Trix versuchte uns zum Mitkommen zu überreden: »Nu gommt«, rief sie ungewohnt aufgedreht, »'n bißschn Garaohge hat noch keem geschadet!«

Angetrunken genug wären wir zwar gewesen, aber wir wollten uns für das, was wir vorhatten, einen Rest an Nüchternheit bewahren.

Ricardo, der gerade vom Klo zurückkam und hörte, wir gingen schon nach Hause, meinte empört: »Wat'n? Kneift ihr schon die Mösen zu oder wat?«, und Jamie erwiderte mit dem breitesten Grinsen: »Ganz im Gegenteil, mein Lieber.«

Jamie hielt sein Versprechen, und erst viele Umarmungen, Kussorgien, Gänsehäute und schweißdurchtränkte Ganzkörperbeben später schliefen wir erschöpft ein. Ich träumte, die ganze Reeperbahn sei nur ein Fake: wie diese Westernstädte, wo bloß die Fassaden der Häuser echt sind. Als ich dahinterschaute, waren da nur schräg in die Erde gerammte Stützpfeiler, die das Trugbild aufrechterhielten. Ich spazierte in den Park "Planten un Blomen", und wie das in Träumen so ist, verstand ich auf einmal, was der Name heißt: »Penner in Pflanzen!« lautete die Übersetzung, die ich auf einem Schild las, und wahrlich: Sie lagen hier traulich miteinander vereint. Hübsch angelegte Blumenstauden rankten sich um grauschwarze, bärtige Gestalten, die dort am Rande ihrer Existenz ihren Rausch ausschliefen. Und über allem schwebte die mir mittlerweile vertraute Geruchsmischung aus Urin, altem Sperma und billigem Alkohol. ›Wie gut, dass man im Traum nichts riechen kann‹, dachte ich friedlich und bestaunte dieses blumig-ranzige Wunderland. Auf einer geschwungenen Brücke über einem modrigen Teich, auf dem Karaokerosen schwammen, stand Svetlanas Seemann. Ich erkannte ihn an der Pfeife und dem Hut und fragte: »Wie lange liegt wohl so einer, wenn er tot ist?« Er nahm die Pfeife aus dem Mund und rief: »Keine Sorge, min Deern, jeden Middach, twelf Uhr fiftain, kommt die Kiezkontrrrolle und sortiert aus, was wech muss und was man noch liegen lassen kann.« Dann lachte er und schlug sein Holzbein gegen das Stahlgeländer. Von dem Bong!-Bong!-Bong! wachte ich auf und realisierte, dass der Krach aus der Wirklichkeit kam. Ein Blinzeln auf die Armbanduhr: Es war kurz vor zehn, und ich identifizierte das Geräusch jetzt als einzelne Hammerschläge, die aus dem Hinterhof kamen. Bong! Bong! Bong! ›Kein Grund zur Beunruhigung. Das ist in Hamburg ganz normal‹, sagte ich mir im Halbschlaf. ›Wahrscheinlich wohnt hier ein bescheidener, stiller Mörder, der jede Nacht einen um die Ecke bringt, und morgens nagelt er die Holzkiste mit der Leiche zu. Mehr braucht er nicht. Eine Leiche pro Nacht. So viel kann die Reeperbahn verkraften. Oder es ist der für diesen Abschnitt zuständige Kiezkontrolleur, der jeden Morgen die in der Nacht an der Fassade entstandenen Löcher zunagelt.‹ Weiter kam ich nicht mit meinen Überlegungen, denn Jamie betrat schwungvoll das Zimmer.

»Morgen, Schneewittchen«, rief er fröhlich und warf eine Brötchentüte auf die Bettdecke.

»Wieso nennst du mich so?«, nuschelte ich ins Kissen.

»Ich hab nicht mit dir gesprochen, sondern mit deiner linken

Titte. Ich hab mir gestern Nacht Namen für die beiden ausgedacht: Schneewittchen und Rosenbrot«, schnutete er, zog die Decke bis zu meinem Bauchnabel herunter und bedachte jede mit einem extra weichen Kuss. Jamie stand wirklich auf dicke Dinger.

Als wir nach dem Frühstück das Haus verließen, drückte er dem Penner, der quer vor der Eingangstür lag, fünf Euro in die Hand und sagte: »Hier, das is für die ganze Woche, und wenn du zum Pinkeln um die Ecke gehst, gibt's Sonntag 'ne Flasche Korn, okay?«

»Du bist der Boss«, lallte der Benebelte, und ich bezweifelte, dass das eine gute Investition war.

Jamie machte sich auf ins Theater, und ich brachte meinen gepolsterten und an den Verlag von Frau Sends adressierten Umschlag zur Post. Das Problem, wie meine gute Tat auch als solche erkannt werden würde, hatte ich inzwischen raffiniert gelöst. Auf keinen Fall konnte ich ihr einen Zettel dazulegen: ›Mit den besten Empfehlungen, Sabine Rosenbrot. Und jetzt verhaften Sie mich bitte!‹ Ich wollte aber schon, dass sie wusste, dass es mir leid tat. Auf der Reeperbahn hatte ich in einem kleinen Eckladen im Souterrain zwischen Feuerzeugen in Form der Twin Towers, wo oben die Flamme rauskam, und kleinen Plastikweihnachtsmännern, bei denen ein überdimensionaler Pimmel aus dem roten Mäntelchen emporschnappte, wenn man ihnen auf den Kopf drückte, auch einen daumengroßen schwarzen Plüschraben mit roten Paillettenaugen gefunden. Dabei fiel mir die Geschichte von dem Raben und dem Fisch ein, die Michaela Sends bei der Lesung in Hannover vorgetragen hatte. Ohne Zweifel hatte ich mich ihr gegenüber ziemlich rabenmäßig verhalten, also legte ich den Vogel mit in den Umschlag. Sie würde es verstehen.

Am späten Nachmittag schaute ich im Theater vorbei. Die Stimmung war gedrückt in der kahlen Künstlergarderobe, die sich in diesem Haus im Keller befand. Trix war sauer. Der Chef des Theaters verlangte, dass sie ihre Nummer änderte. Die Figur der etwas düsteren, meisterdiebhaften Heldin, die Trix am Seil darstellte, war der Theaterleitung nicht weiblich genug. Kevin, so hieß der junge Mann, den ich für nicht älter als zweiundzwanzig hielt und der bei seinem ersten Auftritt nicht gerade den entgegenkommendsten Eindruck machte, forderte von Trix, dass sie entweder die Nummer oder ihr Kostüm änderte. Dabei dachte insgeheim jeder, er solle erst mal bei sich selbst anfangen. Er trug einen Gürtel, auf dem fünf Zentimeter hoch und zehn breit der Name eines italienischen Designerlabels in Swarovski-Steinen prangte, und war umgeben von einer drei Meter dicken Wolke aus Chanel.

»Wenn ich eine Artistin einkaufe, möchte ich auch sehen, wofür ich mein Geld ausgegeben habe«, belehrte er Trix, »also würdest du uns bitte ein kleines Stück deiner kostbaren Haut zeigen? Ich möchte niemandem zu nahetreten, aber: Hallo? Wir sind hier auf der Reeperbahn, meine Liebe!«

Als er durch die Tür verschwunden war, sagte Ricardo: »Det ist so 'ne richtige Malibu-Tunte. Der jehört an Strand mit 'm Surfbrett im Arsch.«

»Was will der denn?«, fragte ich verständnislos.

»Manche Leute«, erklärte Lora resigniert, »sind der Meinung, Frauen im Varieté müssten prinzipiell in weißen Stringtrikots als engelsgleiche Wesen durch die Luft gleiten.«

»Ja«, warf Svetlana mit ihrem hohen Stimmchen ein, »weil das ist, was Zuschauer wohlen.«

»Ich bin auch Zuschauer«, widersprach ich, »und ich finde an der Nummer gerade gut, dass sie gegen den Strich gebürstet ist, mit harter Musik und einem modernen Kostüm. So was hab ich vorher noch nie gesehen.«

Trix war desillusioniert. Sie zupfte missmutig an ihrem roten Pferdeschwanz und ranzte: »Dem is egal, was der Zuschauer will. Hauptsache, Schdriggschn durch 'n Orsch und Taim tu sej Gudbai.«

Wie immer in schwierigen Situationen war es Lora, die die Sache in die Hand nahm und das Handy zückte, um ein paar Telefonate zu machen. Es stellte sich heraus, dass Kevin gar nicht der Programmchef war, sondern nur mit diesem schlief. Das machte die Sache nicht unbedingt leichter, weil wir nun wussten, er hatte den »dicksten Draht zum Chef«, wie Ricardo das nannte, und er würde alles, was wir äußerten, bei ihm gegen uns verwenden, falls wir ihn verärgerten. Glücklicherweise schaffte Lora es, ohne Kevin als Dummchen dastehen zu lassen, den Chef mit viel Charme und Diplomatie davon zu überzeugen, dass es technisch nicht machbar war, Trix' Nummer oder ihr Kostüm aus dem Stand zu ändern. Freilich bekam sie dafür noch den schulmeisterlichen Hinweis, er möge nicht mit jedem »Kindergartenproblem« belästigt werden. Die Aussicht, die nächsten zwei Wochen einen Idioten als direkten Vorgesetzten zu haben, ließ bei allen die Laune in den Keller sinken. Aber kurz bevor sie da aufprallte, war es wieder einmal Super-Lora, die angeflogen kam, in die Hände klatschte und sagte: »Okay Leute, nun knipst die Mundwinkel mal wieder an! Wir haben heute Abend eine Show zu spielen!« Dann drehte sie sich zum Spiegel, atmete einmal tief ein und aus, zwang sich zu lächeln und seufzte: »Ich liebe meinen Beruf!«

11

In den nächsten Tagen versuchte ich, hier und da von Nutzen zu sein, besorgte Getränke für alle, putzte das Bad in der Künstlerwohnung, holte frische Brötchen vom Bäcker und verteilte eine Runde Mozartkugeln auf den Garderobenplätzen. Die Vorstellungen waren gut besucht, am Wochenende war das Theater ausverkauft. Jamies und meine Lust aufeinander ließ nicht nach, und ich fühlte mich in meinen abwechslungsreichen Rollen als Sexgöttin, Künstlergattin und gute Seele des Ensembles ausgesprochen wohl. In der zweiten Spielwoche, als Lora keine Zeit hatte, eins ihrer Kleider zu bügeln, und ich mich dafür anbot, winkte sie mich an ihren Schminktisch und schnaufte. »Jamie bringt mich um, wenn er das erfährt«, sagte sie und zupfte nervös an ihrer Perücke. »Hör mal, Süße«, sie bestrich eine falsche Wimper mit weißem Klebstoff aus einer kleinen Tube, »vor dir waren eine Biggi, eine Petra und ich glaube zwei Yvonnes hier. Jamie hat zu Hause eine sehr hübsche, junge Freundin. Die zwei sind quasi verheiratet, und er wird sie ganz sicher nie verlassen.« Sie machte eine kleine Pause, in der sie sich zum Spiegel vorbeugte und die Wimper aufklebte. Dann drehte sie sich zu mir um, sah mich mit diesen großen, strassbeklebten, dramatisch geschminkten Augen an und wisperte: »Ich sag dir das, weil ich Jamie kenne und ich weiß, dass diese Geschichten nie gut ausgehen. Meistens bin ich dann diejenige, die die gebrochenen Herzen aufsammelt, verstehst du?«

»Ich verstehe«, antwortete ich artig. Aber ich verstand nicht. Ich drehte Lora mechanisch den Rücken zu und ging unschlüssig ein paar Schritte durch den Raum. Hatte Lora sich gerade wirklich ein Megaphon vor den rotgeschminkten Mund gehalten und einer erwachsenen Frau geraten: ›Achtung! Achtung! Du hast diesen Menschen erst vor einer Woche an einer Autobahnraststätte kennengelernt! Überlege dir gut, ob du dich deswegen gleich scheiden lassen willst, deine Kinder brauchen ihre Mutter!‹? Oder ging es hier um etwas ganz anderes? Hatte ihre Botschaft nicht in Wahrheit gelautet: ›Du gehörst nicht hierher. Deine Anwesenheit ist nicht von Dauer, und deswegen werde ich auch keine Freundschaft zu dir aufbauen. PS: Behalt deine Mozartkugeln!‹? Es tat weh, ausgerechnet von der Person abgelehnt zu werden, die man am meisten bewunderte. Tatsächlich hatte ich angefangen, mich in dieser mit Stoff, Pressspan und ein paar Spiegeln ausgekleideten Nische einzurichten. Wenn ich durch den Seitenvorhang über die Bühne nach draußen blickte, in den Zuschauerraum, kam ich mir vor wie ein Fisch im Aquarium. Es war wie damals, wenn ich mit dem Schrank in eine andere Familie fuhr. Nur dass die Leute hier offenbar gleich erkannt hatten, dass ich fremd war. Ich war dieser rote Krebs, der am Aquariumboden unter einem schäbigen Deko-Ast hervorlugt. Ein Schalentier unter lauter Guppys.

Ich setzte mich stumm auf einen freien Hocker hinter Trix und Svetlana, die gerade begannen, sich zu schminken.

Trix' Laune hatte sich, seit ihr dieser Kevin über die Leber gelaufen war, nicht wesentlich gebessert. Missmutig sah sie in den Spiegel, griff sich den Abdeckstift und maulte: »Nu, dann fang wer mol an, uns zuzuspachtln. Is ja doch blös Magguladur!«

Svetlana gurrte selbstverliebt: »Ich mache gern mich scheen firr Publikum, macht mirr Fraide, mach ich hier kleine Glitzäärr und da kleine Schdäärrn. Ist scheen, wenn man kann sich machen hiebsch firr Loite. Ich mache gern. Seh ich aus wie eine Weihnachtsenggel!« Durch den Spiegel sah sie mich hinter sich sitzen und fragte: »Was los mit dir? Schaust du traurig!«

Trix wedelte mit den Ellbogen und krächzte wie ein – vermutlich recht hässlicher – Vogel.

»Ah!«, Svetlanas Gesicht hellte sich auf. Zumindest sie schien verstanden zu haben.

Später begriff ich, dass die Flügelschlaggebärde verbunden mit dem Ausstoßen des Vornamens ›Lora! Lora!‹ mit Papageienstimme die Art der beiden war, sich ab und zu über ihre Moderatorin lustig zu machen.

Svetlana schminkte sich weiter und wiegelte ab: »Musst du nicht ernst nehmen große, bunte Vogel. Chatt sie dich gehalten Vortrag iber Jamie?«

Ich nickte wie ein Schulmädchen.

Svetlana griff nach einer Puderquaste und winkte ab: »Macht sie immer. Ist sie nur eifersichtig.«

Trix stand auf. Im Vorbeigehen legte sie mir kurz die Hand auf die Schulter und sagte aufmunternd: »Nu mach dir mal keen Kopp und genieß es, solang wie's dauert.«

Ich lächelte tapfer und nur um nicht aufzuspringen, die beiden zu drücken und zu sagen: ›Ihr seid die besten Freundinnen der Welt!‹, zeigte ich auf die Illustrierte, die auf ihrem Tisch lag, und fragte: »Kann ich die lesen?«

»Nu, glohr«, zwitscherte Trix und ging sich warm machen.

Ich blätterte das Heft durch und blieb auf der Seite *Stars und ihre Schicksalsschläge* hängen. Dort war ein Foto von Michaela Sends abgebildet, auf dem sie traurig kuckte und beide Handflächen in die Kamera hielt. Auf ihrer rechten Handfläche lag der zerrupfte Körper des Raben, den ich ihr geschickt hatte, und auf der linken lag sein abgetrennter Kopf. Die Überschrift lautete

Stalkerin treibt sie in die Schreibblockade und die Bildunterschrift *Die fröhliche Bestsellerautorin Michaela Sends wird von einem verrückten Fan bedroht.*

Fassungslos fing ich an zu lesen:

Michaela Sends, die bekannte Bestsellerautorin, wird von einer Stalkerin verfolgt. Ihre seit Jahren vor allem bei der weiblichen Leserschaft beliebten Romane wie ›Es ist nicht alles Döner, was glänzt‹ und ›Jeder ist seines Schmiedes Glück‹ strotzen vor Lebensfreude und augenzwinkerndem Humor. Aber ihrer Verfasserin ist die gute Laune vergangen. Seit der Veröffentlichung ihres neuen Buches ›Vier Raumschiffe, die dich von mir fortbringen‹ wird sie von einer aufdringlichen Verehrerin bedrängt. »Diese Frau ist sogar in mein Hotelzimmer eingedrungen«, berichtete sie unserer Reporterin, die sie in ihrer malerisch gelegenen Jugendstilvilla in der Eifel besuchte. Eine scheinbar geistig verwirrte Frau reist ihr hinterher, entwendet Gegenstände aus ihrem persönlichen Besitz und schickte ihr jetzt per Post einen schwarzen Raben mit abgetrenntem Kopf. Unverständlich für die beliebte Autorin, wieso ihr jemand so etwas antut: »Der schwarze Rabe ist in vielen Mythologien ein Symbol. Der germanische Gott Odin hat zwei Raben, die auf seinen Schultern sitzen und ihm alles erzählen, was auf der Welt geschieht. Ich denke, sie will mir damit sagen, dass sie mich beobachtet.«

Die Motive solcher irregeleiteter Fans werden sich wohl nie ganz aufklären lassen. Es ist aber bekannt, dass nicht nur Prominente Opfer des sogenannten Stalking (ein Begriff aus der Jagd: engl. »to stalk« = »pirschen«) sind. Laut einer Studie des Mannheimer Zentralinstituts für Seelische Gesundheit in der Bevölkerung wurden zwölf Prozent der Befragten schon einmal Opfer hartnäckiger Nachstellungen durch ehemalige Partner oder anonyme Fremde. Die Betroffenen leiden oft unter Schlaflosigkeit und Depressionen.

Zudem fanden die Wissenschaftler heraus, dass nur jedes fünfte Opfer zur Polizei geht, obwohl Stalker eindeutige Straftatbestände wie Nötigung oder Bedrohung erfüllen.

Michaela Sends hat inzwischen einen Privatdetektiv beauftragt, die Identität der womöglich gefährlichen Verehrerin zu lüften. Der Glaube an den Raben als Hexenvogel ist tief verwurzelt. Es heißt, Hexen verwandelten sich oft selbst in einen Raben, um andere Leute unerkannt ausspionieren zu können. Michaela Sends hat vorerst alle Termine abgesagt und sich in ihr Haus auf dem Land zurückgezogen. »An Schreiben ist im Moment nicht zu denken«, sagt sie besorgt. Sie wird wohl erst wieder ruhig schlafen können, wenn die Täterin gefasst ist. Bleibt zu hoffen, dass das bald der Fall sein wird. Denn wir wünschen uns noch viele heitere Bücher von Frau Sends, und bitte ohne Raben! Gelten sie doch als Überbringer von Unheil und Tod.

Langsam klappte ich die Illustrierte zu und legte sie vorsichtig zurück auf den Tisch, als sei sie pures Nitroglycerin. Die Explosion konnte ich damit allerdings nicht mehr verhindern. Die ganze Welt wusste nun Bescheid. Okay, nicht die ganze Welt, sondern nur die, die bei Frisören, Ärzten, Kaffeekränzchen und in den Ruheräumen sämtlicher Wellnesstempel Deutschlands dieses Schundblatt lasen. Also so fünf-, sechshunderttausend Leute ungefähr! ›Blas das Blaulicht aus‹, sagte ich mir. ›Sie hat dich nicht beschrieben, wie im Fernsehen, und von den Ohrringen war auch nicht die Rede.‹ Übrigens auch nicht von dem sündteuren Füller. Wieso erzählte sie darüber nichts? Nüchterne Wut holte mich auf den Boden der Tatsachen: Diese Frau hatte doch einen Dachschaden! Einem harmlosen Plüschtier den Kopf abzureißen und damit zur Presse zu rennen! Und dann so die Tatsachen zu verdrehen! Ich war das Opfer einer üblen Verleumdung. ›Sends bekommt goldenen Stift und Plüschtier geschenkt‹ wäre als Überschrift wohl nicht sehr publicityträchtig. Ja, genau! Das musste der Grund sein: Wahrscheinlich verkaufte sich ihr neues Buch zu schlecht. Wenn ich darüber nachdachte, war es auch nicht so toll. Ganz nett, aber nach der Lektüre hatte man doch sofort wieder vergessen, was man gelesen hatte. Kurzgeschichten gingen wohl nicht so gut. Schreibblockade, ha! Die hatte sie doch schon vorher! Deswegen hatte es bei ihr auch nicht für einen ganzen Roman gereicht. Und jetzt wollte sie einer Unschuldigen die Schuld in die Schuhe schieben. Nur weil sie nichts zustandebrachte. Aber ich würde mich rächen. Ich würde sie mit ihren eigenen Waffen schlagen. Jawoll! Ich würde ihr zeigen, wie man eine Kurzgeschichte schreibt. So schwer konnte das schließlich nicht sein. Ohne Auf Wiedersehen zu sagen, schlüpfte ich in den Mantel und ging Richtung Künstlerwohnung, um zu schreiben.

12

Das Huhn und der Rehpinscher

Das Huhn und der Rehpinscher hatten absolut nichts miteinander zu tun. Sie lebten zwar beide auf demselben Bauernhof, aber sie bekamen einander nie zu Gesicht. In gewisser Weise waren sie wie ein frisch gebackenes Bauernbrot und eine Rinderleber. Beides sehr leckere Lebensmittel, aber das eine liegt im Korb, und das andere ruht im Kühlschrank, und man würde nie auf die Idee kommen, sich die rohe Leber aufs Brot zu schmieren. Eines Tages beschloss das Huhn, dass es genug davon hatte, ein weißer Rotkamm von vielen zu sein. Es färbte sich die Federn blau und verließ seinen Stall. Als es zuerst einmal die nächste Umgebung erkundete, kam es auch an das Wohnhaus, und da es noch nie woanders gewesen war als im Hühnerstall, ging es gespannt hinein. Es entdeckte allerlei zauberhafte Dinge wie frische Kräuter, die auf der Fensterbank wuchsen, und Eierbecher; und am allerschönsten fand es das Hundekörbchen. Es war weich und flauschig, und das Huhn konnte nicht widerstehen und kuschelte sich hinein. Als es eine Weile geruht hatte, sah es freilich ein, dass das unrecht war. Es fürchtete auch, der Besitzer des Körbchens könnte zurückkommen. Weil es aber dort so eine gute Zeit gehabt hatte, riss es sich eine seiner blauen Federn aus und legte sie als Dankeschön in das Körbchen.

Als nun der Rehpinscher nach Hause kam und die Feder entdeckte, fing er sofort an zu kläffen: »Jemand hat in meinem Körbchen geschlafen! Jemand hat mein Bett beschmutzt!« Unnötig zu erwähnen, dass in dem Korb lediglich eine hauchzarte, frisch gefärbte Hühnerfeder lag und der Rehpinscher sowieso schlechte Laune hatte, weil er mal wieder völlig erfolglos im Garten versucht hatte, die vorbeigehenden Spaziergänger auf sich aufmerksam zu machen, und anschließend noch von der Nachbarskatze verprügelt worden war. Er keifte und zeterte: »Ich werde verfolgt, man hat mir eine Drohfeder ins Körbchen gelegt! Ich möchte, dass die Verantwortlichen etwas unternehmen!«

Das Huhn bekam von alledem nichts mit und vergnügte sich derweil auf seinem Abenteuerausflug über den Bauernhof. Es schlenderte durch den Kuhstall, wo es zum ersten Mal Milch probierte und fand, dass sie nach Metall schmeckte. Es kletterte auf den Heuboden, von wo aus man zum Fenster hinaus eine wunderschöne Aussicht über sanfte Hügel, gelbe Weizenfelder und den weiten blauen Himmel hatte. Und es sagte sich: ›Das war erst der Anfang! Ich will hinausziehen und die Welt sehen.‹ Es sägte ein Stück Hühnerleiter ab, packte es zusammen mit seinen Hahnenschrei-Abwehr-Ohrenstöpseln in ein rot-weiß kariertes Tuch und band es an einen langen, stabilen Holzstock. Dann kletterte es auf den Misthaufen, schwenkte den Stock wie ein Lasso dreimal über dem Kopf und schleuderte ihn samt Beutel so weit von sich fort, wie es nur konnte. Pfeifend flatterte es zum Tor hinaus, sorglos und überzeugt davon, dass ihm bald richtige Flügel wachsen würden.

Der Rehpinscher aber machte den ganzen Hof rebellisch. Zuerst rannte er zu Horst, der Ratte, denn er wusste, dieser würde es sofort in allen Ställen rumerzählen. »Horst!«, hechelte der Rehpinscher, »ein übergeschnapptes Huhn hat sich hinter meinem Rücken in mein Körbchen geschlichen. Und es will, dass ich es weiß. Darum hat es sich eine Feder ausgerissen und hineingelegt. Ich wage es kaum auszusprechen, aber«, an dieser Stelle winselte er nur noch, »sie ist blau.« Er leckte sich ein, zwei Mal über die Schnauze, um sich zu fassen, und dann bellte er mit festem Blick: »Ich sage dir eins: Die friedlichen Zeiten sind vorbei, wenn jetzt sogar schon einem harmlosen Schoßhündchen wie mir mit dem Tode gedroht wird. Dabei kenne ich das Huhn überhaupt nicht, wie findest du das?«

»Skandalös!«, antwortete Horst und huschte davon. Er war das geschwätzigste Tier auf dem ganzen Grundstück und der Einzige, der einen Namen hatte. Dafür hatte er selbst gesorgt.

Der Plan des Rehpinschers ging auf, und binnen kürzester Zeit gab es in den Ställen nur noch ein Gesprächsthema: das wahnsinnige blaue Mörderhuhn. Sogar die sonst eher tratschfaulen Ackergäule, die in ihren großen Köpfen von morgens bis abends nur einen einzigen Gedanken hin- und herwälzten: ›Hafer-Hafer-Hafer-Hafer‹, murmelten jetzt zwischen zwei Wiederkäuern: »Hafer-Hafer-Hafer-Huhn« und trugen so das Gesprächsthema hinaus auf die Koppel. Dort hörte ein junger Habicht davon, und wir alle wissen, dass junge Habichte, genauso wie überhaupt alle männlichen Lebewesen in einem bestimmten Alter, nur Blödsinn im Kopf haben. Er pickte und zwickte die Gäule so lange, bis er sich aus ihren einsilbigen Brocken die ganze Geschichte zusammengereimt hatte: Eins der Hühner war offenbar völlig ausgetickt und streunte nun marodierend durch die Lande. Der Rehpinscher fürchtete um sein Leben und war aus

Angst, sein Peiniger könnte zurückkehren, schon seit Stunden nicht mehr Gassi gewesen. Der Habicht tötete gern. Wie schön für ihn, dass er sich in diesem Fall einer breiten Unterstützung der Öffentlichkeit sicher sein konnte. So zögerte er keine Sekunde, als er auf einer seiner Kontrollschleifen aus fünfzig Metern Höhe das Huhn völlig ungeschützt auf freier Flur pfeifend dahinstäkseln sah. Er stürzte hinab und riss es mit einem Schlag seiner messerscharfen Krallen. Essen mochte er es nicht. Wegen der blauen Farbe vermutete er, es sei vergiftet.

So starb das Huhn völlig sinnlos, obwohl es nie jemandem wirklich etwas zuleide getan hatte. Sein einziges Verbrechen bestand darin, dass es ausbrach und auf einmal blau sein wollte, ohne einen Grund dafür zu haben.

Zwei Dinge können wir aus dieser Geschichte lernen:
1. Die Welt wäre schöner ohne dumme Großkopferte und aggressive junge Männer, und
2. es sind schon mehr Leute dem hysterischen Gekläffe eines verwöhnten Hündchens zum Opfer gefallen, als es uns die Yellow Press gern glauben lässt.

In einem einzigen, wütenden Zug hatte ich die Geschichte heruntergeschrieben, und ich war auch nicht bereit, sie noch einmal Korrektur zu lesen. Solange ich noch im Schwung war, steckte ich das Ding in einen Umschlag und schickte es an dieselbe Adresse wie mein Versöhnungspäckchen. Wenn sie jetzt noch nicht kapieren würde, dass ich weder »geistig verwirrt« noch »gefährlich« war, dann konnte ihr wahrscheinlich kein Therapeut der Welt helfen. Ich hoffte aber, dass jemand vom Verlag die Geschichte vorher las und sie überredete, den Privatdetektiv zurückzupfeifen.

13

Wenn Ärger grundsätzlich unsichtbar in der Ecke lauert, um einen dann, wenn man am wenigsten damit rechnet, hinterrücks anzuspringen: Heißt das dann, wir dürfen niemals unbeschwert und glücklich sein, weil wir ihn damit anziehen? Heißt das: Lehn dich nie zurück und genieße das Leben, denn in solchen Momenten bist du am meisten gefährdet? Mit dieser Einstellung war ich immerhin vierzig Jahre alt geworden. Immer auf der Hut.

Heute habe ich ein anderes Bild vor Augen, wenn ich an Ärger denke. Ich sehe ihn als ganz normalen Typen in Jeans und Sweatshirt, männlich, zwischen sechzehn und vierundzwanzig, der überhaupt nichts Monsterhaftes an sich hat. Er hat nur ein bisschen zu viel Zeit, ein bisschen zu wenig Urteilsvermögen und einen gehörigen Testosteronüberschuss. Mit dem schlendert er durch die Gegend und springt auf das, was sich gerade bietet. Das hat nichts mit Vorsehung oder selbsterfüllender Prophezeiung zu tun. Wenn er dir über den Weg läuft, ist das einfach Pech.

Ich glaube nicht, dass ich es hätte kommen sehen können. Auch wenn man im Nachhinein immer glaubt: Es gab Anzeichen, Hinweise. Das ist Quatsch. Man denkt das nur, weil man sich so sehr wünscht, es verhindert zu haben, bis man es sich bildlich vorstellt. Ich kann so oft zurücksehen, wie ich will: Da war nichts. Keine düstere Wolke am Himmel, keine Eule schuhute, und es ging auch kein eisiges Lüftchen durch den Keller, in dem sich acht

Leute dicht gedrängt, aber aufeinander eingespielt für die Show fertig machten. Die knappen Artistenkostüme, Loras lange, paillettenbestickte Abendroben samt dazu passenden Federboas in Rot, Blau und Weiß, glitzernde Umhänge und hautfarbene Netzstrumpfhosen hingen friedlich und geduldig nebeneinander auf der langen Garderobenstange neben der Tür, die ins Treppenhaus führte. Außer auf Loras und Ricardos Platz lagen auf allen Tischen neben den Schminktöpfen allerlei Bandagen, Salben und elastische Binden. Alles war wohlgeordnet, geduldig und bereit an diesem Abend in den Katakomben unter der schillernden Welt der Reeperbahn. Ich glaube, es war Freitag. Die Vorstellung sollte in einer guten halben Stunde beginnen.

Svetlana und ich waren am Nachmittag shoppen gewesen, und sie zeigte in der Garderobe stolz ihre Beute. Ein weißes Blusenkleid mit aufgedruckten orange- und türkisfarbenen Ovalen über der Jeans, modelte sie auf und ab: »Wie findet ihr meine neue Schmuckstück?«, fragte sie erwartungsvoll.

»Sieht aus, als wärste an 'ner ansteckenden Tischdecke vorbeigegangen«, meinte Ricardo süffisant.

Svetlana kümmerte das nicht. Sie strahlte naturstoned wie immer mit ihrem Kleid um die Wette. Sogar Trix hatte gute Laune und bürstete versonnen ihre rote Mähne, ohne ein einziges Mal zu fluchen. Jamies Schulter ging es heute etwas besser. Das konnte an den hingebungsvollen Massagen liegen, die ich ihm die letzten Tage gegeben hatte. Vielleicht lag es auch am Wetter. Jedenfalls war es schön.

Zumindest bis Kevin in die Garderobe geweht kam wie Laub vom Balkon. Wie immer versuchte er, einen großen Auftritt zu inszenieren, und wie immer geriet sein verzweifelter Versuch, Autorität auszustrahlen, zur Farce. Kevin war schmächtig, blass und blond, aber das war es nicht. Kevin war auf eine langweilige Art mickrig, so dass seine wuchtigen modischen Accessoires, Gürtel und Hemden seine Person völlig in den Hintergrund treten ließen. Ich hatte ihn in den letzten Tagen manchmal, wenn ich schon vor Publikumseinlass im Saal war, beobachtet. Kevin war einer von den Menschen, die durch hektische Betriebsamkeit vorzutäuschen versuchen, sie erbrächten eine überdurchschnittliche Leistung. In Wahrheit verursachen solche Leute nur eine gewisse Unruhe. Wenn man sie nicht lässt, haben sie nicht wirklich die Macht, die Dinge durcheinanderzubringen. Wohl aber können sie sehr lästig sein. Die Leute, die in seiner direkten Nähe waren, konnte er anstecken, hibbelig machen und scheuchen. Aber schon wer weiter als Armeslänge von ihm entfernt stand, ignorierte ihn einfach. Immer wieder rief er irgendetwas Bestimmendes quer durch den Raum, beschleunigte unvermittelt seine Schritte oder tat sonst etwas Überflüssiges, das den Zweck hatte, sich und den anderen vorzugaukeln, er sei wichtig, was er sage, habe Bedeutung. Ricardo meinte, unter all den Schwanzwedlern, die ihm bisher im Weg gestanden hätten, habe Kevin den Kleinsten, aber er mache damit ohne Frage den meisten Wind. Vielleicht war es deshalb Ricardo, den es zuerst traf. Kevin hatte ihn vor zwei Tagen dazu verdonnert, vor der Show das wartende Publikum mit kleinen Zaubertricks bei Laune zu halten. Der Hintergrund war die inoffizielle Firmenpolitik, den Showbeginn so weit wie möglich hinauszuzögern, um den Getränkeumsatz zu erhöhen, aber Kevin versuchte, uns das als neues Konzept zu verkaufen: »Magic Animation« nannte er das und berief sich auf den Vertrag, in dem schwammig formuliert war: *Die Anfangszeiten der Shows sind in der Regel täglich um 18.00 Uhr, 20.00 Uhr oder 21.00 Uhr. Änderungen der Showanfangszeiten werden dem Künstler spätestens zwei Tage im Voraus bekannt gegeben.* Außerdem stand da noch: *Der Künstler steht dem Theater für Promotionveranstaltungen zur Bewer-*

bung der laufenden Show in angemessenem Rahmen kostenfrei zur Verfügung. Ricardo war stinksauer: Seine Arbeitszeit begann dadurch eine Stunde früher. Aber so forsch und spontan seine Sprüche auch aus seinem Mund kamen, war er doch Profi genug zu wissen, wann er den Rand halten musste, wenn er das nächste Mal wieder engagiert werden wollte. Der Programmchef ließ sich seit der Premiere, an der er mit einem Sektglas in der Hand kurz durch die Garderobe gehuscht war, gar nicht mehr blicken und signalisierte, dass er seinem Liebhaber die volle Entscheidungsgewalt übertragen hatte. Erstaunlicherweise war es Dirk, der das als Erster kapiert hatte und für sich zu nutzen wusste. Denn Kevin schenkte Dirk augenscheinlich eine besondere Art von Aufmerksamkeit. Oder, wie Ricardo das ausdrückte: »Dem glüht die Keule, wenn Dirk seine Bälle wirft.« Dirk war stockhetero, aber er jonglierte mit Kevins Geilheit, so gut er konnte.

Als Kevin jetzt in der Garderobe stand, trainierte Dirk ganz zufällig mit nacktem Oberkörper. Ich gebe zu, ich spannte auch heimlich in seine Richtung: Über einem naturgewachsenen Sixpack zuckten seine Brustmuskeln von der Achsel bis über die Nippel hinweg, zackig bei jedem Wurf. Und er warf fix. Ein bisschen lächerlich wurde das Bild dadurch, dass er dabei seine Schiebermütze aufbehielt. Aber er schien zu denken, eine graubraun gemusterte Schildkappe sei immer noch cooler als schütteres Haar.

Kevin stellte sich in die Mitte des Raumes und klatschte in die Hände: »Wenn ihr mal alle kurz zuhören könntet!«, rief er in diesem arroganten Tonfall, der schon in den 70er-Jahre-Musicalfilmen, in denen er parodiert wurde, abgestanden geklungen haben muss. »Wir freuen uns, euch mitteilen zu können, dass wir für morgen Vormittag eine Promo-Aktion an der Alster organisieren konnten. Wir spielen einen Ausschnitt aus der Show und brauchen dich, dich, dich und dich.«

»Stopp! Stopp!«, rief Svetlana aufgeregt. »Chab ich nicht gesehn, auf wen du chast gezeigt!«

»Also nochmal für unsere ausländischen Gäste«, schnöselte Kevin: »Ricardo, Svetlana, Lora und Jamie finden sich bitte morgen um halb zehn, das ist neun Uhr dreißig, hier ein!« Empörtes Gemurmel. Kevin erhob sein dünnes Stimmchen: »Lora macht den Ablauf. Das sind zwei kleine Auftritte! Kein Grund, in Panik auszubrechen!«

Dann setzte er sich zu Lora an den Schminktisch und besprach mit ihr die Einzelheiten. Aus der Entfernung beobachtete ich, wie sie sich missmutig zutexten ließ und nur hin und wieder, ohne das Gesicht vom Spiegel zu wenden, ein paar Worte erwiderte. Wer Lora kannte, wusste, dass sie es überhaupt nicht schätzte, sich während ihrer Verwandlung auf irgendetwas anderes konzentrieren zu müssen als auf die bevorstehende Show, und es war zehn vor acht, als Kevin endlich verschwand.

Die kurzfristig angesagte Zusatzarbeit war den ganzen Abend über Thema in der Garderobe. Während Lora draußen das Eröffnungslied sang, hatte ich Gelegenheit, mit Jamie, dessen Nummer erst im zweiten Teil dran war, über das Vorgefallene zu reden. »Wieso müssen nur du, Lora, Svetlana und Ricardo ran?«, fragte ich neugierig.

Er wickelte eine Bandage ums linke Handgelenk. »Es kommen nicht alle Nummern für so eine Promotion in Frage. Anscheinend sollen wir in einer Einkaufspassage auftreten. Da kannst du nichts aufhängen und hast wenig Platz. Das heißt, Vertikalseil und Rola-Rola fallen schon mal flach. Das ist viel zu viel technischer Aufwand.«

»Sowieso«, mischte Alexej sich nun ein, »chab ich nicht unterschrieben Promotion in Vertrag. Musst du nicht unterschreiben, solche Schwachsinn. Feste Show firr feste Geld.«

Jamie schwieg und wickelte weiter. Er wusste, wie alle anderen im Raum, dass es dumm war, Dinge vertraglich zu vereinbaren, in der Hoffnung, dass sie nie eintreten würden, und offenbar war über dieses Thema schon öfter in der Gruppe gestritten worden. Aber wie die meisten war er auf das Engagement angewiesen und hatte nicht den finanziellen Rückhalt, mit dem man Bedingungen diktieren konnte. Svetlana redete nun in ihrer Muttersprache auf Alexej ein. Aus dem, was Eva in ihrer wilden Mischung aus Deutsch und Englisch mit merkwürdigerweise russischem Akzent in die hitzige Diskussion warf, reimte ich mir zusammen, dass es bei Svetlana mangelnde Sprachkenntnisse waren, die sie einen Passus hatte unterschreiben lassen, der im Klartext bedeutete, dass Kevin sie so oft er wollte und überall hinschicken konnte, um Werbung für die Show zu machen. Trix hatte unnötigerweise ein schlechtes Gewissen und hielt sich bedeckt. Ricardo schwieg ebenfalls, und sogar als ich, während Dirk auf der Bühne war, provokant meinte: »Aber eine Jonglage kann man doch eigentlich überall machen, oder?«, ließ er sich zu keinem Kommentar hinreißen. Nach der Vorstellung setzte er sich stumm mit Svetlana und Jamie zu Lora, um die Show am nächsten Morgen zu besprechen.

Ich blieb etwas abseits und schaltete mein Handy ein, um eine Pizza zu bestellen, als es klingelte. Ich erschrak. Niemand außer Jamie hatte die neue Nummer. Und *Jessica mit Jot*, wie ich auf dem kleinen hellblauen Bildschirm las. Die hatte ich ja total ausgeblendet. Was konnte sie von mir wollen? Die Miete hatte ich im Voraus bezahlt. Es bimmelte lauter. Sie rief mich doch nicht an, weil sie nach über zwei Wochen Funkstille plötzlich Sehnsucht nach mir hatte. Oder war es etwas Positives? Wollte die Chefin vielleicht wissen, wo sie die Kohle hinschicken sollte? Das Bimmeln wurde schrill, und die anderen schauten mich vorwurfsvoll an. Ich drehte mich weg.

»Ja?«, meldete ich mich leise und vorsichtig.

»Hallo!«, klang es fröhlich aus dem Lautsprecher, »hier ist Jessica!«

»Ich weiß, ich hab's auf dem Display gesehen.«

»Ich hab mich gefragt, wo du steckst?«

›Da bist du nicht die Einzige‹, dachte ich, aber ich antwortete: »Ich musste weg.«

»Hab ich mir gedacht«, kommentierte sie trocken. Dann sagte sie ganz beiläufig, als ginge es um einen Korb voll Wäsche, die ich im Trockner hatte liegen lassen:

»Hör mal, ich hab bei der Sends angerufen, wegen dem Stift.«

Sie hatte was? ›Okay, bleib ruhig‹, sagte ich mir, ›sie hat also geschnallt, wem der Stift in dem Buch gehört. Das ist nicht so schlimm.‹ Aber dann hatte sie WAS getan?

»Sie möchte dich unbedingt kennenlernen«, sagte Jessica unschuldig.

Gut, gut, Jessica war eine ganz Liebe, das wusste ich. Aber sie sollte ihre gepiercte Nase da raushalten! Wie konnte sie hinter meinem Rücken mit dieser paranoiden Wichtigtuerin über mich sprechen! Ich sah die beiden direkt vor mir, wie sie gemeinsam Roiboos-Karamell-Tee tranken: ›Als ich den Stift gesehen hab, wusste ich sofort, dass das Ihrer ist, Frau Sends!‹ ›Jessica, Sie haben meine Schreibhand gerettet! Darf ich für Sie irgendwohin signieren? Und übrigens: Ich spreche meinen Vornamen auch so aus, wie man ihn schreibt!‹

»Und? Hast du ihr gleich meinen Namen und die Handynummer gegeben?«, fragte ich gereizt.

»Ich bin jedenfalls nicht bei Nacht und Nebel abgehauen«, blaffte sie zurück.

»Ich auch nicht«, meckerte ich, »es war eine sternklare Nacht.«

»Du hättest wenigstens einen Zettel hinlegen können!«

»Das ging nicht, jemand hatte meinen Stift geklaut!«

»Den hast du selbst geklaut, und was schon geklaut ist, darf man wieder klauen!«, rief sie aufgebracht.

»Quatsch«, ich runzelte die Stirn und schüttelte mich, »das ist totaler Quatsch! Jetzt mal ernsthaft: Wieso rufst du mich an?«

»Ich wollte dir nur Bescheid sagen, dass ich den Stift zurückgegeben habe.« Jessica wurde wieder ruhig. »Es ist alles in Ordnung. Frau Sends will dich nicht mehr anzeigen. Sie ist dir nicht böse. Sie will dich nur sehen. Ich glaube, ihr Therapeut hat ihr das geraten. Wusstest du, dass die seit Hannover keine Lesung mehr gemacht hat? Lars sagt, sie ist dramatisiert. Ich hab ihr gesagt, ich kenn dich, und du bist keine Verrückte, aber sie will das von dir selber hören.«

Ich schloss die Augen.

»Sabine?«

»Was? Dass ich keine Verrückte bin?«

»Ich glaube es reicht, wenn du ihr sagst, es tut dir leid und du hast das nicht so gemeint«, beschwichtigte sie.

Ich spürte, wie ich anfing, weich zu werden. Vielleicht war das wirklich die anständigste Art, aus der Sache rauszukommen.

»Ich finde, du bist ihr das schuldig«, bohrte Jessica nach, »und mir auch.«

Nun war ich irritiert. »Wie darf ich das denn verstehen?«

»Du hast mich die ganze Zeit angelogen! Hast dich bei mir eingeschlichen unter falschem Namen, um hier rumzustalken!«

»Ich bin kein Stalker, und das ist mein richtiger Name!«, platzte es aus mir heraus, und dann ballte ich stumm die Faust. Ich Idiot!

Es entstand eine kurze Pause.

»Keine Angst, ich hab ihr deinen Namen nicht gesagt«, sie wurde wieder versöhnlich, »und das werde ich auch nicht. Wir vereinbaren einen neutralen Treffpunkt. Ihr redet kurz miteinander, und alles ist erledigt.«

»Ich denk drüber nach«, behauptete ich und legte auf.

Jamie löste sich von der Besprechung und schwang sich die Lederjacke über die Schultern. »Du musst da morgen nicht mit«, sagte er, als er meinen betretenen Gesichtsausdruck bemerkte.

Ich schob meinen Schenkel zwischen seine Beine, zog mit der Linken an seinem Hemdausschnitt und küsste ihn aufs Schlüsselbein.

Er verstand, dass ich jetzt nicht reden wollte, und versuchte mir eine kurze, braune Haarsträhne hinters Ohr zu schieben. »Komm!«, er hielt mir die schwere Eisentür zum Treppenhaus auf, und wir stapften nach oben.

Im Foyer standen Dirk und Kevin einander zugewandt an der Theke, tranken bunt Dekoriertes aus bauchigen Gläsern und rauchten.

Nach Trostpizza, Trostschokolade, Trostsex und dann wieder einem Stück Pizza ging es uns beiden besser. Wir lagen nackt auf dem Bett, vollgefressen und verschwitzt. Jamie lag mit dem Kopf auf meinem Bauch.

»Rutsch 'n bisschen runter«, sagte ich matt, »sonst kommt mir die Pizza wieder hoch.«

Mal wieder hatte ich zwei Drittel der Pizza gegessen, während er sich mit einem Stück begnügte, von dem er dann noch den Rand übrigließ. Manchmal hatte ich den Eindruck, er wollte mich mästen. Mit dem Kopf zwischen meinen Beinen flauselte er irgendwas von »Nachtisch«, und ich sagte: »Ab dreihundert Gramm wird's undeutlich.«

Wir glucksten, meine weichen Wellen rund um die Hüften kamen in Bewegung, und Jamie langte nach oben, um in die samthäutigen Röllchen zu greifen. Ich hatte in den letzten sechs Wochen bestimmt fünf Kilo zugenommen, und das war eine Menge bei meiner Größe. Na ja, vielleicht waren es auch nur drei, und es kam mir vor wie doppelt so viel, weil ich nur halb so groß war wie ... an der Stelle kam ich nicht weiter, weil Jamie gerade dabei war, mich auf den vierten Gipfel in den letzten vierzig Minuten zu treiben. Jamie und ich schliefen so oft miteinander, wie es ging. Wir hatten auch sonst nicht viel Berührungspunkte. Über meine Vergangenheit mochte ich nicht sprechen, und als ich in seiner Sporttasche die Ampullen und das Spritzbesteck sah, fragte ich nicht nach. Ja, ich habe den Glasbehälter aus der Tasche genommen und den Namen vom Etikett abgeschrieben. Ja, ich habe im Internet recherchiert und herausgefunden, dass dieses Präparat von vielen Bodybuildern benutzt wird. Jamie nun zu löchern, wie oft er das spritzte, ob er es zur Leistungssteigerung nahm oder um eine tiefere Stimme zu bekommen: Ich fand, das stand mir nicht zu.

Normalerweise strahlte Jamie mit der Sonne um die Wette. Fröhlichkeit war sein zweiter Vorname und der erste Harmonie. Ich bewunderte sein unverkrampftes Verhältnis zu seinem Körper. Die Kategorien Frau, Mann, homo- oder heterosexuell existierten für ihn nicht. Er hatte sich wohl irgendwann entschieden, keine Geschlechterrollen mehr zu spielen. Er tollte lieber darin herum, wie ein junger Hund in seiner Kuschelkiste. Natürlich ging er als Mann durch den Alltag, in Männerklamotten, aufs Männerklo und mit den obligatorischen markigen Sprüchen. Auf der anderen Seite war er der Erste, der die Hosen runterließ, wenn irgendwo stand *Eintritt für Frauen umsonst*.

Im Bett war Jamie für mich genau der Richtige. Ich hatte schon fast vergessen, wie es ist, wenn einen jemand immer will und am besten gleich. Wenn dich jemand so ansieht, mit diesen glasiggierigen Augen, die sagen: ›Ich bin jetzt angekommen. Das war schon immer mein Ziel. Ich will jetzt diese Frau vögeln. Sonst nichts.‹ Wenn du glaubst, er würde, selbst wenn rund um ihn der Sommerschlussverkauf bei Woolworth losbräche, sich nicht davon abhalten lassen, sich dir an den Hals zu stürzen. Das ist geil. Und Jamie quittierte ausnahmslos alles, was ich ihm an Berührungen zurückwarf, mit hemmungslosem Stöhnen, so nah an meinem Ohr, dass mir der Atem silbrig wurde.

»Hey, bist du noch bei mir?« Jamie hob den Kopf.

»Entschuldige, ich war kurz abgelenkt«, sagte ich meinen Bauch hinunter.

Er senkte die Lippen wieder auf meine Möse und biss ein bisschen zu. Ich zuckte nur leicht. Ich war mittlerweile härtere Gangarten gewohnt. Allerdings hätte Jamies kunstfertige Zunge sich auch spontan in ein vielköpfiges Medusenhaupt verwandeln und mich an allen Körperteilen gleichzeitig durchnoddeln können, ich hätte es nicht mehr bis ganz nach oben geschafft. Auch wenn mein Körper ab der Hüfte abwärts seit Sekunden in unkontrollierbares Zittern verfallen war: Für die alles befreiende Kontraktion war nicht mehr genügend Spannung da. Vielleicht zitterte ich nur noch aus Erschöpfung.

»Ich glaub, ich kann nicht mehr«, hauchte ich nach unten.

Jamie tauchte auf, krabbelte über mich und machte mir die ganze Nase nass. »Flasche!«, ächzte er, und ließ sich neben mich aufs Bett fallen.

Mir wurde langsam kalt, aber ich blieb genauso liegen, wie ich war, breitbeinig, die Arme über dem Kopf, und entspannte mich.

»Ich finde, du solltest dich mit ihr treffen«, sagte Jamie unvermittelt.

»Wie kommst du denn jetzt darauf?« Ich zog die Decke an mir hoch und halb über ihn.

»Hast du nicht gerade an diese Schriftstellerin gedacht?«, fragte er.

»Nein«, antwortete ich versonnen, »ich hab dran gedacht, wie's ist, mit dir zu ficken.«

»Und das hat dich abgelenkt?« Jamie stützte sich auf den Ellbogen.

Ich nickte.

»Meine Liebe«, hob er an, »du bist eine wirklich angenehme Frau mit Superpolstern und Eins-a-Möpsen, aber ich muss dir leider sagen«, er senkte die Stimme, »du bist pervers.«

»Diese Superpolster sind leider gerade dabei, sich zu einer Polstergarnitur auszuweiten«, maulte ich.

»Oah! Nein!« Er sprang vom Bett auf. »Du fängst doch jetzt nicht mit so einem Frauengegacker an?« Er kniff sich mit den Fingern in die Lenden und schwenkte seinen nicht existenten Bauch durchs Zimmer: »Ich bin zu dick! Ich bin zu dick!« Er rannte zum Fenster und riss es auf: »Seht her! Ich bin die hässlichste, fetteste Frau der Welt!« Die Worte »hässlichste« und »fetteste« spie er förmlich auf die Straße. »Und das Schlimmste ist«, heulte er mit sich überschlagender Stimme, »ich kann so viel abnehmen, wie ich will: Ich werde mich immer noch hässlich finden!«

Ich zerrte ihn vom Fenster weg und versuchte ihn festzuhalten. »Ist ja gut!«, schrie ich lachend: »Ich hab's verstanden!«

Er ließ sich wieder aufs Bett fallen. »Oh Gott, war das anstrengend!«, keuchte er erschöpft. »Schwör, dass du nie, nie wieder anfängst, über dein Gewicht zu reden, wenn wir im Bett sind; außer du willst, dass wir keinen Sex mehr haben.«

Ich nahm einen unsichtbaren Schlüssel vom Nachttisch und sperrte meinen Mund zu.

Jamie schloss gleich wieder auf und sagte: »So, und jetzt lass uns über die Sins reden.«

»Sends«, verbesserte ich.

»Von mir aus. Jedenfalls ist sie stocksauer auf dich, oder?«

»Jessica sagt, nein.«

»Was glaubst du: Warum will sie dich wirklich sehen?«

Ich zuckte mit den Schultern: »Keine Ahnung, nach dem, was sie bis jetzt abgezogen hat, kann ich mir nicht vorstellen, dass es ihr um Versöhnung geht.«

Jamie schnaufte und drehte sich auf den Rücken. »Ich würde mich trotzdem mit ihr treffen. Dann hast du's hinter dir. Ich mein, wenn sie dich verarscht, und das ganze Verarbeitungsgequatsche war erstunken und erlogen: Was kann sie schon groß tun?«

»Sie kann die Polizei mitbringen«, ich knubbelte an der Bettdecke herum.

»Glaub ich nicht«, sagte Jamie gleichmütig, »rein strafrechtlich gesehen hast du nur einen Füller geklaut.«

»Und mich unrechtmäßig in ein Hotelzimmer eingeschlichen.«

»Ja, aber du hast da nicht übernachtet. Du kannst sagen, du wolltest es nur besichtigen ...«

»Ich hab die Schokolade gegessen.«

»... und die Schokolade probieren.«

»Dass ich ihr bei der Lesung den Duschring ins Buch gelegt habe, könnte man als Belästigung oder Drohung auslegen.«

»Ich sag ja: Du bist pervers.«

Ich schwieg geistesabwesend, und Jamie schob sanft hinterher: »Ich kann dabei sein, wenn du willst.«

»Das musst du nicht«, ich drehte mich auf die Seite und ließ den rechten Fuß aus dem Bett baumeln, »das Treffen fällt aus; da kann sie sich noch so oft bei Jessica ausheulen.«

Jamie legte die Hand auf meine Schulter. »Aber sie hat doch recht: Rede mit ihr, erklär ihr, das war alles ein Missverständnis, du hast es nicht so gemeint, und dann hast du die Sache vom Tisch.«

Der Zorn, den ich nach meinem letzten Gespräch mit Vater wiederentdeckt hatte, war plötzlich da. Mit einem Schlag stand er wie eine Maske vor meinem Gesicht, und mein Restbewusstsein rief mir zu: ›Geh weg! Du beherrschst hier gleich gar nichts mehr.‹

Ich riss die Decke von mir, und während ich mich aus dem Bett schwang, herrschte ich Jamie an: »Verstehst du denn nicht? Da gibt's nichts mehr zu besprechen! In der Geschichte hab ich alles gesagt!« Wütend suchte ich nach meiner Unterhose. »Soll ich ihr noch 'ne Zeichnung machen?« Ich fand ein Unterhemd und zog es mir hastig über. »Mann! Die Frau ist doch Schriftstellerin! Ist die zu blöde, um zwischen den Zeilen zu lesen?« Es muss einigermaßen lächerlich ausgesehen haben, wie ich unten ohne schimpfend im Zimmer herumstapfte. »Wenn du mich fragst«, endlich fand ich die Unterhose und heddertete hinein, »nimmt sich diese Frau selbst viel zu wichtig.« Ich zog den Slip hoch. »Ich hab die Sache schon längst abgehakt, und das sollte sie auch tun. Wenn ich mich mit ihr treffe, gebe ich doch nur ihrem übergroßen Bedürfnis nach Aufmerksamkeit nach! Echt! Fragt sich wirklich, wer hier wen verfolgt!« Damit verließ ich das Zimmer.

Und drei Sekunden später kam ich wieder zurück, hüpfte wortlos ins Bett und schmiegte mich an Jamie.

14

Die Einkaufspassage lag in direkter Nähe zur Alster. Ich musste an Hannover denken und den Maschsee. Er hätte sich zusammengekräuselt, zu einer großen grünen Wasserblase formiert und wäre in den Stadtwald gewabbelt, um sich zu verstecken. Armer, alter Maschsee. Mit so was konnte er nicht konkurrieren.

Nicht nur dass die rundum mit Bäumen gesäumte Außenalster ungefähr zehn Mal so groß ist. Sie mündet unter einer Brücke durch in die Binnenalster, ein seeartiges Becken, das aussieht wie gezähmtes Meer. Ein Süßwassermeer, natürlich, aber ich wette, jeder zweite Tourist müsste den Finger ins Wasser stecken und probieren, um das zu glauben. Weil Hamburg schließlich am Meer liegt. Jeder denkt, Hamburg liegt am Meer. Auch wenn das hier mitten in der Stadt sich wellt und kräuselt, mächtig und blau. Man hat den Eindruck, als sei es einzig zum Vergnügen der Luxusshopper erschaffen worden. Als habe man zuerst einen quadratischen Platz entworfen mit rundherum lauter herrschaftlichen weißen Fassaden, verschwenderisch verschnörkelt, damit das Auge sich freut. Das muss in einem einzigen rauschhaften Akt von einem Abenteurer mit wehendem Umhang geschaffen worden sein. ›So!‹, hat er gesagt, ›und jetzt plündere ich schnell die gesamten Königshäuser Europas, um unten die Schaufenster der Einkaufspaläste zu füllen!‹ Und der Umhang hatte ein rotes Innenfutter, und damit schwang er sich dann in den Himmel und tupfte eins, zwei, drei die wunderschönsten Kupferdächer auf die mehrstöckigen Häuser. ›Mein Werk ist fast vollendet!‹, triumphierte Don Alster dann von der Weltkugel des Hotel Atlantic herunter: ›Als Krönung fluten wir den ganzen Platz und lassen Schiffe darauf fahren!‹ Und so lag das jetzt da. Zwanzig Fußballfelder weit wogendes Azur, und in der Mitte eine sechzig Meter hohe Wasserfontäne. Der domestizierte Ozean mitten in der Stadt.

Ich versuchte mir vorzustellen, wie es aussähe, wenn alles zugefroren wäre und ich im Innern eines Eisbrechers mitten hindurchführe. Das würde auch besser zu dem schwimmenden Riesen-Weihnachtsbaum passen, der um diese Jahreszeit in der Mitte auf einer Plattform schaukelte. Aber die Alster war frei von Eis, obwohl es zapfenkalt war. Das war auch der Grund, weshalb wir jetzt inmitten von dick eingemummelten Menschen, die sich durch eine Gasse von Holzhüttenattrappen schoben, neben einer kniehohen Bretterbühne standen, von einem Bein aufs andere traten und diskutierten. Kevin fand, es sei durchaus möglich, auch bei den Temperaturen, im Freien und auf diesen zusammengenagelten sechs Quadratmetern einen Ausschnitt aus der Show zu zeigen. Alle anderen fanden, er hätte den Arsch offen. Aber das sagte keiner. Uns genügte der Anblick der fuchsfarbenen Fellmütze, die er heute auf seinem Kopf zum Besten gab. Durch das Pelzbrett über der Stirn und die zwei übergroßen, abstehenden Ohrenklappen sah es aus, als trüge er drei Fellmützen. Und labelversessen wie er war, hatte sie wahrscheinlich auch so viel gekostet. Zusammen mit der weißen, ebenfalls fellgefütterten Jacke trug er schätzungsweise tausend Euro über den Hamburger Weihnachtsmarkt. Ich rechnete mir aus, dass es sich lohnen müsste, anstatt auf der Reeperbahn zehncentstückweise die Tagesration Alk zusammenzubetteln, lieber hierherzukommen und Pelzjacken zu ernten. Von

Kevins Designerstück könnte ein anständiger Penner locker ein halbes Jahr durchsaufen.

»Ihr müsst ja nicht die ganze Nummer spielen«, versuchte er die Gemüter zu beruhigen, »Jamie, du machst ein paar Handstände, Svetlana lässt ein bisschen die Hula-Hoop-Reifen kreisen, das macht schön warm, Ricardo und Lora haben eh keine Probleme.«

»Außer dass ich mich hier nirgends umziehen kann.« Die diplomatische Lora hatte schon lange aufgehört zu lächeln.

»Bleib mal ganz locker«, Kevin legte Lora die behandschuhte Hand auf die Schulter, »das haben wir alles geklärt: Ihr macht euch im Café drüben in der Passage fertig, dann kommt ihr zurück, spielt zwanzig Minuten eine Mini-Show und dann könnt ihr wieder zurück in eure Künstlerwohnung.« Es klang, als ob er einen altersschwachen Schäferhund bei Regen zum Gassigehen überreden wollte.

»Ich lauf doch nicht im Fummel einen halben Kilometer durch die Stadt!«, empörte sich Lora.

Da er spürte, dass er diesmal auf vehementen Widerstand stieß, versuchte Kevin nun auf seine anmaßende Art, charmant zu sein: »Lora, meine Große«, er sortierte ihr den Mantelkragen, »nun woll'n wir mal nicht gleich hysterisch werden. Bei deiner Schrittlänge sind das allerhöchstens zweihundert Meter.«

Lora wischte sich seine Hände vom Revers und entwickelte männliche Gesichtszüge.

Jamie sprang ein und warb um Verständnis: »Kevin, wenn ich mich im Café warm mache, bin ich doch wieder kalt, bis ich mich hier durch die Menschenmassen bis zur Bühne durchgeschlagen habe. Wenn Svetlana und ich uns bei dieser Aktion verletzen und dann die nächsten zwei Wochen ausfallen, hat doch keiner was davon.«

»Aber wir haben extra für euch eine Anlage aufgebaut!«, jammerte Kevin nun wie eine beleidigte verzogene Göre.

»Dann packt ihr das Mikro und den kleinen Feldverstärker halt wieder in den Rucksack«, zischte Lora.

Jamie drehte ihn mit einer instinktiven Beschützergeste von Kevin weg. Auf der improvisierten Bühne standen in der Tat nur ein einsames Stativ mit einem kabellosen Mikrofon darauf und ein handgepäckgroßer, schwarzer Lautsprecher. Die CDs mit den Musiken für die Artisten sollten über die Boxen eines direkt angrenzenden Glühweinstandes laufen. Er gehörte einem Cafébesitzer, der dafür an der Rückwand der Bühne über die gesamte Fläche ein Werbebanner mit dem Logo seines Ladens aufgehängt hatte.

»Wessen Promo-Veranstaltung ist das hier eigentlich?«, fragte Ricardo durch die Zähne.

Kevin unterhielt sich nun an diesem Stand mit einem gut aussehenden, braun gebrannten Kerl mit schwarzen Kringellöckchen in Kamelhaarmantel und cremefarbenem Schal. Er schien nicht begeistert zu sein von dem, was Kevin ihm berichtete. Seine schwarzen Chef-Augenbrauen runzelten sich über schnell entscheidenden Augen. Als er Kevin knapp antwortete und dabei nickte, zuckte sein spitzer Kinnbart wie der Stab eines Dirigenten, der ein sechzigköpfiges Orchester befehligte. Kevin winkte uns beidarmig zu sich und verkündete, noch während wir auf ihn zutrotteten, in knappen Worten, der Plan sei geändert und die Show in die Einkaufspassage verlegt worden, in der sich das Café befand.

Was dann dort ablief, war ein Akt der Zerstörung. Stellt euch ein Himbeersoufflé vor, das auf einem Tablett voll gemischter Innereien serviert wird. Lora stand in ihrem bordeauxroten Abendkleid am Fuß einer Wendeltreppe auf dem Steinboden neben den weit geöffneten Glastüren des Cafés. Über ihr erstreckte sich die Passage zwei Stockwerke hoch. Erbaut aus einer endlosen Masse von Klinkersteinen: ein Labyrinth aus rostroten Rechtecken. Selbst die Treppe und der kreisrunde Platz, auf dem helle Korbstühle um moosgrüne Bistrotische standen, war mit Klinker-Lookalikes gefliest. Das Café war angesichts der Freiluftkonkurrenz an der Alster schlecht besucht. Ein älteres Ehepaar hatte sich neben der Treppe in die Korbsessel gezwängt. Jeder umgeben von zwei prall gefüllten Einkaufstüten, ruhten sie sich bei einem halben Liter Milchshake aus. Zwei leere Tische weiter saßen drei junge Mädchen und spielten mit ihren Handys. An dem Tisch, der dem Eingang am nächsten war, wurde gerade abkassiert. Ein Stockwerk darüber blieben einige Passanten neugierig stehen und lehnten sich über das matt polierte Metallgeländer. Lora stand aufrecht in diesem kreisrunden Schacht und war Vollprofi. Sie begrüßte jeden der »handverlesenen« Gäste einzeln. Sie erzählte, man habe monatelang in ganz Hamburg gecastet, um genau dieses Publikum zu bekommen, und sie freue sich, nun vor diesem auserwählten Kreis spielen zu dürfen. Als das Schröffeln der Milchschaumdüse im Café so laut wurde, dass kein Mensch mehr ein Wort verstehen konnte, verzog sie keine Miene, sondern meinte nur lächelnd in Richtung Theke: »Für mich bitte auch einen Cappuccino!« Keiner, weder das Milchshakepärchen noch die Teenies, der Kellner oder Kevin, der neben dem Cafébesitzer auf einem Barhocker im Innenraum saß, hörte ihr zu oder hob auch nur den Kopf. Die Passanten von oben starrten zwar herunter, aber als Lora eine Kusshand Richtung Glasdach warf und sagte: »Mein nächstes Lied singe ich nur für meine Fans im zweiten Rang«, glotzten sie bloß weiter teilnahmslos nach unten, als wären sie Opfer einer Gesichtslähmung. Lora gab im Theater die perfekte Vorstellung einer Diva. Ihr Auftritt war eine ins Detail festgelegte Inszenierung. Der Gang von hinten durch den Vorhang bis nach vorne zur Bühnenkante erfolgte in immer derselben Anzahl von Schritten, und sie genoss jeden einzelnen von ihnen. Jedes Aufsetzen ihrer zehn Zentimeter hohen Stilettos war wie ein Paukenschlag, der das Erscheinen einer Herrscherin markierte. Der bauschige, im Scheinwerferlicht changierende Rock schob sich wie eine Wolke vor ihr her, und darüber thronte sie in ihrem auf Wespentaille geschnürten Korsett mit den einzelnen, gezielt aufgestickten dunkelroten Pailletten, an denen feine Perlenschnüre baumelten, die in tropfenförmige, bernsteinfarbene Strasssteine mündeten. Ganz ruhig stand sie dann da, auf Position, genau unter dem für sie eingerichteten Spot. Wie eine Statue, unbeweglich und exponiert, hielt sie einige selbstbewusste Sekunden lang inne, in denen nur die Strasstropfen nachwippten. Dann verzog sie fast unmerklich den rot geschminkten Mund zu einer Schnute, hob gleichzeitig den linken Mundwinkel und eine Augenbraue an, und wenn die Spannung am größten war, setzte die Musik aus, und in das atemlose Schweigen von sechshundert Menschen zwinkerte Lora zu einem einsamen Triangelschlag in den Saal. Das Publikum johlte. Mit dieser winzigen Geste erreichte sie noch die letzte Zuschauerreihe und verband sich mit Menschen, deren Gesicht sie nie zu sehen bekommen würde, die sie aber für den Rest des Abends als ihre Freundin und Vertraute akzeptierten, und sie antworteten ihr mit tosendem Applaus.

Hier unten, in dieser Mischung aus Tages- und Kunstlicht, eingemauert von Rostrot, verlor sie ihren Glanz. Svetlana sagte immer: »Abendstärrn kann nicht leuchten, wenn wird nicht angestrahlt.« Der rote Stoff wirkte grob und schwer in der steinernen Umgebung, das ganze Kleid, die Perücke, der Schmuck: überladen, zu groß, zu unecht und auf eine Weise grotesk, die bei einem Kind, wenn es Schuhe und Schminke von Mami ausprobiert, drollig aussieht, aber bei einem Erwachsenen lächerlich. Es tat mir weh zu sehen, wie die Künstler, die ich Abend für Abend auf der Bühne bewundert hatte, hier vorgeführt wurden wie dressierte Pudel. Jamie hatte sein Podest aufgebaut und spielte eine Drei-Minuten-Version seiner Nummer, in der er die spektakulären Stellen wegließ und dementsprechend spärlichen Applaus von den mittlerweile wenigstens zwanzig Einkaufsbummlern erntete, die an den Geländern über dem Café standen. Ricardo, der seine Tricks nicht in einem Raum spielen konnte, in dem ihn das Publikum von allen Seiten sah, verlegte sich auf Close-Up-Zauberei und ging mit Kartentricks und kleinen Münzverschwindereien von Tisch zu Tisch. Svetlana war auf so etwas wie hier nicht vorbereitet. Inmitten der Tische war zu wenig Platz für die Hula-Hoop-Nummer, daher machte sie zu einer Musik, die zu schnell dafür war, Kontorsion auf Jamies Podest, das viel kleiner war als ihres. Keiner der Artisten war in der Lage, unter solchen Bedingungen zu glänzen. Die Show sah aus, als ob Paul Bocuse mit einem Taschenmesser, einer Rhabarberstange und einer Dose Ravioli versuchte, ein Drei-Gänge-Menü zu kochen. Das Schockierendste daran war, dass es keinen zu kümmern schien. Kevin unterhielt sich neben mir an der Bar mit dem Cafébesitzer, und ich traute meinen Augen kaum, als ich Dirk auf uns zuschlendern sah. Anscheinend hatte Kevin ihn per Handy benachrichtigt, denn sie begrüßten sich nun mit Küsschen, Küsschen, als seien sie hier verabredet. Gut gelaunt warf er seine graue Schiebermütze neben meinen halb ausgetrunkenen Cappuccino und drehte mir wie immer den Rücken zu.

 Ich konnte mir das nicht länger ansehen und ging schnell um die Ecke in den Obstladen. Nach einer guten Handvoll kernloser Trauben, die ich mir Stück für Stück durch die Lippen flutschen ließ, hatte ich wieder genügend Energie, um zurückzukehren. Ich kriegte gerade noch mit, wie Ricardo am Rande der Bar seine Requisiten einpackte und von Kevin zu hören bekam: »Grand Félix – das war wohl nix!«, woraufhin Dirk sich offenbar bemüßigt fühlte, pflichtschuldig über seines Meisters Witz zu gackern. Ich wandte mich angeekelt ab und griff nach meiner Kaffeetasse. Die mittlerweile kalte, hellbraune Flüssigkeit schwappte mir in den Mund, und mit ihr ein kleiner Festkörper, länglich und glatt! Er rutschte über meine Zunge und schwamm Richtung Kehle! Ich spie die Plörre über meine Hose und den halben Tresen. Gleichzeitig kreischte ich und sprang vom Barhocker, wobei ich mir das Knie an der Theke anschlug und die Kaffeetasse mitriss. Ich krotzte mit der Zungenwurzel am Gaumen herum und spuckte und wischte mir dabei hektisch immer wieder über den Mund. Eine Kakerlake im Kaffee! Das war so widerlich! Ich suchte den Boden nach ihr ab. Irgendwo musste sie noch halb betäubt rumkrabbeln. Schließlich sah ich sie an meinem Gürtel kleben: eine Zigarettenkippe. Und dann hörte ich Dirks echtes Lachen. Besser gesagt, bekam ich die ganze Bandbreite seiner Amüsierfähigkeit vorgeführt. So außer sich hatte ich ihn die ganzen zwei Wochen nicht gesehen: Erst streckte er den Kopf nach vorne, hielt sich am Tresen fest und giggelte, dann stand er auf, zeigte abwechselnd auf mich und die nasse Kippe und lachte aus vollem Hals. Schließlich kamen ihm die Tränen; er hielt sich den Bauch und krümmte sich. Ich sah mir das eine Weile an und begann zu begreifen. Bilder schossen mir durch den Kopf. Bilder von Dirk, wie er seine Kippen in Plastikbecher warf, in denen noch ein Rest Flüssigkeit war: Cola, Wasser, Kaffee. Überall im Theatertreppenhaus, auf dem Klo und in der Künstlerwohnung standen seine Flüssigaschenbecher rum. Als er ins Café gekommen war, hatte er eine brennende Zigarette in der Hand gehabt. Und in Hamburg war in öffentlichen Räumen Rauchverbot.

»Hör auf«, sagte ich und wischte mir unbeholfen über den verspritzten Pulli.

Er schien mich nicht gehört zu haben, drehte sich mit knallrotem Gesicht zu seinen Kumpels und kriegte sich nicht mehr ein. Lora moderierte draußen weiter und warf einen irritierten Blick in unsere Richtung.

»Hey«, wiederholte ich ernst, »hör auf, das reicht jetzt.«

Dirk konnte sich nicht beruhigen. Er sprang wie eine sehr plumpe Balletttänzerin von einem Bein aufs andere und imitierte mit prustendem Mund meine Spuckbewegung.

Hinter mir fing jemand an, die zerbrochene Tasse zusammenzufegen und mit einem Lappen den Tresen zu wischen, aber das nahm ich nur noch am Rande wahr. Die Zornmaske hatte sich wieder an meinen Kopf festgeschnallt, und diesmal versuchte ich nicht, sie abzuschütteln. Ich ging einen Schritt auf Dirk zu und forderte laut und deutlich: »Hör jetzt auf, du störst die Show!«

Das war für ihn anscheinend der Gipfel der Lächerlichkeit. Er schraubte seine Stimmbänder noch einmal ein Stockwerk höher und krähte: »Was für eine Show?«, ohne mich dabei anzusehen.

Das war sein Fehler.

Im selben Moment, in dem meine Fingerknöchel seine fleischige Oberlippe gegen die Vorderzähne matschten, quoll auch schon Blut heraus. Es rann ihm in zwei unkontrollierten Rinnsalen übers Kinn. Er machte keine Anstalten, es wegzuwischen. Die Angst ließ ihm keine Zeit dafür. Er richtete seine volle Konzentration auf mich, von wo er den nächsten Schlag erwartete. Ich hatte fast genauso viel Angst. Wegen seiner plötzlichen Aufmerksamkeit. Weil ich keine Kontrolle mehr hatte. Mein Herz hämmerte mir die Halsschlagader hoch. Mir war heiß, und ich zitterte. Seit vielen Jahren hatte ich niemanden mehr geschlagen, und nun stand ich über Dirk gebeugt, und er blutete aus dem Mund. Anscheinend hatte ein paar Sekunden zuvor mein Rückenmark die Kontrolle übernommen. Ohne eine Sekunde zu zögern, war ich noch einen Schritt vorgegangen, hatte ihn am Hemdausschnitt gepackt und wie ein Rammbock vor mir hergestoßen. Glücklicherweise stolperte er dabei über den Barhocker, der hinter ihm stand, umfiel und ihm zum Hindernis wurde. Wäre er nicht sofort gefallen, hätte ich niemals eine Chance gegen ihn gehabt. Aber als er vor mir auf dem Boden lag, schlug ich ihm sofort und ohne jede Vorwarnung mit der Faust ins Gesicht. Zuerst rutschte ich an der Nase ab und schlitterte über seine Wange. Aber so hatte das nicht auszusehen. Das musste korrekt ausgeführt werden. Gleich nochmal, mit der anderen Faust, konzentriert in die Fresse, so fest ich konnte.

Ganz automatisch, so empfinde ich es heute, ist es passiert. Ich erinnere mich daran wie an einen Unfall. Einzelne Bilder, die ich geknipst habe, während mein Körper agierte. Obwohl ich mich bis heute nicht daran erinnere, mit welcher Faust ich zuerst zugeschlagen habe.

Danach stieg ich über ihn hinweg wie über einen Sack Kartoffeln, den ich gerade im Keller verstaut hatte, und lief los. Es dauerte vom Ausgang der Passage über Planten un Blomen bis nach St. Pauli, bis ich wieder bei Sinnen war. Aber ich hatte noch keine Erklärung für das, was gerade mit mir durchgegangen war. Also marschierte ich weiter über die Reeperbahn, Richtung Hafen. Mit der räumlichen Entfernung würde ich auch einen besseren Überblick bekommen. Während der Nacht war diese Gegend ein bunt erleuchteter Spielplatz für Erwachsene, der rief: ›Komm rein! Trink! Nimm mich und vergiss!‹ Bei Tageslicht sah die Davidstraße aus wie ein stillgelegtes Karussell. Die meisten Kneipen waren verbarrikadiert mit verrosteten Sperrgittern, auf den Stufen mancher

Kellerkneipe lag loser Müll. Auch das vietnamesische Restaurant, in dem wir am ersten Abend wie in einer hell möblierten, warm beleuchteten Oase gesessen hatten, erkannte ich durch die schmutzige Glasfront kaum wieder. Ich stapfte ein Stück bergauf, über Kopfsteinpflaster, und je länger ich unterwegs war, desto weniger fiel die Verwirrung von mir ab. Im Gegenteil: Der Eindruck, das alles hier sei schon seit Jahren geschlossen und verwaist, verstärkte in mir das Gefühl, in eine Sackgasse zu laufen. Am Ende der Straße erkannte ich den ersten grauen Kran. Ich hastete die Treppe hinunter und versuchte, so wenig wie möglich vom getrockneten Urin der letzten Nacht einzuatmen. Gute hundert Meter noch, über die Brücke und auf den schwimmenden Kai aus Beton. Bis an die Wasserkante. Hier ging es nicht weiter. Vor mir braungrünes Elbwasser und hinter mir die tote Davidstraße. Ich schaute über das Wasser hinüber zu einem schwimmenden Stahlbehälter. Grau und leer, mit Platz für ein ganzes Containerschiff. Dort in dem Café hatte ich in meinen eigenen Abgrund gesehen. Seit wann löste ich Konflikte mit Gewalt? Wenn selbst auferlegte Begrenzungen und Eieressen zwanzig Jahre lang nicht die Welt von mir, sondern mich von den Menschen ferngehalten hatten, dann war es vielleicht besser, diese unsichtbare Schutzglocke unangetastet zu lassen. Ich schaute in die Ferne, wo sich riesenhafte, graue Stahlkräne über unter ihnen zusammenschrumpfende Frachtschiffe beugten, griff nach dem Handy und drückte die Kurzwahltaste.

»Hallo Papa«, sagte ich mechanisch.

»Na, was hast du angestellt?«, fragte er, und ich hatte darauf keine Antwort. Ich stand am Hamburger Hafen und heulte geräuschlos in mein Handy. Ich weiß nicht, ob mein Vater das gespürt hat oder was er gespürt hat, jedenfalls war ich nicht auf das vorbereitet, was er an diesem Punkt meiner Reise sagte. In den paar Sekunden Stille dehnte sich die vertraute Distanz von Ohr zu Ohr auf die realen dreihundert Kilometer aus.

»Weißt du«, sagte er mit Anlauf, »du hast auf mich immer den Eindruck gemacht, als seist du nur auf der Durchreise.« Seine Stimme klang unsicher und besorgt. »Als du fünf warst, hab ich dich eine Stunde lang durchs Küchenfenster beobachtet, wie du reglos auf der Bank vor dem Haus gesessen hast. Ich konnte das nicht aushalten und bin raus. ›Was machst du denn da?‹, hab ich gefragt, und du hast gesagt: ›Ich glaube, ich werde abgeholt.‹ Ab da hab ich immer Angst gehabt, dich zu verlieren. Und ich dachte, am besten verhindere ich das, indem ich dich so wenig wie möglich festhalte.«

Das mit meiner Kindheit hatte er gut hingekriegt, fand ich, aber ich maßte mir nicht an, jetzt so was zu sagen wie: ›Das hast du richtig gemacht, Papa.‹

Er ignorierte mein lobendes Schweigen und beteuerte:

»Ehrlich, manchmal hatte ich Angst, du gestehst mir eines Tages, du seist adoptiert!« Er versuchte ein Lachen, das müde und heiser klang.

In diesem Moment wurde mir klar, dass mein Vater keine Zuflucht mehr für mich war. Er war nicht der Boden unter meinen Füßen. Er war ein ängstlicher Vater, der sich ständig Sorgen um seine Tochter machte. Ein Überbehüter, der fürchtete, sein Kind würde irgendetwas Schlimmes anstellen, sobald es sich seiner Kontrolle entzog. Ich drehte den großen Schiffen den Rücken zu und sagte ins Telefon: »Ich komm dich an Weihnachten besuchen.«

Mit seiner Offenbarung hatte Vater mich in die Realität zurückgeholt. Den Hafen im Rücken und die Stadt vor mir, trat ich den Rückweg an. Der milchige Himmel über mir war bedeutungslos und Hamburg nur eine Stadt mit einem zweisilbigen Namen. Die Hausfassaden gaben mir keine Zeichen. Die Reeperbahn scherte sich nicht um mich. Wir würdigten uns gegenseitig keines Blickes. Es galt jetzt die Ärmel hochzukrempeln und Scherben aufzusammeln.

Im Hausflur schallte mir eine vertraute Musik entgegen: »Seika!«, rief Alexej mit seinem durchdringenden Bass aus dem zweiten Stock herunter, und Eva antwortete ihr monotones »Da!« aus dem ersten zurück. Faszinierend, wie sie immer denselben Rhythmus beibehielten: eine, zwei, drei Treppenstufen ... »Seika!!«, röhrte es von oben eindringlicher. Eva stand im Türrahmen, als ich an ihr vorbeistapfte. Sie lächelte und nickte mir zu. Schön, einen Menschen zu treffen, in dessen Augen ich noch kein Freak war. Drei Treppenstufen weiter brüllte sie hinter mir »DA!«. Ich öffnete die obere Wohnungstür und schlüpfte zwischen zwei zunehmend ungeduldiger werdenden »Seika!!!«s in unser Zimmer. Ich hatte keine Ahnung, wie ich durch meine Scham hindurch einen Gesprächsanfang finden sollte, aber Jamie machte es mir wie üblich leicht.

»Ah, da kommt ja Rambo Rosenbrot!«, rief er und hielt sich schützend die Fäuste vors Gesicht.

Ich ging zu dem kleinen Tisch an der Wand und setzte mich langsam auf einen Stuhl. »Wie geht es Dirk?«, fragte ich mit Blick auf den Tisch.

»Er ist okay«, antwortete Jamie, »die Zähne sind noch drin.«

»Kann er heute Abend auftreten?«

»Klar. Schmerzhaft wird's nur, wenn er an der Zigarette zieht.« Er deutete mit der Hand vor dem Mund eine dicke Lippe an.

Ich traute mich nicht, diese Geste als witzig aufzufassen, und rieb mir die Stirn. Was sollte ich sagen? ›Ich weiß nicht, was in mich gefahren ist‹ war so unendlich abgedroschen. Obwohl ich es wirklich nicht wusste. Ich wusste nur: Wenn etwas in mich gefahren war, dann hatte es da schon sehr lange gesessen und auf eine Gelegenheit gewartet.

Jamie lehnte am Fenster. Er sah auf die Straße hinunter und wurde ernst. »Sabine«, zum ersten Mal, seit wir uns kannten, sprach er mich mit meinem Vornamen an, »das ist eigentlich nicht die Art, wie wir miteinander umgehen.« Er legte die linke Hand auf den Fenstergriff. »Dirk ist mein Kollege, und ich muss noch eine Weile mit ihm auskommen.«

Es vergingen einige Sekunden, in denen wir aneinander vorbeischauten und den schallgedämpften »Seika!!! – Da!!!«-Rufen aus dem Treppenhaus lauschten. Obwohl zwei geschlossene Türen zwischen uns und dem brüllenden Liebespaar lagen, zuckte ich bei jedem der Rufe zusammen. »Seikaaa!!!!« Es hörte sich so an, als sei er ihr die halbe Treppe herunter entgegengegangen. »DAAAA!!!!!!!!!« Diesmal meinte ich fast, die Wände vibrieren zu sehen. Es folgten ein paar auf Russisch gemurmelte Flüche.

»Glaubst du, sie wird irgendwann mal einfach kommen, wenn er sie ruft?«, fragte ich zweifelnd.

»Nicht, wenn sie wo sind, wo es ein Treppenhaus gibt«, antwortete Jamie bestimmt.

»Was heißt ›Seika‹ eigentlich?« Ich hob den Kopf Richtung Fenster.

Er sah mich kurz an und sagte grinsend: »Es ist russisch für ›Häschen‹.« Er sah wieder auf die Straße.

»Ja, das passt«, ich stützte die Unterarme auf die Knie und starrte auf den Boden. »Nur das mit mir. Hier. Bei euch: Das passt nicht mehr, oder?«

»Du musst jetzt nicht sofort ausziehen«, sagte Jamie. Es klang unbeholfen, so als wüsste er selbst nicht, ob der Satz an der Stelle zu Ende war. Er hoffte wohl, dass ich selbst wusste, was zu tun war.

»Ist er da?«, fragte ich und stand auf.

»In seinem Zimmer«, antwortete Jamie, ohne mich anzusehen.

Ich ging an diesem Abend und auch an den folgenden mit ins Theater, um Jamie wie immer zu assistieren, aber es war klar, dass ich die Truppe verlassen musste. Abgesehen davon, dass mein Unterschlupf im Varieté kein dauerhaftes Zuhause für mich war, wollte ich mit meinem »Ausrutscher« nicht auch noch Jamie ins Aus manövrieren. Ich meine, wie würdet ihr es finden, wenn euer Partner zu euch ins Büro käme und würde einen eurer Kollegen vermöbeln? Gut, ihr sagt jetzt vielleicht: ›Das wär doch total dufte, und ich hab hier auch schon mal eine Kinnhakenwunschkandidatenliste aufgestellt.‹ Aber nun stellt euch vor, euer Lebensgefährte säße Tag für Tag neben eurem Schreibtisch, obwohl alle Kollegen im Raum hinter ihm tuscheln. Nicht mehr so lustig.

Erstaunlicherweise hatte mir Kevin kein Backstageverbot verpasst. Ihm schien der kleine Theaterdonner zu gefallen. Ich glaube, Kevin waren Menschen an sich ziemlich egal. Er betrachtete die Welt nur nach ihrem Unterhaltungswert. Dirk war erstaunlich gelassen gewesen, als ich in sein Zimmer kam, um mich zu entschuldigen. Ich hatte die Tür offen stehen lassen, als ich eintrat, um uns beide nicht noch mehr in die Ecke zu drängen. Dann sagte ich ihm ohne Umschweife, dass es keinerlei Entschuldigung für mein Verhalten gebe, ich aber fände, ich müsse es wenigstens versuchen. Dass es das Mindeste sei, das ich ihm schulde. Dass es mir sehr leid täte.

»Okay«, sagte er hastig und warf einen Blick an mir vorbei in Richtung Tür. Die Situation war ihm sichtlich unangenehm. Noch peinlicher, als von einer Frau in aller Öffentlichkeit geschlagen zu werden, war ihm offenbar, jetzt noch einmal in der Rolle des Opfers zu sein und dabei womöglich von einem Kollegen beobachtet zu werden.

Ich verhedderte mich in einer ungelenken Armbewegung, die ursprünglich dazu gedacht war, ihm die Hand zu reichen, sich dann aber im Nichts verlor. Er vergrub die seine in der Hosentasche und zupfte sich mit der Linken an der Nase. Seine Lippe sah nicht besonders dick aus. Wenn man es nicht wusste, konnte man die Schwellung kaum erkennen, und ich vermied es, zu lange hinzusehen. Mit dem sicheren Gefühl, hier nichts, aber auch gar nichts wiedergutmachen zu können, verließ ich das Zimmer und schloss die Tür hinter mir.

Auf dem Weg ins Theater rief Jessica an.

»Ja?« Es passte mir überhaupt nicht, jetzt mit ihr zu reden.

»Ah, deine Handynummer ist noch gültig«, sagte sie zur Begrüßung.

»Hätte ich sie ändern sollen?«, fragte ich frostig zurück.

»Ich hab dir gesagt, ich geb deine persönlichen Daten nicht weiter. Und daran hab ich mich auch gehalten. Obwohl mir die Sends eine Menge Kohle dafür angeboten hat.« Jessica stellte sich sofort auf meine Angriffshaltung ein.

»Du bekommst Geld dafür?«, fragte ich fassungslos.

»Hey, komm, du weißt, was man als Wachse verdient ...«

»Wie viel?«, unterbrach ich.

»Zweihundert Euro«, antwortete sie ungerührt.

Die Phase, in der sie mich mit gut gemeinten Ratschlägen unter Freundinnen überreden wollte, war anscheinend vorbei, daher sagte ich unverblümt: »Ich geb dir das Doppelte, wenn du die Klappe hältst.«

»Ach, Sabine«, sie klang plötzlich bedrohlich, »willst du nicht lieber anfangen zu sparen? Du hast doch schon auf dein Geld von

Wax Attaxx verzichtet, und Ralf sagt, deine Firma zahlt dir deinen Restlohn für November nicht, ehe du alle Unterlagen zurückgebracht hast.«

Ralf? Sie hatte mit MEINEM Ralf gesprochen? »Wie ... Wo hast du Ralfs Nummer her?«

»Das ist doch kein Hexenwerk. Was glaubst du, wie viele Rosenbrots es in Deutschland gibt? Ich verrat's dir: genau dreiundzwanzig. Zumindest sind das die, die einen Anschluss bei der Telekom haben. Und nur eine davon heißt Sabine.«

Ich blieb stehen und bedeutete Jamie, schon vorauszugehen.

»Zuerst dachte Ralf, ich hätte mich verwählt, als ich meinen Namen sagte«, plapperte sie weiter, »aber als ich ihm sagte, dass du bis vor kurzem bei mir gewohnt hast, war er ganz nett. Komisch, er hat nicht nach deiner Nummer gefragt.«

Ich fühlte mich besiegt. »Komm zur Sache«, forderte ich sie auf.

»Also«, sagte sie aufgeräumt und mit einem Anflug von Stolz über ihren gelungenen Coup in der Stimme, »Frau Sends sieht von einer Anzeige ab, wenn du dich mit ihr triffst.«

»Wann?«, fragte ich wehrlos.

»Ich weiß nicht«, sie genoss dieses Gespräch so sehr, dass sie es noch eine Weile verlängern wollte, »wo bist du denn gerade?«

»Hamburg«, nuschelte ich.

»Ja, da müsste ich dann erst nochmal nachfragen«, tusste sie, als säße sie in Michaela Sends' Vorzimmer. »Auf jeden Fall sollte es noch vor Weihnachten sein. Schaffst du das?«

»Ja.« ›Leg endlich auf, du Kuh‹, dachte ich.

»Gut, dann mach ich einen Termin für dich klar und melde mich wieder, ja?«

Ich verweigerte die Zustimmung und ließ das Kinn hängen.

»Sabine?«, horchte sie übertrieben fröhlich nach.

»Tschüss«, sagte ich knapp und drückte sie weg.

Ich schob das Handy in die Manteltasche, blies kalte Luft durch die Backen und setzte mich wieder in Bewegung. Von mir aus. Erledigte ich das eben auch gleich. Eins war jedenfalls klar: Jessica mochte vieles sein. Aber eine ganz Liebe war sie definitiv nicht.

15

Das Treffen mit Michaela Sends sollte am folgenden Mittwoch, fünf Tage vor Heiligabend, stattfinden, und als der Tag kam, war ich ungeduldig, die Sache hinter mich zu bringen. Seit ich Unfrieden ins Ensemble gebracht hatte, war ich von einer harmlosen Randerscheinung zu einem öffentlichen Diskussionspunkt geworden, und ich wollte nichts sehnlicher als zurück hinter meine Deckung.

Jamie bekam jetzt öfter Anrufe von seiner zuhausegebliebenen Freundin. Ich erkannte es daran, dass er, wenn sie dran war, das Handy an das mir abgewandte Ohr hielt und sich leicht wegdrehte. Er sagte dann keine vollständigen Sätze mehr, sondern warf ihr abgedroschene Brocken hin: »Es geht ... kann ich noch nicht sagen ... na, klar ... lass uns später nochmal telefonieren.« Und ich konnte mir ihren Part des Gesprächs sehr gut vorstellen: ›Na, wie geht's meinem Schatz?‹ – ›Wann kommst du nach Hause?‹ – ›Vermisst du mich?‹ – ›Ich könnte dich doch in Hamburg besuchen?‹ Es war unschön, mit anzuhören, wie er sich wand. Er hatte ein Anrecht darauf, harmonische Weihnachten mit der Person seiner Wahl zu verbringen. Und ich hatte Anrecht auf ein strahlend buntes Erinnerungsfoto von meinem schrägen Märchenprinzen. Er sollte nicht hinabsteigen zu Menschen mit Kreditraten und Eheproblemen. In absehbarer Zeit würde ich mich wieder auf den Weg machen. Das wusste er, und das wusste ich. Ich musste nur noch dieses kleine Stalker-Bündel zusammenschnüren, es an einen Stock binden und über die Felder schleudern, dann konnte es losgehen.

Im Backstage war alles wie immer, außer dass Ricardo in den letzten Tagen Gefallen daran gefunden hatte, sich immer neue Sprüche über meinen »Gewaltakt« auszudenken, wenn Dirk gerade nicht im Raum war. Heute begrüßte er mich mit: »Hey Sabine! Ick hab mir wat überlegt: Wie wär's, wenn du dir det patentieren lässt als Raucherentwöhnungsmethode: der Rosenbrot-Weg. Eine schlagkräftige Methode: Wer sich eine ansteckt, muss erst mal was einstecken!«

»Ricardo!«, mahnte Jamie.

»Nee, warte mal«, unterbrach Ricardo, »pass uff: Akupunktur is für Weicheier. Echte Kerle entziehen mit der Rosenbrot-Methode.« Er zeigte auf ein imaginäres Banner: »Rosenbrot! Haut dir so lang aufs Maul, bis keine Kippe mehr drin hält!«

Svetlana sagte: »Sollst du nicht machen Witze über was hat Sabine gemacht. War nicht richtig.«

»Nu macht euch mal nich ins Hemd«, beschwichtigte er.

»Nein, sie hat recht«, sagte Trix und an mich gewandt, »sorry, aber sö was kannste echt ni bringn.«

Ich ließ mich auf den Stuhl hinter ihrem Schminktisch fallen, der mittlerweile zu meinem Stammplatz geworden war. Ein Kommentar von meiner Seite war überflüssig. Ich hatte meine kleine Ansprache vor der Truppe schon gehalten. Jeder wusste, dass es mir leid tat. Es ging jetzt nicht um mich. Was für Ricardo eine deftige Anekdote war, war für Svetlana ein Unglück und für Trix eine nicht verzeihbare Grenzüberschreitung. Lora verhielt sich neutral distanziert, wie immer. Ich hatte keine Ahnung, was sie dachte, aber ich wusste, es war unnötig, dass die Truppe sich wegen der Frage, wie mein Verhalten zu bewerten war, in verschiedene Lager spaltete.

Svetlana drehte sich zu mir um und sagte: »Chab ich gehört, chast du cheute große Rendezvous mit Schriftstellerin, das war in Zeitung.«

Wieso war ich überrascht, dass sie darüber informiert war? Das hier war eine Theatergarderobe, und wir waren jeden Abend zusammen. Svetlana fragte mich, wann ich verabredet sei, und als ich ihr sagte, um neun, lächelte sie mich mit ihrem allerliebreizendsten Erlöserinnenlächeln an und bestimmte, da sei noch genug Zeit, um mich zu schminken. Ich solle gut aussehen bei dem Treffen, das würde mir helfen, es besser durchzustehen.

»Mach ich dich scheen und gehst du mit erhobene Haupt!«, strahlte sie und tupfte mir den ersten Klecks Make-up auf die Nase.

Da ich schätzte, dass die Aussprache mit der Sends nicht länger als eine Stunde dauern würde, könnte ich danach Jamie bei seinem Auftritt im zweiten Teil assistieren, aber er fragte sicherheitshalber Lora, ob sie einspringen könnte, falls ich nicht rechtzeitig zurück wäre.

Svetlana befahl: »Augen zu!«, und tupfte mit einem Schwämmchen meine Augenringe ab.

»Das geht nicht«, hörte ich Lora sagen, »durch die ganze Umstellerei hab ich da schon das neue Kostüm an. Wenn die Leute das sehen, ist die Überraschung hin.«

»Aber du musst dazu gar nicht auf die Bühne.«

»Ja, aber wenn mich dann an der Seite doch jemand sieht: Das macht meine ganze Figur kaputt.«

»Nein, das viele Essen macht deine Figur kaputt«, sagte Ricardo genüsslich.

Trix und Svetlana verkniffen sich das Lachen, während Lora wortlos aufstand und Richtung Bühne ging, um ihr Mikrofonstativ einzurichten.

»Augen zu!«, sagte Svetlana wieder und begann, mir Lidschatten aufzutragen.

Ich hatte vor, mich für das Gespräch mit Michaela Sends ins Theatercafé zu setzen. Das wäre neutraler Boden, und es war während der Vorstellung so gut wie leer. Wir würden uns also ungestört unter vier Augen unterhalten, und sie könnte sich davon überzeugen, dass ich kein Monster war, sondern nur eine kleine Frau, die sich in die große Welt aufgemacht und sich dabei ein bisschen zu weit aus dem Fenster gelehnt hatte. Ich war ziemlich guter Dinge. Zumindest bis ich sah, was Svetlana aus meinem Gesicht gemacht hatte. Ich will nicht sagen, dass es schlecht aussah. Es war nur ein bisschen viel.

»Danke«, sagte ich betreten, als sie Richtung Bühne verschwand.

Meine Augen waren durch eine drei Millimeter breite dunkle Umrandung doppelt so groß wie vorher und funkelten in allen Farben, die der Glitzerlidschatten, den Svetlana so gern benutzte, hergab. Das machte umso größeren Eindruck, als meine Hautfarbe von Milchweiß zu Copacabanabraun gewechselt hatte. Gut, dass sie einen knallroten Lippenstift dazu ausgesucht hatte, sonst wäre mein Mund unter diesen heftigen Kontrasten im Nichts untergegangen. Fairerweise muss ich aber sagen, dass es für einige Meter Abstand und im grellen Bühnenlicht perfekt dosiert war. ›Was soll's‹, dachte ich mir, ›falls sie dir doch übelwill, braucht die Sends dein wahres Gesicht nicht unbedingt zu sehen‹, und ein Blick auf die Uhr sagte mir, dass ich nicht die Zeit hatte, mich nochmal komplett ab- und wieder neu zu schminken.

Die Vorstellung lief bereits, und ich machte mich auf den Weg aus dem Keller nach oben. Als ich an der Bühne vorbeikam, spähte ich durch den schmalen Stoffspalt von der Seite aus ins Licht. Svetlana lag gerade unter 3.000 Watt in Super-Breitbeinstellung auf ihrem kleinen schwarzen Podest. Lora stand neben mir, stützte sich mit beiden Händen auf eine Stuhllehne und rieb einen stilettolosen Fuß an der Wade. Sitzen konnte sie in dem Kleid nicht. Ich nickte ihr stumm zu und bog links ab.

Noch ein paar Schritte, den kahlen Betonflur entlang, dann verließ ich das Gebäude durch den Seiteneingang und trat ins Freie. Ich befand mich nun an der rechten Seite des Gebäudes. Das Café lag hinter einer Glasfront beim Haupteingang an der Stirnseite. Ich war nervös. Nicht dass ich Angst vor einer hysterischen Schriftstellerin gehabt hätte, aber ich war mir nicht sicher, ob Jessica sich an unsere Abmachung gehalten hatte, dem Treffen fern zu bleiben. Es würde mir unmöglich sein, die reuige Sünderin zu geben, die sie der Sends versprochen hatte. Ich war schon zu sehr an die Rolle der mysteriösen Abenteurerin gewöhnt. Außerdem konnte ich nicht einschätzen, wie weit Jessica noch zu trauen war und was sie über mich erzählt hatte. Ich konnte nicht einmal sicher sein, dass es stimmte, dass Michaela Sends mich lediglich kurz sehen wollte, um die Sache aus dem Kopf zu haben. Genauso gut konnte das eine Falle sein. Jeden Moment war damit zu rechnen, dass aus der dunklen Gasse, die ich entlangging, bewaffnete Polizisten sprangen, die sich die Nase zuhielten, um wie durch ein Megaphon zu klingen: ›Lassen Sie den Duschring fallen und kommen Sie mit erhobenem Signierstift aus dem Gebäude!‹ Und noch bevor ich rufen könnte: ›Aber ich bin doch schon außerhalb des Gebäu...‹, würde die Spezialeinheit Jonglage 9 mich mit ein paar gezielten Keulenwürfen niedergestreckt haben. Ich war jetzt kurz vor der Ecke und versuchte mich bereit zu machen für das, was mir bevorstand. Die Tatsache, dass Jessica Geld dafür genommen hatte, den Kontakt zu mir herzustellen, konnte vieles bedeuten: dass Jessica gierig genug war, um einfach aus allem Kohle zu machen zum Beispiel. Oder dass »La Sends« so verletzt und wütend war, dass sie alle Hebel in Bewegung setzte, die Person zu schnappen, die sie derart aus der Fassung gebracht hatte. Allerdings musste der Detektiv, den sie engagiert hatte, eine ziemliche Flitzpiepe sein.

Und da war sie. Ich erkannte sie von Weitem an ihrem roten Lockenkopf. Neben ihr, das konnte nicht Jessica sein. Trenchcoat, Hut. Das war eindeutig ein Mann. Er ging etwas gebückt. ›Kein Wunder‹, dachte ich, ›dass sie sich von einer Enthaarerin helfen lassen muss, wenn sie Methusalem als Detektiv engagiert.‹ Sie waren kurz vor der gläsernen Eingangstür, und ich ging diagonal auf sie zu, als sich der alte Mann zu mir umdrehte und mit der Stimme meines Vaters rief: »Sabine!«

Sechs Buchstaben, die mich wie ein Windstoß zurück aufs Klettergerüst katapultierten. Und ich war nicht schwindelfrei. Zwar immer noch klein, ja, aber doch mittlerweile viel zu unbeweglich, um da oben die Balance zu halten. ›Lauf aus dem falschen Bild, das hier stimmt nicht, renn wieder dahin, von wo du gekommen bist!‹ Als könnte ich die Zeit damit zurückdrehen, stolperte ich mit meinem langen Mantel um die Ecke in die dunkle Gasse. Was machte mein Vater hier? Wieso war er nicht im Handy, wo er hingehörte? Noch fünfzig Meter bis zum Bühneneingang. Wie sollte ich Michaela Sends unter die Augen treten? Der berühmten Schriftstellerin, die schon im Fernsehen war und alles! Bis hierhin hatte ich mich neu gefühlt, stark und unabhängig. Und nun sollte ich mich wie ein kleines Mädchen in Begleitung meines Vaters entschuldigen? Was, wenn er sagen würde: ›Na, was hast du angestellt?‹ Ich flutschte durch die Stahltür und hetzte den Flur entlang um die Ecke Richtung Treppe. Dirk hatte mal wieder einen Stein auf den Boden gelegt, damit die Tür nicht ins Schloss fiel. So konnte er während der Show rausgehen zum Rauchen. ›Nun ist er doch noch für was gut‹, dachte ich, bis mir einfiel, dass ich den Stein lieber hätte wegnehmen sollen für den unwahrscheinlichen Fall, dass sie mir hinterherkamen. Ich hielt kurz an und hörte, wie eine Frauenstimme sagte: »Sie können gerne draußen warten, wenn Sie wollen.« Das klang nicht gut. Anscheinend war die Furie zu allem entschlossen. Die Treppe runter zur Garderobe war eine Sackgasse. Auf die Hinterbühne würden sie sich nicht trauen. Lora war nicht zu sehen, und ich hastete am Vorhangspalt vorbei. Immer weiter ins Dunkel; hinter dem schwarzen Bühnenaushang, wo es keine Beleuchtung gab, tastete ich mich auf die andere Seite. Fassungslos hörte ich Michaela Sends' Stimme immer noch hinter mir, und dann Loras, die zischte: »Sie können nicht auf die Bühne!«, und die Sends: »Wollen wir ja auch nicht. Wir gehen hintenrum!«

Sie waren mir dicht auf den Fersen. Ich wusste nicht, ob Lora sie aufhalten konnte. Schließlich war sie ganz allein im Backstage und musste zwischendurch eine Show moderieren. Ich tastete weiter. Hier war ich während der Vorstellung noch nie gewesen. Sie konnten mich nicht finden. Es gab nicht mal eine Notbeleuchtung. Auf der anderen Seite wurde es wieder heller, und ich konnte nun über die Bühne hinweg sehen, dass mein Vater hinter der Sends her Richtung Hinterbühne marschierte. Ich öffnete Ricardos Zauberschrank, stellte mich hinein und ließ die Tür zufallen.

So.

Hier war ich nun also.

Im Schrank.

›Willkommen zurück‹, klang es in meinem Kopf. Auf jeden Fall war ich hier sicher. Ich lauschte. Keine Stimmen in meiner Nähe. Nur die von Ricardo auf der Bühne. Und Schritte, die auf mich zukamen. Moment mal! Ricardos Nummer war erst im zweiten Teil dran. Wieso kam seine Stimme jetzt näher? War Lora durch die beiden Eindringlinge so durcheinander, dass sie die falsche Nummer angesagt hatte? Oh Gott, der Schrank fing an, sich zu bewegen. Mit mir drin! Es fühlte sich an, als ob Ricardo das Ding mitten auf die Bühne rollte. Umstellerei! Lora hatte was von Umstellerei gesagt.

»... können Sie sich davon überzeugen, dass der Schrank vollkommen leer ist!«, hörte ich Ricardo noch sagen, dann ging die Tür auf, und ich stand im gleißenden Licht auf einer riesigen Bühne vor sechshundert Menschen in einem Schrank, in den ich nicht gehörte. Eins war klar: Mehr fehl am Platz ging nicht. Die Leute lachten sich scheckig, woraufhin Ricardo in den offenen Schrank sah und sagte: »Ja, die Nutten von der Reeperbahn lassen sich nicht so leicht abwimmeln!«

Ich war dermaßen geblendet, dass mir schwindlig wurde.

Er reichte mir die Hand, um mir beim Aussteigen zu helfen, und fragte: »Möchten Sie noch was sagen, bevor ich Sie zersäge?«

Mit der Bühne ist es wie mit dem Dreimeterbrett im Schwimmbad. Sieht von unten völlig harmlos aus. Jetzt stand ich hier oben wie ein Reh im Autoscheinwerfer. Angenagelt und ausgestellt wie unter einer gigantischen Lupe. Ich konnte die Menschenmasse im Saal hören, aber nicht sehen. Wie ein vielzüngiges Monster bohrte sie sich mit ihrem Tuscheln, Zischeln und anschwellendem Schnarren in meine Haut, als hätte ich am ganzen Körper Ohren. Ich wagte nicht, mit meinem dünnen Stimmchen dagegenzuhalten.

Ricardo sprang ein. »Wat soll ick sagen: Die Frau kann Rillen in 'ne Platte reden, wa!«

Ich riss meine Hand los. Ein bisschen zu heftig, denn ich strauchelte und stieß mit der anderen Hand, mit der ich mich wild in der Luft rudernd wieder ausbalancieren wollte, gegen den Ständer, auf dem Ricardos aufgeklappter Requisitenkoffer stand. Spielkarten flatterten ins Publikum, Münzen rugelten über den Bühnenboden, rote, gelbe und blaue Seidentücher segelten durch die Luft. Was ich am schnellsten greifen konnte, hob ich auf: zwei, drei kurze grüne Plastikstäbe. Ich hob die Fäustchen, um sie Ricardo zu übergeben, als sie sich plötzlich bewegten und zu blühen anfingen. Große knallbunte Blumen schoben sich aus den Stengeln in meinen Händen. Erschrocken streckte ich die Arme von mir, aber es wurden immer mehr. Eins nach dem andern poppten künstliche fedrige Ungetüme aus meinen Händen. Das Publikum raste, und als der Applaus abebbte, hörte ich meinen Vater vom Bühnenrand aus rufen: »Das ist nicht meine Tochter!«

Entweder war das eine Schutzbehauptung, oder er erkannte mich in der versüdländerten Version, mit dunklen Haaren, dem knallroten Lippenstift und etlichen Kilos mehr auf den Rippen, tatsächlich nicht wieder. Jedenfalls wirkte es auf mich wie ein Startschuss. ›Dann kann ich ja gehen‹, dachte ich, ließ die Zauberblumen fallen und ging die fünf Treppenstufen von der Bühne hinunter mitten durch den Saal zum Ausgang.

Ich hörte, wie Ricardo hinter mir sagte: »Tja, mit einem Kaninchen wär das nicht passiert.«

Das Gelächter begleitete mich bis zur Tür. Selbst als ich durchs Foyer ging, glaubte ich noch, davon verfolgt zu werden. Der Platz vor dem Haupteingang war von kleinen weißen Kügelchen bedeckt. Es sah aus, als hätte Gott seinen Mojito verschüttet. Der Wind drückte so gegen die Glasfront, dass ich kaum die Tür aufstemmen konnte. Ich hielt Ausschau nach riesigen, umherfliegenden Limettenscheiben, die mich hätten erschlagen können. Durch die weißen Graupel, die mir entgegenprasselten, erkannte ich auf der Straße ein gelb leuchtendes Taxischild. Ich kämpfte mich vor, riss die Tür auf und stieg ein.

»Zum Hafen«, befahl ich und wickelte mich enger in meinen Mantel.

»Ist die Vorstellung schon zu Ende?«, fragte die Fahrerin. Sie hatte eine recht tiefe Stimme, reichte mit dem Kopf bis unter die Decke und trug eine großglasige, fleischfarbene Hornbrille.

»Für mich schon«, antwortete ich knapp. Sie schaltete mit dem Zeigefinger, der die Größe einer Essiggurke hatte, den Taxameter ein und fuhr los.

»War's nicht gut?«, wollte sie wissen, und ich konnte nur antworten: »Das kann ich nicht beurteilen.«

»Spielen Sie da mit?«

»Normalerweise nicht.«

»Schlechten Abend gehabt?«

Ich wollte schon sagen: ›Das kann man nicht nacherzählen. Da muss man dabei gewesen sein‹, aber die mitfühlende Stimme vom Vordersitz machte mich wehrlos. Wie sie dasaß, den ganzen Innenraum der Fahrerseite ausfüllend, den mächtigen Schädel voller Silberlocken, hatte ich die arrogante Vorstellung, es würde eine arme alte Frau, die mit Taxifahren ihre Rente aufbessern musste, trösten, wenn sie von meiner Schmach erführe, und fragte: »Haben Sie sich schon mal vor Hunderten von Leuten zum Obst gemacht?«

Sie fuhr abrupt rechts ran, drückte ein paar Knöpfe an ihrem Taxameter und machte den Motor aus.

»Wieso halten wir an?«

»Der Sturm«, sagte sie.

›Welcher Sturm?‹, dachte ich und wischte mit dem Ärmel über das beschlagene Seitenfenster. Und dann ging es los. Der Wind böhte gegen unser Taxi, dass der Wagen in den Stoßdämpfern nachgab. Es wurde dunkler, obwohl es Nacht war. Durch die Windschutzscheibe konnte ich erkennen, dass die Straßenbeleuchtung nicht mehr brannte. Gab nicht viel zu sehen draußen, also bekuckte ich mir meine neugierige Fahrerin. Ihre massigen Schultern quollen über die Rückenlehne. Um den stiernackigen Hals hatte sie ein zerschlissenes rotes Chiffontuch gelegt. Der Fahrersitz war so weit zurückgeschoben, dass niemand dahinter hätte sitzen können. Sie musste gewaltig sein, wenn sie sich außerhalb des Autos zu ihrer vollen Größe auffaltete. Auf jeden Fall hätte sie gefroren, wenn sie ausgestiegen wäre; sie trug nur ein Kleid und eine grob gestrickte Wollweste darüber. Sie sah eigentlich mehr wie eine Bäuerin aus als wie eine Taxifahrerin. Daher kannte sie sich wahrscheinlich auch so gut mit dem Wetter aus. Aussteigen wollte jedenfalls im Moment keiner. Hagelkörner so groß wie Taubeneier prasselten auf unsere weiße Blase aus Blech.

»Sind Sie zu Besuch in Hamburg?« Sie sprach ruhig, und ich wunderte mich, dass ich bei dem Geprassel keine Probleme hatte, ihre leise, tiefe Stimme zu verstehen.

»So halb.«

»Sie wissen noch nicht, ob sie bleiben wollen«, sagte sie bedächtig, »das ging mir am Anfang auch so.«

›Das glaub ich‹, dachte ich, und betrachtete den dunkelblauen Stoff, der sich zwischen ihren runden, fleischigen Knien spannte und ihre schlammfarbenen Stützstrümpfe. Es musste schwer gewesen sein, die rumänische Heimat zu verlassen.

»Wie lange sind Sie denn schon hier?«

»Fünfzig Jahre mögen es wohl sein. Wegen der Arbeit.«

Natürlich, nur die Männer erben den Hof, und wer von den Töchtern nicht hübsch genug ist, um einzuheiraten, muss sich in den reichen Industrieländern als Hausmädchen verdingen. Aber das Herz bleibt zurück in der bergigen Heimat, und man hat nur seine kräftigen Hände und das rote Tuch, das einem die Mutter mit einem tränenbenetzten Kuss auf die Stirn beim Abschied um den Hals gelegt hat.

»Wer will schon in Goldhausen Taxi fahren?«, konstatierte sie amüsiert.

»Was?«

»Mir war schon immer klar, dass ich Taxifahrerin werden wollte.«

»Goldhausen?«

»Ja«, sie stemmte sich mit beiden Händen gegen das Lenkrad und drehte sich ein Stück zu mir um, »kennen Sie das?«

»Ich komme aus Korbach«, brachte ich hervor und hatte Bilder im Kopf von meiner Heimat: Korbach, Goldhausen, den Eisenberg und den Goldbergbau. Ich dachte an rachitische Kinder, die sich in den niedrigen Stollen zu krummrückigen Erwachsenen schufteten. Und an den vierundzwanzig Meter hohen Georg-Viktor-Turm. Wahrscheinlich hatte sie den ganz allein aufgebaut.

Wieso sagte sie jetzt nichts mehr? Kein ›Ach, das ist ja nett!‹, kein ›So ein Zufall!‹, kein ›Ich musste da weg. Unsere Familie war zu groß für den Bergbau.‹ Stattdessen ließ sie sich wieder in den Sitz fallen und sagte fröhlich: »Wenn ich keinen Fahrgast habe, sitze ich oft stundenlang alleine im Wagen. Die Kollegen können das überhaupt nicht leiden. Mir macht das nichts.«

Während die großen, eiskalten Kugeln auf unsere blecherne Schutzhaut schlugen, dachte ich an den Eisbrecher. Das wäre eine Möglichkeit: umhüllt von dickem Stahl, unerreichbar für die Welt durch eine unberührte weiße Fläche stoßen. Meter für Meter sich wo durchbewegen, wo noch keiner war, und trotzdem absolut sicher sein.

»Wissen Sie«, sagte sie langsam, schraubte ihr gewaltiges Haupt nach hinten und sah mir durch ihre aschenbechergroßen Brillengläser direkt in die Augen, »man muss auch seine eigene Gesellschaft mögen.« Sie sah mich mit einem auffordernden Lächeln an, und ich lächelte zurück wie ein braves Mädchen, das einsieht, dass es doch für sich selbst lernt und nicht für die Schule.

»Ja«, sagte ich und dachte: ›Wenn Sie wüssten, wie recht Sie haben.‹ Ich ließ ein paar Sekunden vergehen, ehe ich die Tür öffnete. Der Hagel hatte aufgehört.

»Sie wollten doch zum Hafen«, sagte sie, »das Wasser steht da schon bis über den Landungsbrücken. Sieht bestimmt interessant aus.«

»Nein«, sagte ich und hob die Beine aus dem Wagen, »danke, ich muss in die andere Richtung. Was bin ich schuldig?«

»Nichts«, antwortete sie und sah geradeaus, »ich helfe gerne.«

16

Zu Fuß ging ich zurück zur Reeperbahn und in die Künstlerwohnung. Ich wollte meine Sachen da rausholen, bevor die anderen nach Hause kamen. Es war Zeit zu gehen, und ich kannte Jamie gut genug, um zu wissen, dass er nicht erpicht war auf eine Abschiedsszene. Diesmal hatte ich nicht das Gefühl, mich davonzustehlen. Es war mehr so, wie wenn der Urlaub zu Ende geht. Man schaut sich nochmal in dem Zimmer um, in dem man mehrere Wochen verbracht hat. Es ist dieser »Das-letzte-Mal!«-Blick. Nie wieder an diesem Fenster lehnen und auf die enge Straße runterschauen: auf den alten Klinkerbau der Heilsarmee mit dem roten *Jesus-lebt*-Schild, auf das Gay-Sex-Kino Nr. 9 und schräg gegenüber die Tropicana Bar, die jetzt noch still und friedlich dalag. Im Tropicana ging die Party erst um zwei, halb drei Uhr früh los. Dann wurde die dunkle Holztür sperrangelweit aufgerissen und die bis zum Anschlag aufgedrehte Anlage lief heiß mit dem Besten von Udo Jürgens und Roland Kaiser. Nie wieder darauf pfeifen, weil man was Besseres zu tun hat, nie mehr nachts nackig über den knarzenden Holzboden durch den Flur ins Gemeinschaftsbadezimmer schleichen und morgens in diesem zerwühlten Bett aufwachen. Eine leise Wehmut schleicht sich ein und gleichzeitig ein zweites Gefühl, ein hibbeliges, ungeduldiges: Man freut sich auf zu Hause.

Ich schwang meine lila Samtreisetasche aufs Bett, knipste den Messingverschluss auf und öffnete sie weit. Auf dem mit schwarzem Stoff ausgeschlagenen Boden glänzte etwas Goldenes. Ich griff hinein und hatte meine Ohrringe in der Hand. Die großen goldenen Kreolen, die ich von Ralf bekommen hatte. Sie waren mit einem dünnen blauen Faden zusammengebunden, der noch in die Tasche reichte. Ich zog daran und angelte einen zusammengefalteten Zettel:

Fragen Sie lieber nicht, wie ich hier reingekommen bin. Ich will auch nicht wissen, wie Sie es in mein Hotelzimmer geschafft haben. Trotzdem finde ich Ihre Geschichte interessant und würde gerne einen Roman daraus machen. Ich möchte das aber vorher mit Ihnen absprechen. Zwischen uns ist ja schon genug schiefgelaufen. Wenn Sie mögen, rufen Sie mich an.
 Michaela Sends.

Und darunter eine Telefonnummer.

Anscheinend wollte diese Geschichte kein Ende nehmen. Die Ohrringe steckte ich mir an, und den Zettel warf ich zurück in die Tasche, zusammen mit meinen paar Klamotten. ›Es geht also wieder los‹, dachte ich, während ich mich das dunkelgrüne, geschwungene Holzgeländer durch das schachtartige Treppenhaus hinuntertastete. Vor der Haustür stieg ich über den Penner, formte mit den Lippen ein lautloses »Tschüss« und ging Richtung Alster. Rund um das große Wasser waren jede Menge Hotels, und diesmal würde ich es mir richtig fett geben. Vier Sterne mussten es schon nochmal sein, bevor ich mein einfaches Schifferleben begann.

Das Wort, das ich in der nächsten Dreiviertelstunde am häufigsten hörte, war »Bedaure«. Manche Hotelportiers sagten auch »Es tut mir leid« oder nur schlicht: »Wir sind ausgebucht.« Schließlich ging ich von einem hellen cremefarbenen Empfangstresen vorbei an mannshohen Vasen und sinnlos im Raum stehenden Glasschmuckwänden in eine dunkelbraun und -rot gehaltene Bar. Links die gefühlte achtzehn Meter lange Theke, rechts ein schweigender, schwarzer Flügel und in der Mitte des Raumes zwei wuchtige, mit braunem Leder bezogene bauchige Säulen. Ich konnte mir vorstellen, hier die Nacht zu verbringen.

Zur Feier meines Beschlusses, künftig zur See zu fahren, bestellte ich mir was Schickes zu trinken. Was mit buntem Schirmchen und frisch gepressten Säften, fruchtig, kalt, erfrischend und in zehn Minuten ausgetrunken. Ein zweiter Drink musste her. Der dritte kam von einem Herrn an der Bar. Ich konnte es nicht glauben, als der Kellner mir den Mai Tai mit genau diesen abgedroschenen Worten servierte: »Das kommt von dem Herrn an der Bar.«

Ich vermied es, rüberzusehen. Die Gestalten, die da rumhingen, hatte ich schon beim Reinkommen aussortiert. Drei Wichtigtuer in teuren Anzügen, ein Nüsschenmampfer, der das Jackett schon ausgezogen hatte und sich nur noch für das Schüsselchen vor seiner Nase interessierte, und ein schwammiger Ami, der den ganzen Raum mit seinem Handygespräch beschallte. Ich wollte gar nicht wissen, von wem der Drink kam. Als ich an dem Punkt meiner Überlegungen ankam, war der Kellner schon wieder hinter der Theke verschwunden. Der Drink war noch da. Ob die den wegkippten, wenn ich ihn nicht trank? Ob der Ami unabsichtlich einen Cocktail bestellt hatte, während er telefonierte, dem Barkeeper etwas zugenuschelt hatte und der so schlecht Englisch konnte? Ich hob das Glas hoch, als ob es mir Auskunft geben konnte, und in dem kurzen Augenblick, in dem ich aufsah, prostete mir der mit den Nüsschen zu. Er trug ein weißes Hemd und einen leicht angegrauten Vollbart und drehte sich nach der kurzen Geste sofort wieder Richtung Theke. Erleichtert atmete ich aus und nahm einen kräftigen Zug aus dem Strohhalm. Eine Weile lang saß ich einfach so da, lauschte der dudeligen Jazzmusik, die überall im Raum stand, lehnte den Kopf an die gepolsterte Rückwand der ledernen Bank, die sich über die ganze Wand erstreckte. Vor mir ein kleines schwarzes Tischchen und ein mit frischen Früchten dekoriertes Glas auf einer weißen Serviette. Schön überschaubar.

Ich freute mich auf mein neues Leben. Ich würde es gut haben in meinem Eisbrecher. Klar, die Antarktis würde es wohl nicht werden. Ich war immer noch die Alte. Keine Erfolgsbotschaft in dieser Hinsicht. Nichts zu vermelden. Ja, wenn ich, statt mich in fremde Hotelzimmer zu mogeln, Mösen zu enthaaren und mich dusslig vögeln zu lassen, einen Flug gebucht hätte. Einen ganz langen. Ganz hohen. In einer winzigen Maschine. Nur mit mir drin. Und dann hätte ich mir in 8.000 Metern die Nase zugehalten, mir einen Kaffee bestellt und den ohne mit der Wimper zu zucken auf ex ausgetrunken. Ja, dann! Dann könnte ich jetzt sagen: ›Seht her! Ich kann mir ohne Probleme die Nase zuhalten, fliegen und Kaffee trinken! Ich bin jetzt ein ganz anderer Mensch!‹ Sollte doch die Sends mir so was andichten. Genau! Die Sends sollte aus mir eine Superheldin machen. Aber das konnte sie schön allein erledigen. Ich war zu betrunken dazu. Ich griff in die Tasche, die vor mir auf dem Boden stand, und kramte nach dem Brief. »... finde Ihre Geschichte interessant und würde gerne einen Roman daraus machen. Ich möchte das aber vorher mit Ihnen absprechen ...« Pffhhh ... Ob ich mit ihr redete oder nicht, machte doch keinen Unterschied. Das würde so oder so ein Roman von ihr sein: fröhlich und lustig, wie sie selbst. Sollte sie mal machen. Ich machte jetzt mit meiner eigenen Version meines Lebens weiter: Rosenbrot reloaded. Eine harte Frau in einer harten Welt. Das Leben besteht nämlich nicht aus glatten runden Dingern. Au weia, ich bekam den Moralischen. Zeit aufzustehen. Ich sog das Glas leer, hielt mich mit der Linken am Tisch fest und schälte mich aus dem Polster. Mit der freien Hand angelte ich nach meiner Tasche und setzte mich in Bewegung. Als ich an meinem Spender mit dem weißen Hemd vorbeikam, stellte ich das Glas neben ihn auf die Theke und sagte: »Danke.«

»Was hat er gesagt?« Das Hemd konnte sprechen.

»Was?« Ich nicht mehr so gut.

»Was hat der Kellner gesagt, als er Ihnen das Getränk gebracht hat? Ich hab Ihrem Blick angesehen, dass es nicht das Richtige war. Nur aus Interesse: Was hat er gesagt?«

»›Das kommt von dem Herrn an der Bar.‹«

»Oh nein!«

»Oh doch.«

»Ich hab ausdrücklich gesagt, er soll nur sagen: ›Prost!‹ Sonst nichts. Einfach ›Prost‹.«

»War trotzdem nett.« Ich stützte mich auf dem Barhocker auf.

»Setzen Sie sich doch.«

Er hatte eine überraschend angenehme Stimme. Der Bart war furchtbar, ja. Sah nach Sparkassenschalter aus. Aber die Stimme klang wie Pianist. Das verwirrte mich. Das und die vielen verschiedenen Alkoholsorten, die in meinen Adern Achterbahn fuhren.

»Eigentlich wollte ich aufs Klo«, sagte ich.

»Ich lauf nicht weg.« Jetzt, wo er lächelte, sah man auch einen Mund unter all dem Bart.

Ich hängte mir die runden Bambusbügel meiner Tasche um die Schulter und ging ohne zu schwanken Richtung Lobby. Ob er mir hinterhersah? Und was er wohl dachte? Vielleicht: Eine Frau, die mit einer so großen Tasche aufs Klo geht, zieht sich nicht nur die Lippen nach. Die schmuggelt da drin wahrscheinlich einen Stylisten. Nein. So was denken nur Frauen. Als ich auf der Schüssel saß, überlegte ich, ob man sich umoperieren lassen kann, wenn die Stimme im falschen Körper steckt. Stellte ich mir schwierig vor. Manche Leute müsste man dann ganz wegoperieren. Moni zum Beispiel, die jetzt vielleicht immer noch in Berlin auf mich wartete, hatte eine so hohe Stimme, dass man meinen könnte, sie sei eine zum Jagen zu fett gewordene Katze, die aus Ermangelung an Mäusen, die viel zu schnell für sie sind, einen kleinen Sperling verschluckt hat. Der war aus dem Nest gefallen. Und konnte noch nicht fliegen. Den konnte sie kriegen. Und der piepste jetzt aus ihrem Hals. Jedenfalls stellte ich mir das vor. So eine Figur kombiniert mit so einer Stimme konnte niemand ernsthaft haben.

Als ich vom Klo zurückkam, hatte ich deutlich Mühe, den Hocker zu erklimmen.

»Die Barhocker sind aber ganz schön hoch.«

»Sie sind aber auch ganz schön klein.«

»Ja, ich entstamme einer alten Zwergenfamilie.«

»Bei uns war'n alle Säufer«, sagte er lakonisch und nahm einen Schluck von seinem Bier.

»Und?«, ich wuppelte meinen Hintern auf dem Hocker zurecht, »hängen Sie hier rum, um Frauen aufzureißen?«

»Nein, ich such nur jemand zum Saufen.«

Der Kellner kam angeweht und fragte: »Darf's noch was sein?«

»Ich glaub, ich nehm jetzt auch 'n Bier«, murmelte ich.

»Ein Bier für die Dame!«, sagte er formvollendet, und ich fing an, ihm zu vertrauen.

»Sind Sie viel unterwegs?«, fragte er, nachdem der Kellner abgezogen war.

»Nein«, seufzte ich, »ich bin ein Stubenhocker.«

»Aber das hier ist doch nicht Ihr Zuhause, oder?«

»Nein«, ich stützte mich mit dem linken Arm auf die Theke. »Ich bin ausgezogen, um meine Ängste zu überwinden. Ich bin Phobikerin«, betonte ich, als ob damit alles gesagt wäre.

Der Kellner stellte mir ein Pils vor die Nase. Mein neuer Saufkumpan hob sein Glas, um mit mir anzustoßen. Er hatte auch schon leichte motorische Schwierigkeiten. Unsere Gläser trafen sich gerade so am Rand.

»Prost.«

»Prost.«

»Und? Sind Ihre Phopien jetzt weg?«

»Phobien, es heißt Phobien«, lallte ich.

»Sind Sie die Dinger losgeworden?«

»Nein. Die hängen an mir. Wie die hässlichen Ohrringe von Ralf.« Ich hielt mir mit dem Zeigefinger einen der Ringe vom Ohr weg.

»Wer ist Ralf?«

»Mein Ex-Freund«, ich ließ den Ohrring fallen und wedelte ungelenk mit der Hand in der Luft, »schlechter Schenker.«

»Versteh ich nicht.«

»Vor sechs Wochen hab ich die im Hotelzimmer gelassen. Und die sind mir von Wolfsburg bis hierher gefolgt.«

»Hartnäckig.«

»Jjja.«

»Wollen wir auf mein Zimmer gehen?«

»Nnnein.«

»Noch einen trinken?«

»Mmmmh.«

Er sah sich um und sagte: »Vielleicht sollten wir erst mal was essen. Kommen Sie.«

Ich hüpfte vom Barhocker. Er nahm meine Tasche.

In schwer geladenem Zustand flogen wir durch die Nacht. Von

Theke zu Theke. Ich und mein weißhemdiger Co-Pilot. Er hatte schon eine Menge Flugstunden auf der Leber und passte auf, dass ich nicht irgendwo einschlief. Nicht an der knallbunt beleuchteten Imbissstation, in deren Vorzelt wir Chili-Hotdogs aßen, fünf Stück, und die so surreal wirkte, als sei der ganze Imbiss eine außerirdische, fleischproduzierende Pflanze, deren Tentakeln die Form von Wurstverkäufern angenommen hatten. Und nicht in den nächsten zwei Souterrainkneipen, in denen wir einen Pils-Stopp einlegten. Er bewahrte mich auch vor einer schmerzbefreiten Junggesellenhorde, die mir mit den Worten »Nich lang schnacken, Kopp in Nacken!« einen halb verschütteten Bommerlunder anboten.

Je tiefer die Nacht sank, desto weniger redeten wir. In stillem Übereinkommen hielten wir unseren Suff warm. Da ich keine Unterkunft hatte, wollte ich durchmachen, bis der erste Zug nach Kassel fuhr, und er bestimmte, man könne eine Dame in diesem Zustand nachts nicht alleine lassen. Nicht, wenn sie so grell geschminkt sei.

»Das verstehen Sie nicht«, möschelte ich, »ich hab eine russische Stylistin.«

»Was gibt's daran nicht zu verstehen?«, gab er zurück.

Eben. Nichts. Wir verstanden alles und erklärten nichts. Keiner von uns beiden hatte Lust, dem anderen die Lebensgeschichte auf den Tresen zu sabbeln, und ich kann heute noch sagen: Nie wieder hab ich mit jemandem so schön ins Bier geschwiegen wie mit ihm.

Gegen vier brachte er mich zum Bahnhof. Wir tranken Kaffee im Stehen. Unser Exzess war beendet.

Als ich ihm den Rücken zukehrte und in den ICE stieg, fiel mir auf, dass ich nicht mal seinen Namen wusste. Ich drehte mich um, und ein unromantisches Piep-Piep-Piep kündigte an, dass der hydraulische Schließmechanismus sich gleich in Bewegung setzen würde.

»Ich heiße Sabine Rosenbrot!«, presste ich noch durch den Spalt.

»Schöner Name«, rief er zurück.

Dann verriegelte sich die automatische Tür.

Um diese Uhrzeit waren nicht viele Leute unterwegs. Ich ließ mich auf den nächstbesten freien Sitz fallen und schaltete das Handy ein. Eigentlich Blödsinn. Wen sollte ich um diese Uhrzeit anrufen? Ich steckte es zurück in die Manteltasche, lehnte mich an die Rückenlehne und verstellte den Sitz. Es piepte in der Tasche. Ich öffnete eine SMS von Jamie: *Beim nächsten Mal verbeugst du dich aber ordentlich, ja?*

Ich lächelte und tippte: *Wer weiß, ob wir uns nochmal wiedersehen.*

Natürlich.

Wieso bist du da so sicher?

Freundschaften, die in der Nacht auf Autobahnraststätten geschlossen werden, sind für die Ewigkeit.

Ich lehnte mich zurück und schlief mit dem Handy in der Hand ein.

17

Das Haus meines Vaters in Korbach sah aus wie immer. Das blau gestrichene Gartentürchen aus Metall, die Glasbausteine neben der Eingangstür. Es war, als würde ich von der Arbeit nach Hause kommen, außer dass es zehn Uhr vormittags war. Merkwürdig, dass ich ›das Haus meines Vaters‹ dachte und nicht ›mein Elternhaus‹. Obwohl meine Mutter die uneingeschränkte Herrscherin über den regelmäßig gebohnerten Steinboden, die Usambara-Veilchen im Wohnzimmer und die Einweckgläser im Keller gewesen war, hatte sie auf mich immer den Eindruck einer Verwalterin gemacht. Wie jemand, der verantwortlich war, der hier arbeitete, aber nicht wohnte. Sie hatte immer den Status einer Wächterin, Kontrolleurin gehabt: »Sabine, putz dir die Schuhe ordentlich ab!« »Sabine, du musst zur Schule.« Immer gab sie Anweisungen oder schickte mich irgendwohin. Meinen Vater schickte sie nie weg. Er thronte in seinem Büro. Unantastbar, im Zentrum der Macht. Wenn sie etwas von ihm wollte, klopfte sie vorher an, wie eine Untergebene, eine Außenstehende. Ich hatte mich, so früh ich konnte, an meinem Vater orientiert, weil mich die Opferrolle meiner Mutter angewidert hat. Innerlich schämte ich mich dafür, aber das führte nur dazu, dass ich mich noch mehr von ihr abwand.

Seufzend holte ich den Schlüssel unter dem Baumstumpf neben der Kellertreppe hervor und schloss auf. Zielstrebig ging ich ins Arbeitszimmer und setzte mich auf den abgewetzten braunen

Ledersessel, in dem mein Vater die Klassenarbeiten von ungezählten Schülern korrigiert hatte. Es fühlte sich überhaupt nicht bedeutend an. Nur unbequem. Und alt. Gähnend schleppte ich mich ins Wohnzimmer, zog den Mantel aus und rollte mich auf dem Sofa ein.

Mein Vater traf um die Mittagszeit ein. Ich wachte vom Geklapper in der Küche auf. Er kam ins Wohnzimmer mit einem Tablett voll Tee und Keksen, das er auf dem Tisch vor mir abstellte. Dann setzte er sich zu mir aufs Sofa und sagte gerührt: »Schön, dass du nach Hause gefunden hast.«

Ich erwiderte gar nichts und rieb mir die Augen.

Er straffte sich, fing an, den Tee einzugießen, und wechselte das Thema. »Schöne Grüße von Frau Sends.«

Ich setzte mich auf.

»Und von Jessica. Ach, und von einem geschminkten Herrn namens Lora. Ein netter junger Mann. Sehr hilfsbereit.«

Er erzählte mir von seiner Reise. Die ganze komplizierte Geschichte. Mein verkatertes Hirn kriegte nur die Hälfte auf die Reihe. Nur so viel, dass Jessica auch bei ihm angerufen hatte, nachdem sie bei Ralf nicht weitergekommen war. Mit der Sends hatte er sich anscheinend länger unterhalten. Den Detektiv habe es nie gegeben. Offenbar hatte sie gehofft, ich würde mit meinen Nachstellungen aufhören, wenn ich mich ausreichend bedroht fühlte. Und das mit dem Stalker-Artikel in der Illustrierten sei ein großes Missverständnis gewesen.

»Das sollte eine Heim-Story werden«, erklärte er geduldig, »die haben eigentlich über ihre Einrichtung, ihr neues Buch und ihre Katze geredet. Wusstest du, dass sie eine Katze hat?«

Ich wusste nicht.

»Junge Katzen machen nur Ärger. Onkel Fritz hat immer mich

gerufen, wenn ein neuer Wurf da war. Dann musste ich kommen und einen Eimer nehmen ...«

»Papa!«

»Na, jedenfalls macht ihr das Tier alle Sachen kaputt. Auch dein Plüschrabe ist ihm zum Opfer gefallen. Und der Fotograf hat ein Bild davon gemacht, nach dem Motto: ›Kater Frodo stellt ihr ganzes Leben auf den Kopf.‹ Tja, das Stalker-Thema war für den Chefredakteur wohl interessanter. Es wurde, ohne sie zu fragen, der ganze Artikel darauf aufgebaut. Da trifft sie keine Schuld.«

Wir schweigen. Das Wort Schuld stand im Raum.

Bis mein Vater amüsiert fragte: »Bist du nun ein glückliches Huhn?«

»Auf jeden Fall kann ich schon alleine stehen«, antwortete ich verlegen.

»Jetzt wo du dir Federn hast wachsen lassen, solltest du auch fliegen«, sagte er und drückte meine Hand.

Ich schlang den Arm um ihn, und wir hielten uns eine Weile lang. Wir lösten uns langsam, und um nichts mehr sagen zu müssen, gab mir eine seiner unbeschäftigten Hände einen Keks. Er war rund und mit Schokolade gefüllt und schmeckte nach Kindheit. Ich nahm mir noch ein paar davon vom Teller und verzog mich mit meiner Teetasse ins Gästezimmer.

Die nächsten Tage vergingen mit viel Schlafen und ein paar bescheidenen Weihnachtsvorbereitungen. Mein Vater und ich hatten nie viel Wert auf das ganze Festtagsbrimborium gelegt. Seit meine Mutter gestorben war, hatten wir keinen Weihnachtsbaum mehr gekauft und uns immer wohl dabei gefühlt, Heiligabend ganz entspannt an uns vorbeiziehen zu lassen. Ich sprach am Telefon mit Moni, die mir anbot, eine Weile bei ihr in Berlin zu wohnen. Und ich regelte meine Kündigung in der Firma.

Natürlich habe ich mich mit Ralf getroffen. Als ich aus dem Taxi stieg, sah ich ihn oben am Fenster stehen. Ich stemmte mich Stufe um Stufe das Treppenhaus hoch und strich mit der Hand über das Geländer, ohne mich daran festzuhalten. Ich glaube, Ralf sah mir an, dass sich etwas in mir verändert hatte. Er erwartete mich an der weit offen stehenden Wohnungstür und sagte, noch bevor ich am Treppenabsatz angekommen war: »Da war ein toter Vogel auf dem Balkon«, so als hätte er seit Wochen darauf gewartet, mir das endlich sagen zu können. Da war ein toter Vogel auf dem Balkon.

Ich fragte nicht: ›Wann denn?‹ oder ›Was denn für einer? Woran ist er denn gestorben?‹ Ich hörte Ralf sagen: »Da war ein toter Vogel auf dem Balkon«, und ich war ihm dankbar dafür. Wie sonst hätten wir das Gespräch eröffnen sollen? ›Hallo, wie geht's?‹ ›Wie war's im Urlaub?‹ Ralf ersparte uns das. Nach einem toten Vogel gab es keine Möglichkeit mehr für Höflichkeitsfloskeln.

Ich ging voran in die Wohnung, aber ich hörte nicht, ob er die Tür hinter mir schloss. Er war sehr ruhig und bewegte sich langsam, wie man es tut, wenn man ein Tier nicht verscheuchen will. Obwohl der Vogel längst kalt war. Wir umarmten uns nicht. Ich zog mir nicht mal den Mantel aus, als ich mich in der Küche auf den Stuhl setzte. Er griff nach zwei Tassen, aus denen dünne Schnüre mit darangehefteten kleinen Tee-Etiketten baumelten, füllte sie mit Wasser und stellte sie in die Mikrowelle. Ich stellte mir vor, wie er sie Stunden zuvor aus der Schachtel gefischt hatte. Wie ihm dann einfiel, dass ich keinen Hagebuttentee mochte, und er in die eine Tasse griff, um den Teebeutel wieder herauszuholen. Und es dann ließ. Er nahm die Hand wieder heraus, weil ich ihn schließlich verlassen hatte, und da konnte ich verdammt nochmal über meinen Schatten springen und ein Mal Hagebuttentee trinken. Er musste mir jedenfalls keine Extrawürste mehr braten.

Eine Minute lang hörte man nichts außer dem Gebläse der Mikrowelle. Es war, als sprächen wir beide ein stummes Gebet, bis der schneidende Pfeifton unsere selbst auferlegte Stille beendete.

Ich sagte: »Ich bleibe nicht lange.«

Ralf verschränkte die Hände vor dem Bauch. An der Art, wie er die Daumenspitzen aufeinanderpresste, erkannte ich, dass das keine Geste der Gelassenheit, sondern ein verzweifelter Versuch der Selbstkontrolle war.

»Eins muss ich dir sagen«, presste er hervor, »ich werde niemals Verständnis dafür aufbringen.«

»Ich weiß, dass ich ...«, versuchte ich zu antworten, aber er unterbrach mich: »Nein, hör mir jetzt zu!«

Ich verstummte.

»Es ist mir egal, wie gut der Grund dafür war, ohne ein Wort, ohne eine Nachricht, ohne einen Telefonanruf einfach zu verschwinden. Ich werde niemals Verständnis dafür aufbringen!«, wiederholte er und sah mich durchdringend an.

»Okay.«

Ich hatte verstanden: Ralf hatte genügend Zeit gehabt, und er hatte sich entschieden. Wir würden getrennte Wege gehen, und er würde mir niemals verzeihen. Mit dieser Schuld musste ich leben.

Ich trank meinen Hagebuttentee, und nach den ersten paar Schlucken entwickelten wir langsam ein ruhiges, schweres Gespräch. Ralf stellte Fragen. Wieso war ich so unzufrieden gewesen? Und wenn es nicht an ihm gelegen hätte, müsste ich doch schon von Anbeginn unserer Beziehung unglücklich gewesen sein? Ob ich ihm all die Jahre etwas vorgelogen hätte? Ich versuchte, so gut ich konnte, nachzuzeichnen, was mir im Leben mit ihm gefehlt hatte, warum ich glaubte, es bei ihm nicht finden zu können, und wieso ich, um mich selbst zu ändern, auch alles andere in meinem Leben ändern musste. Es flossen viele Tränen. Auf beiden Seiten.

Wir heulten uns die Restliebe aus dem Leib, und anschließend lagen wir uns in den Armen, um uns zu trösten. Irgendwann waren wir beide so leer wie der große Rollkoffer, den ich auf unserem gemeinsamen Bett aufklappte. Ich brauchte eine gute Stunde, um zu packen.

Schließlich wuchtete ich den Koffer in den Hausflur und zog den Mantel an. Ralf stand auf dem Balkon, die Hände in den Hosentaschen, und starrte ins Leere. Ich trat zu ihm hinaus und bemerkte ein kleines, mit Bindfäden zusammengehaltenes Kreuz aus zwei Zweigen, das in dem großen Blumentopf steckte, links hinten in der Ecke.

Ich schlug den Kragen hoch und fragte beiläufig: »Wann war das mit dem Vogel?«

»Einen Tag, nachdem du weg warst«, antwortete er sachlich.

»Glaubst du, er ist verhungert?«

»Nein«, er schnaufte und sah mir in die Augen, »keiner lebt ewig, oder?«

»Nein.«

Unsere Blicke trennten sich wieder.

»Glaubst du, ich hätte was dagegen tun können?«, fragte ich zaghaft.

»Du warst nicht da«, gab er kalt zurück.

»Ja, aber theoretisch«, beharrte ich, »glaubst du, ich hätte theoretisch etwas tun können, damit er am Leben bleibt?«

»Ich glaube, kleine Vögel werden praktisch nicht so alt«, erwiderte er milde.

»Und was hast du mit ihm gemacht?«, wollte ich wissen.

»Weggeschmissen«, versetzte er und ging zurück in die Küche.

Ich beließ es dabei und wandte mich zur Haustür.

Als es ans Verabschieden ging, machten wir es genauso wie bei der Begrüßung. Wir übersprangen sie einfach.

Ich schnappte mir den Koffer und arbeitete mich wortlos damit die Treppe hinunter. Schon außer Sichtweite rief ich durchs Geländer nach oben: »Ich hab meine Handynummer auf den Küchentisch gelegt!«

Und er rief herunter: »Ist gut!«

Der Koffer liegt gut verstaut im Gepäckfach über mir. Die lila Samtreisetasche habe ich meinem Vater geschenkt. Ich sitze im ICE nach Berlin. Und diesmal werde ich bestimmt nicht vorher aussteigen. Denn diesmal habe ich einen Plan. Das erste Mal seit meinem spontanen Ausstieg vor acht Wochen habe ich ein klares Ziel vor Augen: In Kreuzberg gibt es ein Schifffahrtsunternehmen, das noch Bootsführer sucht. Den Motorbootführerschein zu machen, dauert nur ein paar Wochen, und dann werde ich diesen Sommer schon Menschen über die Spree schippern und meinem Ziel ein bisschen näherkommen. Das Schifffahrtsamt bestätigte mir, dass man auch ohne Ausbildung auf einem Schiff als »Ungelernter Decksmann« anheuern kann. Und als solcher kann ich, wenn der Kapitän es erlaubt, alles steuern. Sogar einen Eisbrecher.

Martina Brandl
Halbnackte Bauarbeiter
Roman
Band 17192

Ute Nehrbach gestaltet Schwarzweiß-Anzeigen für Stützbandagen und ihr Leben in Berlin mit Dönern und Golden Girls. Sie ist nicht sonderlich interessiert an Karriere oder einer Beziehung, aber durchaus an Geschlechtsverkehr. Und schon geht der Ärger los ...

»Spektakulär lustig,
aber nie lächerlich, und vor allem sehr wahr.«
WDR2

»Eine Nummer zu groß fürs Witzbücherregal.«
Titanic

Fischer Taschenbuch Verlag